사람답 사이런

국립중앙도서관 출판예정도서목록(CIP)

사임당 신인선 : 내실(內室)이 숨긴 이야기 : 임나경 장편소설 /
지은이: 임나경. -- 서울 : 황금소나무, 2017
    p. ;   cm

ISBN 978-89-97508-34-1 03810 : ₩13000

한국 현대 소설[韓國現代小說]
역사 소설[歷史小說]

813.7-KDC6
895.735-DDC23   CIP2017001388

임나경 장편소설

사임당 신인선

내실(內室)이 숨긴 이야기

황금소나무

🍀 작가의 말

'역사 소설을 집필하는 것은 시간 속의 검은 구멍을 메우는 것과 같다.'

이 말은 역사소설계에 한 획을 그으신, 제가 존경하는 김탁환 선생님께서 강의 중에 하신 말씀입니다. 이번 작품을 집필하면서 저는 이 말씀을 늘 떠올렸고 또 온 마음과 온몸으로 느낄 수 있었습니다.

신사임당 혹은 사임당 신씨. 조선의 위대한 학자인 이율곡의 어머니.

그녀는 우리가 늘 일상에서 만날 수 있는 분이십니다. 그녀는 대한민국의 국민이라면 누구나 존경하고 또 친근하게 느끼는 역사적 인물 중 하나이지요. 저를 비롯한 많은 이들이 오랜 세월 교육과 여러 매체들에 의해 그분을 '현모양처'의 대명사로서 항상 바라보고 있습니다. 대표적인 조선 양반가 출신의 여인으로 뛰어난 재주를 지닌 위대한 여류 화가이며 조선의 위대한 이율곡의 어머니라고 말입니다.

그러나 그것은 편견이었습니다. 작품을 집필하기 전 자료조사를 하면서 저는 그분에 대해 하나도 제대로 알지 못했음을 깨닫게 되었습니다. 그녀는 21세기의 진취적인 사고관을 지닌 채 여성에겐 가혹했던 16세기를 너무도 씩씩하고 거침없게 살다간 여장부였습니다. 타고난 명석함과 뛰어난 재주를 지닌 지적인 여성으로서 조선이라는 가부장적인 신분 사회에서도 꿋꿋한 결기로 주어진 삶을 자신의 의지대로 일군 멋진 여성이었던 것입니다.

그래서 이번 작품에서는 제 머릿속에 오래도록 각인된 현모양처 사임당 신씨가 아니라, 조선이라는 사회가 미화시킨 허물들을 벗겨내어 진정한 자아를 지닌 지적인 여성으로서의 '신인선'에 대하여 이야기하기로 마음먹었습니다. 제 작품 속의 '신인선'을 만나보고 실망하실 분들도 있으실 겁니다. 어찌 보면 지금 우리 주변에서 흔히 볼 수 있는 여성들의 모습과도 많이 닮았기 때문입니다. 가족과의 갈등, 예술을 향한 열정, 그리고 여자로서 사랑받고 싶어 하는 애틋한 그리움 등 여성이라면 누구나 경험할 수 있는 감정들을 지니고 있으니까요. 하지만 제가 '신인선'을 사임당 신씨보다 더 사랑하고 아낄 수밖에 없는 것은 그녀가 어떤 힘든 상황에서도 굴하지 않고 자신과 자신이 소중히 여기는 모든 것들을 사랑하고 지켜나간 그 강한 집념과 의지 때문입니다.

제 작품 속의 '신인선'을 만나시고 독자분들, 특히 여성 독자분들께서 위로와 힘을 얻어 가시기를 간절히 바라봅니다. 대한민국이라는,

아직은 유교적 이념과 가부장적 제도의 그림자가 드리워진 이곳에서 어제보다 더 행복한 오늘을 꿈꿀 수 있는 것은 스스로의 삶과 사랑하는 모든 이들을 위해 아름답고도 강하게 살아가시는 여성분들의 노력 덕분이라고 생각합니다.

제 작가 인생에서 늘 기억하고 항상 감사를 드릴 분이 계십니다. 혼자서 치열하게 고민하며 걸어가는 역사소설가로서의 외로운 행로에 너무도 큰 이정표를 만들어 주시고 늘 격려해 주시는 황금소나무 정영석 대표님께 제일 먼저 감사의 말씀을 올리고 싶습니다. 작가의 생각과 의지를 항상 존중해 주시고 응원해 주시기에 무사히 이번 여정도 마칠 수 있었습니다. 또한, 늘 아름답게 작품을 단장해 주신 성유빈님께도 깊은 감사의 말씀을 올립니다. 작품마다 동양화처럼 아름다운 예술 작품을 보는 듯 단장해 주셔서 표지와 내지 시안을 처음 만날 때마다 황홀해진답니다.

마지막으로 무엇보다 항상 말없이 뒤에서 격려와 응원을 아끼지 않고 보내 주셔서 마음 편하게 집필할 수 있도록 도와주시는 너무도 고마우신 부모님, 세상에서 가장 엉뚱발랄하나 사랑스러운 로맨시스트인 정원이, 최고의 제 독자인 동생과 함께 출판의 기쁨을 나누고 싶습니다.

그 어느 해보다도 뜨거운 여름, 치열하게 고민할 수 있어 행복했습니다. 그리고 '신인선'처럼 더욱 진취적으로 살아야겠다고 반성할 수 있는 소중하고도 의미 있는 시간이었습니다. 지금도 자신과 사랑하는 이들을 위해 조용히 그러나 뜨겁게 살아가는 이 땅의 모든 '신인선'들을 위해 끝없는 응원을 보내고 싶습니다.

2016년 겨울의 추억과 새로운 시간들을 기다리며
임 나 경 드림

차 례

8

프롤로그

어둠별 찾는
망우초의 가득한 눈물과
꼭꼭 눌러 박은
북박이별의 한숨
한 번 더 웃으며
살뜰히 두담두듯 그러모은다.
사붓거리는 붓 자국에
설중매의 열정 어우러져,
뒤란을 가득 채운
세월의 한숨 소리는
어느새 향그러운 바람 되어
높고 맑은 상천 속으로 스미듯
끝없이 피어오른다.

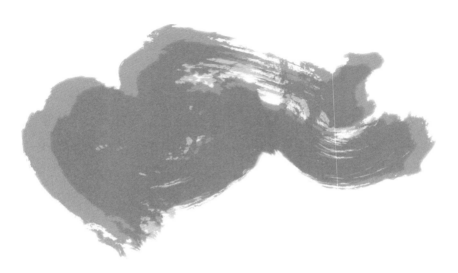

1장 백운(白雲)

슬픈 사모곡

🌸 매화의 눈물

"이봐, 아지. 속 쓰려 죽겠으니 꿀물 한잔 갖다 줘."

아침부터 못생긴 기생년이 내 심기를 건드리네요. 하긴 저리 강퍅하게 구니 어떤 사내가 좋아라 하겠습니까? 밤새 늙은 장사치 옆에 끼고 나불거리더니 억병으로 취해 정남에 해가 둥실 떠올라서야 일어났군요. 우두망찰 넋을 놓고 저 방자한 앉음새를 보십시오. 갓 묘령을 넘긴 것이 이제 이순이 다 되어 가는 늙은 내게 꿀물 달라 툴툴거리다니요. 꼬락서니가 미워 귀머거리인 척할랍니다.

"뭐해? 후딱 꿀물 한잔 갖다 달라니까? 다 늙어 빠져 귀가 먹었나? 노마처럼 미련하게 굴 거야?"

저 저것 좀 보십시오. 망할 바사기가 기어이 염장을 지르는군요. 인선 아씨께서 돌아가시지만 않으셨어도 내 저런 아둔패기 같은 것과는 상종도 아니 하고 있을 터인데 말이지요. 어금니 한 번 꽉 깨물고 보기 싫은 기생년 속이나 뒤집어야겠습니다.

"야, 이년아. 여기까지 술 냄새가 물큰하다. 처먹고 싶으면 네가 직접 가서 처먹어. 바빠 죽겠는데 사람 귀찮게 하는구먼."

"뭐야? 저 늙은 종년이 죽고 싶어 환장을 했나? 부엌데기 주제에 어디 대거리를 해?"

"네 어미는 참으로 너 낳고 땅을 치고 후회했겠구나. 어린 것이 어디서 다 늙어빠진 날 보고 바락바락 대거리를 해? 뭐, 종년? 너나 나나 천하기는 매한가지인데 왜 내 주인 행세를 하고 그러느냐? 오늘밤 너랑 한량들 처먹을 주안상 준비해야 하니 이만 가 볼란다. 그리고 기녀라는 것이 맨드리가 그게 뭐냐? 처신사나워 아침부터 눈앞이 빙빙 돈다. 네가 그 꼴이니 퇴기니 하며 속없는 한량들이 취기에 한번 데리고 놀고 다시는 찾지 않는 거다."

두꺼비마냥 툭 삐져나온 아랫입술을 파르르 떠는 꼬락서니에 웃음이 절로 나옵니다. 사람은 생긴 대로 논다고 저리 못난 것들이 드세게 설치면 전 이상하게도 꽉 밟아 주고 싶더라구요. 그러고 보면 저도 참 성미가 못돼 먹었습니다. 허허, 저것이 속곳이 훤히 비치는 차림새로 문지방을 넘는군요. 추저분한 기생년과 싸우느니 아픈 다리 끌고 얼른 찬간으로 가 봐야겠습니다.

아, 오늘따라 날씨가 정신이 혼미해질 만큼 덥네요. 돋을볕이 새벽의 냉기를 쫓아내면서부터 어지러워집니다. 초여름 열기보다도 머리털 밑에서부터 흘러내리는 끈적거리는 이 물기가 더욱 힘들게 하지만 무엇보다 날이 궂을 때마다 쑤셔 대는 무릎 때문에 죽을 맛입니다. 어젯밤에도 시원하게 작달비가 내렸건만 살갗에 다가붙는 바람에 온몸이 매지구름처럼 무겁고 눅눅해서 걸을 때마다 발바닥에 물기가 스며 나올 듯하군요.

"아지, 그간 잘 지냈나?"

만월에 비치는 봄밤 도화꽃 같은 향그러운 목소리에 산들바람을 쏘인 듯 거볍고 나부시 날아갈 거 같습니다. 손등으로 눈을 비비고 기분 좋게 웃으며 뒤돌아봅니다. 삼 년 전 세상을 떠난 인선 아씨가 다시 환생한 듯 기방 대문 밖에서 웃으며 손짓을 하고 있네요.

"왜 아무 말이 없나? 너무 오랜만에 만나서 그러나? 나일세."

세상에 큰 아기씨였네요. 우리 착하디착한 매창 아씨께서 피맛골 기방에서 이 다 죽어 가는 산송장을 잊지 않으시고 또 들러 주셨네요. 진한 쪽빛 치마에 천청색 저고리를 입은 아기씨는 고귀한 모란꽃 같은 인선 아가씨를 그대로 빼쏘아 놓아 뵐 때마다 놀란 가슴을 쓰다듬습니다.

커질 만큼 커진 온달처럼 눈부시게 웃고 있는 눈매와 함께 전아한 기품은 오로지 아씨의 따님이시기에 물려받을 수 있는 가장 큰 선물이지요. 아, 인선 아씨께서 살아 계셨다면 자신을 빼닮은 큰 아기씨를 보시고 얼마나 기쁘고 흐뭇해하셨을까요?

"아씨, 여기가 어디라고 오십니까? 행여나 누가 볼까 두렵습니다. 한량들이나 한심한 주정뱅이들이 나뒹구는 곳입니다. 자꾸 이리로 발걸음을 하시다가 흉한 소문이라도 나면 어쩌시려구요?"

"보면 어떤가? 자네는 나뿐만 아니라 우리 남매들을 키워 준 유모나 마찬가지가 아닌가?"

큰 아기씨께서 보들한 샛바람에 물 위에 내려앉는 배꽃처럼 치맛자락을 들고 기방으로 들어오시네요. 마치 이른 봄을 시기하는 눈설레에 섞여 날리는 백매처럼 가든하고도 전아한 걸음걸이입니다. 암향을 천리까지 풍기는 매화 같은 저 소곳한 자태는 필시 인선 아씨와 똑같아 매번 움찔움찔 넋보처럼 놀랍니다그려.

저런 저런……. 이제 막 기침한 기녀들이 새침이처럼 입술을 뾰족이 모으고 귀하디귀한 우리 아기씨를 흘겨보고 있네요. 기방 행수가 경을 치기 전에 얼른 아기씨를 찬간으로 뫼셔야겠습니다. 이런 내 속을 아시는지 모르시는지 우리 큰 아기씨께서는 늘 그렇듯 저리도 사람 좋아 보이게 웃고만 계시네요.

찬간으로 들어서자마자 숨통이 턱 막힙니다. 온몸을 데우는 더위도 더위이지만 우리 귀한 아기씨께서 앉으실 만한 마땅한 곳이 보이지가 않네요. 치마로 대충 부뚜막을 훔치고 방금 마른 행주를 깔아 귀한 손을 앉혀 드려야겠습니다.

"자네 얼굴이 많이 야위었구먼. 그래 이곳에서는 잘 지내는 것인가? 술 취한 사내들과 기녀들 뒤치다꺼리하는 일이 여간 힘들지 않을 터인데……."

패악한 서모 때문에 마음 고생하실 아기씨가 오히려 저를 걱정하고 계시네요. 어쩜 저리 마음 씀씀이도 곱디고우실까요? 하늘에서 내려온 선녀도 저리 맘결이 비단 같지는 않을 겁니다.

이리저리 찬간을 뒤지다 오늘 아침 얼음장수가 가져다 준 얼음을 띄운 식혜를 찾아 한 사발 가득 떠올립니다. 희끄무레한 국물에 하늘하늘 날리는 살눈처럼 쌀알들이 동동 떠 있어 먹음직스럽습니다. 아기씨께서 꽤나 더우셨는지 제가 드리는 식혜를 금세 비우시네요. 봉긋한 이마에 송송 맺힌 땀방울이 식혜의 냉기에 사그라드는군요.

"잘 마셨네. 요즘 다리 아픈 건 어떤가?"

"한동안 비가 계속 내릴 터이니 미끈유월이 오기 전까지는 쑤시는 다리 끌고 다녀야지요. 뭐 나이가 드니 여기저기 아픈 건 당연한 게 아니겠습니까? 참, 셋째 도련님께서는 이제 시묘살이를 다하고 본가로 돌아오셨습니까?"

달맞이꽃처럼 환히 웃던 아기씨의 얼굴이 갑자기 시들어 가는 할미꽃처럼 변하네요. 가슴 위에 돌을 얹은 듯 갑갑해집니다. 분명 대쪽처럼 꼿꼿한 성미의 셋째 도련님께서 여전히 인선 아씨 무덤을 지키고 계시는 것이지요. 하긴 딱 봐도 생모와 천지 차이인 여기저기서 굴러먹은 주모 출신의 서모가 어머니의 안방을 차지하고 온 집 안을 휘젓고 다니니, 그 어린 마음에 얼마나 버거우실까요? 인선 아씨와 너무도 다른 무녀리에게 어머니라고 불러야 하는데 셋째 도련님의 결기가 보통이 아니지요.

아무리 생각해도 이원수 나으리가 한심합니다. 꽃처럼 화사한 화초

첩도, 나긋나긋하고 말 잘 듣는 동첩도 아닌 억세고 못나기도 정말 못난 것을 들이신 걸 보면 말입니다. 분명 두 다리가 후들거릴 정도로 기운이 없으실 때 등글개첩으로 야무지게 부려먹으실 요량이신 게지요.

"그렇지 않아도 그 아이를 보고 다녀오는 길이네. 어찌나 고집을 부리는지 내 말을 듣지 않아."

"저라도 가기 싫을 겁니다. 아침마다 얼큰하게 술에 취해 온 집 안을 엉망으로 만드는 모지락스럽고 추접한 꼬락서니가 보고 싶으시겠습니까? 셋째 도련님처럼 강직한 분께서요? 아이고, 절대 아니십니다. 설령 도련님만큼 명석한 이가 아니라도 그 꼴 보기 싫을 겁니다."

큰 아기씨는 답답한 듯 날숨을 내쉬며 식혜 그릇을 부뚜막에 내려놓으십니다. 맏딸로서 가만히 볼 수만 없는 그 난감한 처지를 제가 왜 모르겠습니까? 하루라도 집 안이 조용할 날이 없으니 분명 매련퉁이 같은 나으리께서 우리 착하디착한 큰 아기씨를 소댕 위에 콩 볶듯 닦달하고 괴롭히신 거지요. 참으로 세상 천지에 못나도 어찌 그리 못난 사내가 있는지 모르겠습니다.

"하지만 계속 저리 산에만 있을 수는 없지 않나? 앞날이 창창한 아이가 자꾸 돌아가신 어머님만 그리워하니……."

"계모라도 어느 정도라야지요? 아니 나으리께서는 어찌 후처로 그런 가납사니를 데려오셨는지 모르겠습니다. 그 여편네 때문에 불쌍한 마님께서 얼마나 가슴을 치셨는지 아십니까? 마님께서 천수를 못 누리시고 그리 허망하게 가신 것도 다 지각없으신 나으리 때문입니다. 어이고, 정말 그러시는 게 아닙니다. 마님께서 돌아가시자마자 냉큼 집으로 데리고 들어오시다니요? 제가 여기로 팔려 오기 전까지 다른 반가의 종년들에게 창피해서 얼굴도 못 들고 다녔습니다요."

"아지, 참 자네도 어찌 그런 말을……. 이제는 아버님의 내자이시네. 함부로 그리 말하지 말게나."

이보다 더한 말도 하고 싶었지만 너무도 착한 우리 아기씨 때문에 참는 겁니다. 내자는 무슨, 이건 뭐 종년보다도 처신이 못나니 말 다 한 거 아닙니까?

제가 그 주모 권 씨인가 뭔가 하는 여편네한테 팍팍하게 굴지 않았다면 이리 더운 날 기방 찬간에 앉아 있지도 않겠지요. 몇 번 대거리하며 말을 듣지 않았다고 그 모지락스럽고 인정 없는 여편네가 절 이리로 팔아 버렸습니다. 아이고, 우리 불쌍한 도련님들과 아기씨들을 두고 대문을 나서는데 발바닥이 땅에 떠억 달라붙은 듯 떨어지지가 않더라구요. 말 그대로 하늘이 무너지는 것 같았습니다. 얼마나 가슴이 미어지던지요. 제가 고생하는 것쯤은 아무렇지도 않습니다. 하지만 우리 아기씨들과 도련님들께서 그 무도한 여인에게 당하고 사실 것을 생각하니 눈앞이 캄캄해졌답니다.

"식혜 맛이 참 좋구먼. 역시 자네 솜씨는 예전 그대로일세. 한 그릇 더 줄 수 있겠나?"

큰 아기씨께서는 내가 만든 음식들을 참 좋아하셨지요. 더 달라는 말씀에 얼른 식혜 한 사발을 더 가득 떠서 내어 드립니다. 난 우리 아기씨께서 제가 만든 음식을 저리 맛나게 드시는 것을 보면 절로 배가 부릅니다. 마치 어미 새가 아기 새한테 정성껏 구해 온 먹이를 주둥이 안으로 밀어 넣는 것처럼 말입니다. 근데 몇 모금 맛나게 드시던 아기씨께서 갑자기 시무룩해지시네요.

"요즘 들어 어머니 생각이 많이 나네. 자네는 나보다 더 오래 어머니 곁에 있었으니 많이 생각나겠지?"

절로 가슴이 턱 막히고 한숨이 나옵니다. 눈을 들어 찬간 영창 밖을 바라보니 하늘이 눈에 한가득 들어오네요. 아주 오랜만에 지리한 장마가 잠시 물러가고 하늘이 번루빛이라 눈이 시릴 정도입니다. 늘 잿빛 하늘만 보다 보니 맑은 하늘에 미소가 지어지네요. 매지구름과 먹장구름만이 꽉 메운 상천은 흐릿한 나비구름으로 수놓여 있군요. 마치 끝이 없는 저 높은 곳으로 부질없는 날갯짓을 하는 나비처럼 가볍고도 투명해 보입니다.

하늘이 너무 맑고 밝아 눈이 부셨든지, 아니면 깊숙이 묻혀 둔 그리움이 구름장이 되어 그 무거움을 이기지 못했든지 비가 되어 제 주름진 두 뺨 위로 흘러내립니다.

"우는가? 자네도 참……."

제 뺨을 닦아 주시는 큰 아기씨의 선한 눈꼬리에서도 눈물이 흘러

내리네요. 저 또한 피목 같은 손을 들어 아기씨의 고운 뺨을 닦아 드립니다. 소리 없이 시작된 울음은 어느새 숨을 틀어막는 찬간의 열기 속에서 우시장으로 끌려간 어미 소를 기다리는 송아지의 울음소리처럼 처연하고도 안쓰럽게 변하고 마네요.

"보고 싶네, 어머니가 너무도 보고 싶다네, 아지."

그 무슨 말로도 아기씨를 위로해 드릴 수 없네요. 그저 이렇게 같이 울어 드리며 눈물을 닦아 드릴 수밖에요. 인선 아씨에게 큰 아기씨는 사랑스러운 복딸이었습니다. 아기씨께서 우시는 걸 보시면 인선 아씨께서 얼마나 속이 상하실까요? 전 무슨 말이라도 해야 할 것 같습니다.

"아기씨, 돌아가신 마님을 처음 뵙던 그날이 생각납니다. 참으로 좋고도 좋은 이른 봄날이었지요."

"어머니를 처음 뵌 날이라고?"

새벽 동녘 하늘에서 어여쁘게 반짝거리는 샛별 같은 두 눈이 천진하게 올려다봅니다. 저는 계속 아씨의 수심으로 그늘진 얼굴을 닦아 드리며 고개를 끄덕입니다.

"예, 어찌 그날을 잊겠습니까? 그때 맡은 홍매의 물큰한 향내가 아직도 코끝을 맴도는데요?"

2장 매(梅)

눈 속에 숨어 은은한 향기를 내뿜는
봄의 설렘

🍀 어린 예인

"어머니를 처음 뵌 게 자네가 몇 살 때인가?"

슬픔이 가득한 아기씨의 눈이 동그랗게 변하며 나를 사랑스럽게 바라봅니다. 근 오십 년 전 인선 아씨를 처음 뵈었을 때도 아씨의 눈빛이 꼭 저랬답니다. 총기 있고도 은연한 눈매. 겨우 일곱 살이던 인선 아씨의 그 생기 넘치는 눈동자를 절대 잊을 수가 없습니다.

제 나이 열다섯에 노비인 어머니를 병으로 잃었습니다. 원래부터 몸이 약했던 어머니께서는 급히 아침밥을 드시더니 얼굴이 퍼레져서 푹 쓰러지셨지요. 참으로 얄망궂게도 임종도 보지 못할 만큼 금방 저 먼 곳으로 떠나고 말았지요. 이제 혈혈단신이 된 몸, 관비로 팔려 가야 하나 가슴을 졸이고 있는데 마침 북평촌 이사온 댁 둘째 외손녀의 비자가 필요하다 하여 그리로 가게 되었답니다.

아직도 어린 저는 어머니를 잃은 슬픔보다도 낯선 곳에 대한 설렘과 두려움이 컸습니다. 너무 정나미도 없고 다린스럽다구요? 어쩔 수 없습니다. 저희들처럼 부평초 같은 인생살이는 그저 배 안 굶고 등 누일 방만 있으면 그만이지요. 양반님네들이 말하는 희로애락 같은 말들은 저희들에게 알아 먹히지도 않습니다.

그날은 많이 흐린 날이었습니다. 청백색 하늘이었지만 눈구름은 보이지 않았지요. 보따리를 꼭 끌어안은 채 이사온 대감댁의 솟을 대문 안으로 들어서기 전까지, 단 하나뿐인 혈육을 잃고 이 세상에 홀로 서야 하는 제 가슴은 츠렁바위로 사정없이 짓누르듯 답답하여 숨을 쉴 수도 없었답니다.

심술 난 시어머니의 낯짝처럼 쌍그런 날씨였지만 오죽헌에서는 곧 다가올 봄을 알리는 홍매의 잔잔한 향기로 한기조차 느껴지지 않았답니다. 여전히 두서구니를 움츠리게 할 만큼 겨울의 끄트머리가 남아 있는 이른 봄이었지만 마당을 가득 채운 암향에 기분 좋게 저도 모르게 미소 짓고 있더군요.

얼굴을 들어보니 오죽헌 뒷마당 한쪽 구석에 어린 여자 아이가 쭈그리고 앉아 있었습니다. 뒤태로 보아 대강 예닐곱 정도 되어 보였지요. 고고하게 서 있는 매실나무에 은홍빛 봄눈이 몽실하게 맺혀 있었던 것이 아직도 눈에 선합니다, 반개하여 그 부드러운 속살 사이로 전아한 자태를 조금씩 뽐내는 매화를 연신 바라보며 여자아이는 바쁘게 종이 위에 붓질을 하고 있었지요. 조그마한 입술 사이로 들릴 듯 말 듯 색색거리는 들숨과 날숨소리가 제 귀에까지 들려올 정도로 정신없이 그림을 그리고 있었답니다.

사람의 기억이라는 것이 참으로 희한합니다. 살면서 천만 가지도 넘는 일들을 보고 겪고 또 잊어버렸건만 절대 잊히지 않는 순간이 있답니다. 어머니께서 돌아가실 때의 그 얼굴처럼 아직도 선명하게 다라지게 묶은 진홍색 도투락댕기가 붓질을 하는 손짓에 따라 욜랑거리며 이리저리 흔들리는 모습이 눈앞에 또렷하게 떠오릅니다.

태어나 그림이란 것을 처음 보았더랬지요. 그것은 경이로움의 극치였습니다. 고사리 같은 손끝에서 피어나는 홍매화의 자태들이 마치 회갈색 가지에 드레드레 매달린 꽃봉오리들을 면경에 비추어 놓은 듯 똑같더라니까요? 어쩌나 그 어린 꼬마 아씨가 신통방통하게 썩썩 잘 그려내는지 넋을 잃었답니다.

"아, 다 그렸다."

여자아이는 벼루에 붓을 내려놓고 만족한 듯 고개를 끄덕였습니다. 그러고는 다시 한 번 크게 들숨을 마시더니 날숨을 내쉬었지요. 그 앙증맞고도 잔망스러운 모습에 저도 모르게 피식 웃고 말았습니다.

"거참, 참으로 건방지구나. 어느 안전이라고……."

옆에 서 있던 나이 많은 비자가 제 옆구리를 쿡 쑤십니다. 순간 윗입술과 아랫입술을 오물거리며 고개를 푹 숙이고 말았지요. 계속 앞만 보고 있던 이사온 댁 둘째 손녀 분께서는 인기척에 뒤돌아 빤히 쳐다보았습니다.

마치 온달처럼 매끄럽고도 암팡진 작은 얼굴이었습니다. 조용한 물가에 버들잎을 띄운 듯 잔잔한 미소로 가득한 눈매를 보고 있으니 절로 마음이 편안해졌습니다. 봉숭아 꽃잎처럼 도톰하고도 사랑스러운 입술은 총기가 서려 다라져 보이더군요.

"뭐하는 게야? 얼른 둘째 아씨께 인사 올리지 않고?"

굴통이 같은 여편네가 소댕 같은 손바닥을 제 뒤통수에 올려 사정 없이 앞으로 밀쳐 대더군요. 엉겁결에 인사를 올린 저는 곁눈질로 이 미련한 여인을 흘겨보았습니다. 아씨 앞에서 좋은 모습으로 첫 인사 를 올리고 싶었는데 둘된 여인네 때문에 다 망쳤다는 생각에 얼굴이 화끈거렸답니다.

"네가 오늘 새로 왔다는 아이로구나. 그래, 네 이름이 무엇이더냐?"

아, 그 조그맣고 연연한 꽃잎 사이에서 흘러나오는 목소리는 봄날 처녀의 마음을 설레게 하는 아침 바람처럼 부드럽고도 다사로웠습니 다. 다정한 목소리에 저도 모르게 앞으로 달려 나가 나라지듯 허리를 꺾어 다시 인사를 올렸답니다.

"저는 아지라고 하옵니다, 아씨."

"아지? 올해 나이는 몇이더냐? 보아하니 과년해 보이는구나."

"열다섯이옵니다."

아씨는 패랭이꽃처럼 경쾌하게 웃으시며 자리에서 일어나셨지요. 저 에게 한 발짝 다가오실 때마다 어찌나 가슴이 뛰던지요? 지금도 그때 를 떠올리면 숨도 제대로 쉬지 못할 정도로 두근거린답니다. 아씨께서 는 미소를 머금고 제 손을 빤히 바라보시더니 바람에 꽃대가 옆으로 기우뚱거리듯 한쪽으로 고개를 기울이셨습니다.

"반갑구나, 아지야. 앞으로 많이 도와다오. 손을 보니 작고도 날씬한 것이 매우 다부져 보이는구나."

인선 아씨를 만난 날은 제가 새로 태어난 날이랍니다. 이전에 한 번도 본 적이 없는 세상, 아니 완전히 다른 세상을 만났으니까요. 어머니랑 살 때는 그저 시키는 일만 하고 눈치 보며 하루하루를 버티는 것이 다였지만, 오죽헌에 오고 난 뒤로부터는 제게 새벽마다 맞이하는 돋을볕은 새로운 날에 대한 희망과 같았습니다. 마치 반가의 여인들이 비단 천에 정성들여 수를 놓듯 매일이 남달랐답니다.

사실 일하는 거야 예전에 있던 곳이나 별 다를 것이 없었지요. 닭이 홰를 치면 졸린 눈을 억지로 뜨고 일어나 찬간에서 조반 차리는 일을 도와주다 아씨에게 세숫물 떠다 드리는 것으로 하루를 시작하고, 하루 종일 집안 일과 함께 아씨를 옆에서 보살펴 드리는 일은 전혀 낯설지 않은 일과였답니다.

하지만 그 똑같은 하루를 매일 다르게 느낄 수 있었던 것은 순전히 아씨의 덕이었답니다. 세수를 하시면서 나에게 말을 건네시는 그 순간부터 제게 또 다른 세계가 열리고 있었기 때문이지요.

"아지야, 오늘은 '산시청람(소상팔경 중 하나)'을 그려 볼까 한다. 장

쾌한 느낌이 나도록 그려보고 싶은데 묵법을 어찌해야 할지 몰라 밤새 고민했단다. 늘 똑같이 그리니 좀 지겹구나.”

사실 아씨께서 하시는 말씀은 하나도 알아들을 수가 없었습니다. 솔직히 지금도 무슨 말인지 전혀 모릅니다. 검은 것이 글자고 흰 것이 종이라는 것만 구별할 줄 알지, 붓 한번 들어보지 못한 제가 그림에 대해 무얼 알겠습니까? 그러나 아씨의 그 말씀을 듣는 순간부터 제 가슴은 뛰기 시작한답니다. 종이 위에 펼쳐질 생경한 풍광들을 구경할 생각에 마치 어머니 따라 저자에 나가는 것처럼 신이 나고 들떴지요.

제가 오죽헌에 오기 전부터 이미 북평촌에서는 아씨에 대한 소문이 자자했답니다. ‘하늘이 내린 재인’ 혹은 ‘하강한 선녀’라며 사람들의 칭찬이 대단했답니다. 아씨를 직접 뵐 때까지 사람들이 과장한 풍설이라고만 치부하던 저는 이곳에 온 첫날, 그 소문이 진실이라는 것을 알게 되었답니다.

조선의 모든 화공들을 다 만나보진 못했지만 전 우리 아씨가 조선, 아니 이 세상에서 제일이라고 생각한답니다. 그도 그럴 것이 붓만 드셨다 하면 거침없이 쓱쓱 모든 것을 그려내시니 말입니다. 붓 끝에서 피어나는 꽃들과 자라나는 나무에 숨을 멈추고 아씨의 움직임에 맞추어 저도 모르게 숨을 쉬고 있다니까요? 금세 가슴이 후련해지는 장관이 나타나고 몇 번이나 종이 위에서 꽃이 피고 지고 계절이 몇 번이고 바뀌었답니다. 하루 종일 아씨 곁에만 있다 보면 어느새 푸르스름한 이내가 온 세상을 뒤덮고 있었답니다.

아씨의 외가인 오죽헌은 오래전부터 이 북평촌에서 알려진 꽤 잘사는 집안이었답니다. 아씨의 어머니이신 작은 마님께서 외동딸이신지라 대감마님께서는 멀리 한양에 귀한 딸과 손녀들을 보내시기 싫으셨던 모양입니다. 아씨의 아버님께서 본가가 있는 한양에서 홀로 과거를 준비하고 계셨고 가끔 눈에 넣어도 아프지 않을 딸들을 보러 내려오셨지요.

아씨의 외조부이신 이사온 대감께서는 참으로 어질고도 현명한 분이셨답니다. 대감마님의 사위이신 신 진사 나으리를 생각하시는 마음이 갸륵하시기에 신 진사 나으리께서 멀리 본가에서 과거 준비를 하시면서도 한 번도 여인 때문에 한눈을 파신 적이 없으시답니다. 하긴 이렇게 유복하고 잘해 주시는 장인을 두고 한눈을 판다는 것은 있을 수 없는 일이지요. 참 지금의 이원수 나으리와는 하늘과 땅 차이라 절로 한숨이 나옵니다.

아씨께서는 외조부께 직접 그림을 배우셨지요. 다섯 손녀들 중 가장 총기 많고 재기 넘쳐 이사온 대감마님의 사랑을 독차지하셨답니다. 하나를 가르치면 열을 알고, 열을 가르치면 천으로 응용을 하시니 어찌 예뻐하지 않으셨겠습니까? 양반님네들이 잘 쓰는 말로 '일취월장', '청출어람'이라는 말이 있다면서요? 그 뜻을 잘은 모르나 날이 갈수록 놀랍게 나아진다는 것을 의미한다고 들었는데 이 말이 딱 우리 아씨를 위해 준비된 찬사라고 생각합니다.

한번은 아씨의 아버님이신 신 진사 나으리께서 '몽유도원도'라는 그림이 담긴 화첩을 구해 오셨는데 나으리께서 대감마님과 잠시 담소를 나누는 사이 아씨께서 그걸 그대로 베껴 그리셨다는 것이 아니겠습니까? 그림을 각기 놓고 어느 것이 아씨의 그림인지 분간이 되지 않을 정도로 똑같아 저도 눈을 크게 뜨고 한참을 번갈아 보았더랬지요.

아씨의 존재는 저뿐만 아니라 아씨를 아는 모든 이에게 한겨울 내내 기다리는 곱고 밝은 봄 햇살과 같았습니다. 마음을 설레게 하고 경탄하게 만들어 이 심산한 세상에서 숨을 쉬며 살아가는 것이 그래도 보람되고 기쁜 일임을 그림으로 깨닫게 해 주셨지요. 그래서 저는 아씨와의 인연이 그 무엇보다 소중하고 감사하답니다. 아, 이제는 더 이상 뵐 수 없어 힘겹고 지겨운 하루하루를 지난 시간들에 기대어 버티고 있네요.

덥디더운 이 여름의 시작이 벌써부터 버겁지만 아씨의 분신이신 큰 아기씨께서 이리 앞에 계시니 저절로 매일 쑤셔 대는 팔다리가 가뿐해집니다. 제 이야기에 귀를 기울이시던 매창 아씨께서 장난스럽게 바라보시네요.

"그런데 아지, 궁금했던 게 있다네. 어머니께서 늘 칭찬만 들으셨는가? 어머니 생전에 내게 어머니는 마치 하늘처럼 닿을 수 없는 분이셨다네. 시서화로 치자면 사내들도 따라올 자가 없었고 집안 일 또한 큰일이든 잔일이든, 마른일이든 진일이든 척척 해내시는 그 모습에 놀랄 뿐이었다네."

🍀 호기어린 장난

큰 아기씨의 말씀에 저도 모르게 피식 웃고 있네요. 사실 어린 인선 아씨께서는 장난기가 심하셨지요. 음전한 모습 뒤에 감추어진 그 극렬한 호기심과 뭇 사내들 뺨치는 호방한 기상은 아마 뒤따를 이가 없을 겁니다. 간간히 뛰쳐나오는 도깨비처럼 사람을 깜짝 놀래키시는 그 모습에 넋이 나간 적도 많았었지요. 제가 놀라 뒤로 자빠져 있으면 아씨께서는 재미있으시다는 듯 그 작은 손으로 입을 가린 채 한참을 웃으셨답니다.

아, 그 일이 떠오르는군요. 아씨께서 열두 살이 되셨던 해로 기억합니다. 아씨와 저는 가끔 바람을 쐬러 저자에 나가 필방과 책전에 들러 구경을 다니고는 했지요. 대감마님께는 경포대에 바람을 쏘이러 간다고 했지만 호기심 많으시고 총명한 아씨께서 맨날 보는 풍경을 또 보실 분이 아니시지요.

아씨와 함께 저자로 나오는 날은 제게도 매우 설레는 특별한 날이었답니다. 늘 그 전날 밤 흥분해서 잠을 제대로 이루지 못했으니까요. 저자에 나가 온갖 진귀한 것들을 보며 아씨와 도란도란 이야기를 나누다 보면 어느새 하루해가 후딱 가 버리고 말았었지요.

서책을 좋아하시는 아씨께서는 꼭 책전에 들르셨답니다. 수놓는 걸 좋아하고 내훈이나 반복해서 읽는 다른 반가의 아씨들과는 달리 글 공부하는 사내들처럼 서책 읽기를 즐겨 하셨지요. 이미 대감마님께 사서팔경을 다 배운 지는 오래고 양반들 사이에서도 꽤나 학식이 높다는 자들이 보는 소학과 대학을 읽고 계셨으니까요. 만약 사내로 태어나셨다면 필시 큰 인물이 되셨을 겁니다.

아씨의 아버님이신 신 진사 나으리께서는 매일 밥 먹듯 하시는 말씀이 있으셨지요. 영특하게 질문에 답하는 인선 아씨를 볼 때마다 들릴 듯 말 듯 한숨을 토하시며 꼭 이렇게 중얼거리셨답니다.

"사랑하는 내 분신과 같은 널, 사내로 낳지 못한 것이 천추의 한이로구나."

아씨의 어머님이신 이씨 부인, 즉 작은 마님께서는 경포대 호수처럼 조용한 분이셨지만 심지가 매우 곧은 분이셨습니다. 인선 아씨의 외조모님을 저희들은 큰 마님, 아씨의 어머님을 작은 마님이라고 그냥 편하게 불렀지요. 북평의 반가에 무남독녀로 나신 분이시지만 늘 겸손하고 온화하셨답니다. 마른일이든 진일이든 모든 집안 일을 매사 불평 없이 손수 야무지게 처리하셨고 따님들에게도 직접 집안 일을 가르치셨지요.

열 손가락 깨물어 안 아픈 손가락이 없겠지만 특별히 한 번 더 보고 싶고 만져 보고 싶은 손가락은 있기 마련이지요. 다섯 딸 중 가장 똘망똘망한 인선 아씨에게 더 엄히 훈육하시고 더 자주 곁에 두셨답니다. 작은 마님께서는 매일 아침 아가딸이신 아씨에게 이리 말씀하시며 머리를 빗겨 주셨답니다.

"여인이라 생각하여 고개를 떨구지 말거라. 모든 건 다 너 하기 나름이다."

마님께서도 아씨가 사내로 태어나지 못한 것이 안타까우신 듯했습니다. 하지만 그렇다고 진사 나으리처럼 대놓고 표를 내지는 않으셨지요. 딸만 다섯이 있는 집에서 한 딸만 편애하면 어찌되는지 아시지요? 정말 난리가 아니랍니다. 그리 작은 마님께서 티를 내지 않으셨는데도, 투기가 장난이 아니었지요. 그림 그리는 딸에게 맛난 주전부리를 다른 딸들이 볼까 몰래 더 챙겨 주시거나 남몰래 책상 위에 올려진 아씨의 그림을 바라보며 수줍게 웃으시는 걸 몇 번 보았으니까요.

가경이라 집안에 있기가 힘든 날이면 아씨와 마님께서는 자주 경포호에 나가셨답니다. 다른 딸들도 있었거만 마님께서는 인선 아씨에게 더욱 기대신 듯합니다. 나중에 혼례를 올리신 인선 아씨께서 파평현과 북평촌을 오가며 마님을 모신 것을 보면 아씨께서도 자신을 더욱 아끼신 어머님의 마음을 잘 아신 것이지요.

경포호는 참으로 좋은 곳이랍니다. 연정을 약속하는 젊은 남녀들이 달밤에 몰래 찾는 곳으로도 풍설이 자자하지요. 특히 담홍색 봄꽃이 흐드러지게 피어 있는 천청빛 면경 같은 호수를 바라보고 있으면 절로 응어리진 가슴이 확 트여 후련해진답니다. 아씨께서도 경포대에 오르는 걸 즐기셨지만 특히 작은 마님께서 그곳을 좋아하셨지요. 단오나 유두절 같은 날에는 꼭 한번이라도 보고 오셔야 직성이 풀리셨으니까요.

그러나 인선 아씨께서는 호수보다 바다를 더 좋아하셨답니다. 짠내 가득한 바닷바람을 그 고운 얼굴로 맞으실 때는 이상하게도 힘이 넘쳐 보였답니다. 하긴 답답한 내실에 있으면 양귀비처럼 고운 미색도 할미꽃처럼 바래지는 건 당연하지요. 가뭄 뒤 내리는 단비를 맞고 생기를 얻는 풀잎처럼 사정없이 하얀 모래 위로 부서지는 파도의 거침없는 움직임을 바라보시며 아씨의 눈에서는 힘이 흘러넘쳤답니다.

하얀 옥수로 가슬가슬한 모래를 집어 흩날리며 아씨께서는 그 미미한 모습까지도 놓치지 않고 지켜보셨습니다. 기다란 푸른 옷깃을 날리며 호방한 춤을 추는 파도의 춤사위와 걸음을 뗄 때마다 사각대며 노래를 부르는 애잔한 모래의 소리까지도 인선 아씨에게는 그분만의 숨겨둔 또 하나의 세상이었습니다.

아이고, 이런 다 늙어빠진 종년이 이리저리 주절대다 보니 배를 몰아 산으로 와도 한참을 올라가 산꼭대기까지 와 버렸네요. 아씨는 그렇게 여인의 몸을 타고났지만 장부의 기백을 지니신 분이셨답니다. 결코 수나 놓으며 지아비 뒷바라지나 할 그런 평범한 여인네의 삶은 아씨에게 어울릴 수 없었던 것이지요.

무슨 이야기를 하다 여기까지 왔더라? 아, 아씨와 저잣거리에 나가던 일을 이야기하다 그만 엉뚱하게 흘러가 버리고 말았네요. 서책을 즐겨 읽으시는 아씨 덕분에 자주 밖으로 나들이를 나갈 수 있었답니다. 다른 종년들과는 달리 주인을 잘 만나 꽤나 호강을 누렸던 저이지요.

아마 입하가 갓 지나 한낮에는 걸어 다니면 좀 더웠던 때였습니다. 그날은 희한하게도 책전 앞에 그림도 같이 파는 지전이 생겨 많은 이들이 구경하고 있더라구요. 북평의 어린 예인으로 소문난 우리 아씨께서 어찌 그냥 지나치셨겠습니까? 당연히 아씨와 저는 사람들 사이를 비집고 들어가 잘난 척하는 뻐드렁니 장사치가 들고 있는 그림을 보았더랬지요. 쭈그러진 갓을 뒤집어쓰고 다갈색 두루마기를 걸친 사내는 비루해 보여 전혀 그림과 어울리지 않았답니다.

"자, 이 그림이 어디서 흘러들어 온 것인지 아시오? 이 탁족도로 말한다면 말이오, 광통교 큰 서화사에서도 못 구하는 귀한 그림이오. 무슨 말인지 아시겠소? 인재 선생(강희안)께서 그리신 거란 말이오. 이 점잖은 옷 주름과 고고하게 흘러가는 강물을 바라보는 얼굴을 보시오. 캬, 정말 기품이 흘러넘치지 않소? 이 그림을 사 가시는 분은 오늘 완전 횡재하시는 거요. 한양에서는 와가 두 채를 주어도 못 구하는 그림이오."

"아하하!"

아씨의 박장대소에 구경꾼들은 모두 우리를 쳐다보았지요. 신이 나서 떠들어 대던 사내는 당황하여 어찌할 바를 모르고 귀까지 벌게진 채 눈을 희번덕거리고 있었답니다. 많은 이들이 쳐다보는 따가운 시선이 느껴지자 인선 아씨께서는 헛기침을 두어 번 하시더니 장사치 앞으로 쑥 다가가셨습니다.

"정말 이 그림이 와가 두 채로도 사지 못하는 그림입니까?"

"예? 아, 그 그렇다니까요……."

사내는 홍안이 되어 말을 얼버무리더라구요. 아씨는 다시 한 번 그림을 찬찬히 보시더니 고개를 저으셨습니다.

"이것은 인재 선생의 그림이 아닙니다. 붓질은 결코 흉내 낼 수 없는 법이지요. '고사관수도'를 보고 따라 그린 것입니다."

장사치의 툭 튀어나온 누런 앞니가 아랫입술을 잘근잘근 깨물기 시작했습니다. 실룩거리는 뺨이 화가 많이 난 것이 분명했지요. 저는 겁이 나서 아씨의 소매부리를 잡아당겼지만 아씨께서는 좌중을 둘러보시더니 더욱 크게 목소리를 드높이셨습니다.

"이것은 인재 선생님의 그림이 아닙니다. 다들 속지 마십시오."

사람들은 웅성거리기 시작했습니다. 그림을 팔려던 장사치는 죽일 듯이 아씨를 노려보았지요. 반가의 여식이라 함부로 할 수도 없고 그렇다고 진품이 맞다고 우길 수도 없는 상황이었지요.

"저 아씨의 말씀이 옳소. 아씨로 말씀드리자면 우리 북평에서 그림을 제일 잘 그리기로 소문난 선녀가 아니시오? 북평의 선녀시오."

누군가가 소리를 치자 사람들의 웅성거리는 소리는 더욱 커졌습니다. 연신 아씨를 보며 고개를 끄덕이는 여인네들과 심각한 얼굴로 그림과 아씨를 번갈아 보는 사내들의 눈길에 인선 아씨께서는 어색하신지 얼굴을 붉히셨지요.

"어허, 저 한양에서 온 닳고 닳은 장사치가 우리를 속여먹으려고 했구먼."

"거 해도 너무하는구먼. 이사온 나으리의 둘째 손녀 아씨께서 말씀해 주시지 않았으면 어쩔 뻔했는가?"

사람들의 놀라움은 이내 자신들을 속인 약아빠진 장사치를 향한 분노와 원망으로 변하더군요. 사나운 눈매로 노려보는 구경꾼들 앞에서 지전 주인은 꿀 먹은 벙어리가 되어 마른 침만 삼키고 있더라구요.

아씨의 얼굴에는 후회하는 빛이 역력했습니다. 그림을 내려놓으신 인선 아씨께서는 여전히 말고기자반처럼 얼굴이 벌건 장사치를 흘끔 보시더니 제게 속삭이셨습니다.

"가자, 아지야."

"어허, 어딜 가십니까?"

발길을 돌리는 아씨 앞에 두 팔을 벌리고 독이 바짝 오른 장사치가 가로막았습니다. 배실배실 웃어 대며 그놈은 희롱하듯 귀하디귀한 아씨를 위아래로 훑어보지 않겠습니까? 저는 얼른 냉큼 그놈의 가슴팍을 밀어제쳤습니다.

"에끼 이놈아! 썩 꺼지지 못해? 어디 감히 양반의 앞길을 막는 것이 더냐?"

"너처럼 못생긴 종년은 빠져라. 내가 네 아씨랑 이야기하고 있는 것이 보이지 않더냐? 어디 감히 끼어들어? 네년이 반가의 규수더냐?"

꾀자기 같은 그놈은 내가 씩씩거리며 흘겨보아도 가소롭다는 듯 손가락으로 제 이마를 밀어 대며 가불거리지 않겠습니까? 그냥 달려들어 저 상투를 부여잡고 이리 흔들, 저리 흔들 하며 혼쭐을 내고 싶었지만 아씨께서 그만하라는 눈짓을 보내셨지요.

"아, 북평의 그 유명한 신통방통 재주 많으신 선녀님이 아씨셨군요. 오늘 제 장사를 망쳐 놓으셨으니 어찌하면 좋을까요?"

"그게 어찌 내 탓이란 말입니까? 그림에 대해 모른다 하여 사람들을 속이고 돈을 벌려 한 그대의 그 추접스러운 마음이 탈을 낸 것이지요. 제 길을 막지 마십시오."

"허허, 그러시면 안 되지요. 제 그림이 인재 선생의 것인지 아닌지 아씨께서 어찌 아신단 말입니까? 아씨께서 도화서 화공이라도 되신답니까?"

"뭐요?"

저 나불거리는 주둥아리를 오뉴월 엿가락처럼 주욱 잡아당겨 그냥 패대기치고 싶더군요. 아니, 저놈이 뭘 잘못 먹었나, 어디 감히 아씨 앞에서 망발을 부리다니요? 달려드는 저를 보시던 아씨께서는 손을 들어 또 막으셨답니다.

"가만 있거라, 아지야. 그럼 내 말이 틀렸다는 말입니까?"

"아무리 그림 솜씨가 꽤나 있으시다고 하여도 그림을 보는 안목까지 훌륭한 건 아니지요. 제가 아씨의 솜씨를 보고 난 후 제 잘못을 인정하겠습니다. 그 전에는 절대 인정하지도 못할 뿐더러 제가 사죄를 받아야겠습니다."

인선 아씨의 눈빛이 고양이처럼 반짝거렸습니다. 아, 이런……. 우리 아씨의 분기가 치솟으신 게 분명합니다. 사내 같으신 우리 아씨께서는 지기를 싫어하시는 분이시지요. 자신이 옳지 않다고 생각하는 일을 끝까지 옳다고 말씀하시지 않으시는 분이시니까요. 아무래도 저 대갈 마치 같은 놈을 상대하다가는 혼례도 올리지 않으신 아씨께 좋지 않은 소문이 날 성싶어 다시 한 번 옷자락을 잡아당겼습니다.

"아씨, 가요. 마님께서 아시면……."

"좋소. 내 그림을 그리겠소. 허나 만약 저기 있는 사람들이 내 그림을 싫다고 하면 용서를 청하고 이 그림이 인재 선생의 것이라고 인정을 할 것이나, 그렇지 않다면 지금 이 순간부터 여기에서 다시는 그림을 팔지 마십시오."

다라진 아씨의 말에 사내의 미간이 살짝 찌푸려졌습니다. 팔짱을 끼며 입맛을 쩝쩝거리며 눈알을 굴려 대는 꼬락서니가 혼자서 이리저리 재보는 것이 분명했지요. 저에 있는 사람들은 재미난 구경거리가 생기자 꿀단지에 벌이 떼로 모여들 듯 몰려들었습니다.

그 순간 제 눈앞에는 엄하신 작은 마님과 아씨의 외조부이신 이사온 나으리의 무서운 얼굴이 떠오르지 않겠습니까? 예로부터 윗분이 잘못하면 그를 따르는 종놈들이 대신 벌을 받았지요. 저는 순간 무서워 오금이 저려 와 아씨를 계속 흔들어 댔답니다.

"아씨, 저 이러다가 오늘 쫓겨납니다. 아씨를 제대로 모시지 못했다고 대감마님의 불호령이 떨어진다고요."

"괜찮다. 다 내 잘못인데 왜 네가 야단을 맞느냐?"

"모르셔서 그렇습니다. 모시는 분들이 잘못되면 그 벌은 항상 저희들 같은 천것들이 받지 않습니까? 무섭습니다, 아씨."

인선 아씨께서는 재밌다는 듯 절 쳐다보셨습니다. 아니, 이 상황에서 웃으시다니요? 혼례도 치르지 않은 어린 우리 아씨를 저 장사치가 희롱하는데 어찌 저리 여유만만이실까요? 갑자기 두서구니가 송곳으로 쿡쿡 쑤시듯 쭈뼛거리더니 머리 밑에서 땀이 질질 흘러내려 등 언저리가 서늘해지고 고뿔에 걸린 듯 온몸이 뜨겁고도 벌벌 떨리기 시작했습니다.

"만약 그리한다면 내 너와 같이 벌을 받을 것이다. 내가 언제 너에게 허튼 말을 한 적이 있더냐?"

"하오나 아씨……."

"지필묵을 주시오. 그래야 내 그릴 것 아니오?"

아씨께서는 심술궂게 웃고 있는 저 한양 꾀자기에게 당차게 두 손을 내미시더군요. 열두 살밖에 아니 된 어린 처자의 꽤나 오달진 결기에 뻐드렁니 장사치는 잠시 주춤거리더이다. 역시 우리 아씨이지요. 순간 대감마님의 불호령보다 우리 아씨의 씩씩한 기상에 절로 제 어깨가 우쭐우쭐 파도처럼 넘실거리며 춤을 추더군요.

사람들은 인선 아씨의 대찬 도전에 모두들 박수를 쳤습니다. 당연하지요. 우리 아씨께서는 이미 북평에서 신동으로 소문나신 분이 아니십니까? 어디 저 뻐드렁니가 어디 감히 뱀뱀이가 높으신 우리 아씨 앞에서 욜랑욜랑거리며 몽짜를 부립니까? 저놈은 날을 잘못 잡은 것이지요.

그림 장수는 입맛을 쩝쩝거리더니 평상을 치워 지필묵을 준비하였습니다. 어이고, 종이도 무지렁이들의 낯빛처럼 거칠거칠한 것을 쩌억 펴놓고 벼루는 깨져서 물이 새지 않을까 싶더이다. 세상에 저놈이 우리 아씨를 어째 보고. 참다 참다 못해 제가 팔을 걷어 부치고 나섰습니다.

"이보시오. 우리 아씨께서 어찌 이런 걸 가지고 그림을 그리시란 말이오? 지전이면 종이라도 좀 좋은 걸 주시던가? 이 벼루 좀 보시오. 물이 질질 샐 정도로 깨어지지 않았소?"

뻐드렁니는 가소로운 듯 저를 아래위로 훑어보더니 밉상스럽게 안 그래도 작은 뱀눈을 가늘게 뜨며 가린스럽게 툭 내뱉는 것이 아니겠어요?

"뭐 솜씨 없는 장인이 연장 탓한다고. 아씨께서 자신이 없으신가?"

"아, 뭐요? 이자가 정말? 어디 감히 망발을……"

"됐다. 아지야. 그리겠소. 아무거나 그리면 되는 거요?"

아씨께서는 제 손등을 잡고 두드리며 달래시더니 평상에 앉아 그 섬섬옥수로 털도 다 빠진 붓을 드셨습니다. 아이고, 그 모습을 보고 있자니 제 얼굴이 다 화끈거리고 가슴이 갈기갈기 찢어지더만요. 저 뻐드렁니의 툭 튀어나온 이빨을 그냥 쑥 뽑아서 경포대로 달려가 저 멀리 바다를 향해 휙 던져 버리고 싶더군요.

뻐드렁니 장사치는 계속 쩝쩝대더니 팔짱을 끼고 이리저리 몸을 혼들며 비실비실 웃어 댔습니다. 아씨만 아니면 냉큼 달려가 성질대로 먹살을 쥐고 이리 흔들 저리 흔들 혼을 빼놓는 것인데 말이지요.

"아무거나 그리십시오. 뭘 그리든 꾼은 꾼을 알아본다고 하질 않습니까요?"

아씨께서는 묘한 미소를 지으시더니 대머리가 다 되어 가는 사내의 날상투 같은 붓에 먹물을 묻히셨습니다. 그러고는 크게 날숨을 마시더니 쓰윽 하고 왼편 아래에서 오른편 위로 시원스럽게 구불구불하게 기다란 선을 그리셨지요.

순간 사람들의 웅성거리는 소리는 잦아들고 숨소리조차 조심스러울 정도로 고요해졌습니다. 수많은 눈이 모두 아씨의 그 너덜너덜한 붓끝만 향하고 있지 않겠어요? 그 뻐드렁니 놈도 입을 쩌억 벌린 채 아씨의 붓끝만 바라보더이다. 에그, 저 계정꾼 같은 놈 나중에 제가 망신을 줘야지 하고 벼르며 죽일 듯이 노려보았답니다.

참으로 신묘한 솜씨입니다. 아, 순식간에 파도가 넘실대는 바다가 펼쳐지더니 소담한 모래밭이 나타나지 않겠습니까? 그 파도가 거친 물비늘을 만들며 이리저리 노다니는 바다 한가운데는 커다란 통바위가 떡하니 버텨 서 있는데 그 위에서 한 노인이 삿갓을 쓰고 겁 없이 낚시질을 하고 있더군요. 새치름한 갈고리달이 그 외롭게 앉아 있는 늙은 사내를 비추고 있는데 마치 말을 걸 듯 다정해 보이더만요. 역시 도탑고도 넘느는 우리 아씨의 멋을 그 누구도 따라잡을 수 없습니다.

어찌 망망대해에서 그것도 달밤에 낚시하는 강태공을 그리실 수 있을까요?

"이야, 역시 하늘에서 하강하신 선녀가 맞으시구면."

"기백이 넘친다. 사내도 아닌 아녀자가 어찌 저런 호방한 그림을 그려 내실꼬?"

"이보시오, 그림 장사 양반. 오늘은 코가 납작해지셨으니 그냥 다 접고 한양으로 쏜살 나게 도망가시오."

인선 아씨의 그림에 대한 사람들의 감탄과 더불어 뻐드렁니를 놀리는 조소 소리가 절로 커져 갔습니다. 그림이 완성되어 갈수록 그 건방진 뻐드렁니 인간은 점점 꽃잎이 웅그러지듯 어깨가 축 늘어지더만요. 그렇지요, 어디 감히 북평 최고, 아니 조선 최고의 예인이신 우리 아씨를 놀린답니까?

"다 되었소."

아씨께서 벼루 위에 붓을 놓자 고막이 터질 정도로 박수 소리가 터져 나왔습니다. 사람들의 환호에 저도 신이 나서 손바닥에 불이 날 정도로 박수를 쳐 댔지요. 구경꾼들의 찬사가 계속 될수록 뻐드렁니의 얼굴은 더욱 검붉은 홍시처럼 변해 갔답니다.

"이보시오, 뭐하시오? 당장 아씨께 용서를 구하지 못하겠소?"

저는 냉큼 달려가 가만히 서서 음충맞게 아무 말도 안 하는 뻐드렁니의 소맷부리를 마구 잡아당겼습니다. 쭈뼛쭈뼛 그놈은 게걸음을 걸

듯 옆으로 살살 다가오더니 아씨에게 꾸벅 허리를 숙이며 마지못해 툭 내뱉더만요.

"소인이 아씨를 몰라보고 망발을 저질렀습니다요. 용서해 주십시오."

저저 꼬락서니를 보십시오. 아직까지도 정신을 못 차렸나 봅니다. 땅에 나라지듯 엎드려서 용서를 청해도 모자랄 판국에……. 그냥 달려들어 더수구니를 잡고 혼쭐을 내고 싶더만요.

"다음부터는 사람들을 기만하지 마시오. 이곳은 관동팔경으로 알려진 곳이오. 빼어난 가경이 많은 곳에서 나고 자란 사람들의 심미안 또한 매우 높으니 앞으로는 절대 얕보지 마시오."

"예, 그리하겠습니다요."

"가자, 아지야."

아씨께서 사람들을 향해 뒤돌아서셨습니다. 순간 사람들의 박수 소리와 함께 아씨를 찬하는 목소리가 여기저기서 터져 나오더군요.

"대단하십니다. 아씨!"

"어찌 그 고운 손으로 저런 그림을 그리십니까? 오늘 눈 호강 제대로 했습니다!"

"북평 최고의 자랑거리이십니다. 한양의 웬만한 도화서 화공도 못 따라갈 겁니다요!"

인선 아씨의 조그맣고 하얀 얼굴이 금세 옥춘당처럼 발그레하게 변했습니다. 너무 지체한 듯하여 제가 앞장서서 사람들 사이를 헤치며 아씨를 모셨지요. 썰물에 바다 한가운데 길이 갈라지듯 아씨의 솜씨에 감동받은 이들이 길을 비켜 주었습니다. 장원급제한 이들의 금의환향도 이렇게 대단하지는 않을 겁니다. 저잣거리의 모든 이들이 모여 아씨에게 박수와 환호를 보냈으니까요.

"자, 잠깐만요. 아씨, 잠깐만요."

아니, 저 뻐드렁니 놈이 감히 우리 아씨의 연하디연한 소맷자락을 붙들더군요. 눈알이 튀어나올 정도로 흥분한 저는 얼른 달려가 그놈의 추잡스러운 손을 냉큼 내쳤지요. 그러고는 정신없이 삿대질을 하며 고래고래 고함을 질러 댔지요.

"어디 귀하디귀한 아씨의 몸에 손을 대시오? 우리 대감마님의 불호령이 내려야 정신 차릴 것이오? 썩 물러가시오! 거 아까 용서를 구할 때도 내 아씨께서 계셔서 참았지 어디……. 땅바닥에 엎드려 용서를 청해도 마음이 풀릴까 말까인데 가무대대한 얼굴로 가불거리기는……."

"아지야, 너무 그러지 마라. 그래, 무슨 일이시오?"

"아씨의 그림을 널리 널리 알리고 싶습니다. 제가 한양에서부터 팔도를 돌며 보아 왔지만 아씨처럼 신출귀몰한 솜씨를 지닌 재인은 처음 뵙습니다. 제가 이리 부탁드리오건대, 아씨의 솜씨를 제가 세상에 알릴 수 있는 기회를 주십시오."

저, 저놈이 어디 감히 구린내 나는 속내를 내보이며 아씨에게 욕을 보이려 하더군요. 울화통이 터진 저는 더는 참지 못하고 팔을 걷어붙이고 밉상 맞은 뻐드렁니의 멱살을 쥐고 죽을 듯이 흔들어 댔습니다.

"어디 양반집 귀한 아씨께 험한 짓거리를 하는 것이더냐? 죽고 싶으냐? 그래, 내 오늘 부녀자를 희롱한 대가를 톡톡히 치르도록 하마. 얼른 관아로 가자. 관아로 가서 사람들을 속여 그림을 판 나쁜 놈이라고 다 고해 바칠 것이야!"

저도 어떻게 그런 힘이 솟아났는지 모르겠습니다. 오늘 아씨께서 당한 수모를 갚아야겠다는 생각밖에는 들지 않더군요. 그놈이 아무리 발버둥 쳤지만 제 눈이 뒤집혀진 이상 아무것도 거리낄 게 없더라구요. 사람들은 낄낄거리며 박장대소를 했지만 저보다 힘이 없는 여인을 도와주지도 않는 사내놈들이 밉살스러워 달려가 한 대라도 쥐어박고 싶더군요.

"아지야, 그만하거라. 어찌 그러느냐? 어서 그 손을 놓거라."

"아씨, 오늘 이자한테 받은 수모로도 모자라신 겁니까? 아니, 이놈이 어디 감히 아씨의 고귀한 솜씨를 장사에 이용해 먹으려고 하는데 가만히 있다니요? 이런 잔꾀만 굴려 대는 못된 놈은 혼쭐이 나 봐야 합니다. 아, 뭐해? 관아로 가자니까?"

아무리 여자라도 사내 종놈들이 저를 함부로 못하는 것은 제 이 튼실한 팔뚝 때문입니다. 달 좋은 밤에 저를 꼬드겨 광에서 한번 옷고름을 풀려고 까불거리다가 그냥 땅바닥에 내팽개쳐진 못난 놈들이 어디

한둘인 줄 아십니까? 오늘 이놈은 완전 단단히 걸린 겁니다.

이리저리 흔들어 대는 제 힘에 숨이 막혔는지 뻐드렁니 놈은 두 손을 비비며 사정하기 시작했습니다.

"아닙니다. 어찌 제가 반가의 귀한 아씨를 욕보이겠습니까? 그림값은 톡톡히 쳐 드릴 테니 제발, 제발 아씨의 솜씨를 널리 알릴 수 있게 해 주십시오. 아씨는 관동의 자랑이십니다. 아씨의 그림이 널리 알려져야 관동팔경 외에 이 강릉의 위상이 올라갈 것이 아닙니까?"

저 장사치가 말은 청산유수였습니다. 저한테 혼쭐이 나면서도 뱀 혓바닥처럼 날름거리며 거짓말을 잘도 하더군요. 한 번 더 먹살을 흔들어 대려는 제게 아씨께서는 가만히 등을 두드리셨습니다.

"놓아 주거라, 아지야. 사람을 그리 험하게 대하면 못쓴다. 그리고 나에게 미안하다고 용서를 구하지 않았더냐?"

"하지만 아씨……."

아씨의 눈에 살짝 노기가 서렸습니다. 분명 화가 나신 거지요. 저는 거칠게 그놈을 땅바닥 위에 내던졌습니다. 캑캑거리며 비틀거리는 저 꼬라지를 보셔야 했습니다. 계집에게 먹살을 좀 쥐여놓고는 죽겠다고 한댕거리는 꼬라지가 참으로 볼만합디다.

"이보시오. 참으로 선의로 그런 것이오, 아니면 재물이 탐나서 그런 것이오? 만약 물욕 때문이라면 내 가만두지 않을 것이오."

"만약 그렇다면 제 혀를 뽑을 겁니다. 어찌 제가 그런 짓을 하겠습니까? 아무리 좋은 것이라도 사람들이 인정해 주지 않으면 소용이 없는 겁니다. 제가 아씨의 그림을 한양이나 팔도의 사람들에게 알리는 대신 아씨께 제가 구한 귀한 그림들을 그냥 드리겠습니다. 그것도 싫으시다면 제가 그림값을 후히 쳐 드리겠습니다."

"되었소. 그림이라면 한양에 계시는 아버님이나 외조부께서 구해 주시오. 돈도 필요 없소. 앞으로 사람들을 기만하지나 마시오."

"아씨!"

아이고, 세상 물정 모르는 우리 아씨. 어찌하면 좋습니까? 그 높디높고 호방한 기개와 꼿꼿한 결기는 좋지만 이런 놈 농간에 이용당하시는지도 모르고 넙죽 받아들이시다니요? 보다 못해 제가 나섰습니다.

"아씨, 대감마님께서 아시면 어쩌려구요? 그리고 저런 장사치들은 제 것만 챙기는 것들입니다. 오늘 아씨에 대한 위엄을 높이셨으니 이제 그만하시지요. 작은 마님께서 가슴을 치십니다."

그러나 아씨의 그 고운 눈가에는 장난기가 어려 있었습니다. 뭔가 재미난 것을 떠올리시는 것이 분명했지요.

"아지야, 꼭 내 이름을 쓸 필요는 없지 않느냐? 사내의 이름으로 그린 그림을 세상 사람들이 어떻게 볼지 궁금하구나."

"예?"

어리둥절하여 쳐다보는 절 향해 눈을 찡긋하시던 인선 아씨께서는 장사치에게 고개를 끄덕이셨습니다.

"내일 이 시각에 또 오겠습니다. 계속 여기에 계실 겁니까?"

뻐드렁니의 좁쌀만 한 눈이 반짝거렸습니다. 저 모도리 같은 인간이 원한 대로 되었으니 얼마나 신이 났겠습니까? 그놈은 땅바닥에 코가 닿을 정도로 연신 허리를 굽실거리며 한여름 똥파리처럼 손바닥을 비벼 댔습니다.

"그러믄요, 제 그림값을 후히 쳐 드리겠습니다요."

"이건 누구에게도 알리셔서는 안 될 것입니다. 아시겠습니까?"

"예, 예. 당연하지요?"

암만해도 마음이 놓이지 않던 저는 발길을 돌리시는 아씨의 곁을 따르다가 얼른 뻐드렁니에게로 가서 눈을 치켜뜨며 한 번 더 겁을 주었답니다.

"이 무슨 도섭질인지는 모르나 행여나 우리 아씨를 욕보였다가는 아까보다 더 경을 칠 줄 아시오! 아셨소?"

뻐드렁니는 입술을 밉살스럽게 축 늘어뜨리더니 가소로운 듯 픽 웃으며 또 손가락으로 내 이마를 쿡쿡 찌르지 않겠습니까?

"종년이 주제넘구나. 네 아씨께서 허하신 일이니 썩 물러가거라! 정승집 종놈이 저가 정승인 줄 안다고 하더니 참 어이가 없어서."

"뭐요?"

저 차돌 같은 놈이 팩 돌아서서 쥐새끼처럼 쪼르르 도망가 버리더군요. 성질 같아서는 당장에 달려들어 아까처럼 혼쭐을 내고 싶었지만 아씨가 하도 제 치맛자락을 흔드셔서 참았습니다.

"아씨!"

원망스럽게 아씨를 쳐다보았지만 정작 당자는 알 수 없는 웃음만 지으며 걸어가시더만요. 대체 무슨 꿍꿍이 속이신지 몰라 속만 탈 뿐이었습니다. 저는 그 무엇보다도 아씨의 외조부이신 이사온 대감께서 노하실 것이 두려웠습니다. 그만큼 다른 손녀들보다 가장 사랑하고 아끼셨기 때문에 그 배신감에 마음이 많이 상하실 것이 분명했답니다.

사실 워낙 총기 있고 재주 많은 아씨라 다른 딸들이 시샘을 아니했겠습니까? 작은 마님께서 엄히 단속을 하셔서 그렇지 말도 마십시오. 비단 치마 하나 가지고도 다과상에 놓인 유과 하나 가지고도 다툴 정도였다니까요? 반갓집 규수나 여염집 처자나 다를 것이 무엇이겠습니까? 더 사랑받고 싶고, 더 귀여움 받고 싶은 것은 다 매한가지이니까요.

특히, 셋째 아씨와 막내 아씨가 유달리 인선 아씨를 싫어하셨지요. 아씨께서 아무리 잘해 주시고 챙겨 주셔도 늘 욕심을 내셨지요. 어떤 때는 제가 답답해서 나선 적도 있었지만 그때마다 아씨께서는 절 말리셨답니다.

"내가 손윗사람이니 동생들을 챙겨야지? 괜히 나서지 말거라."

만약 이번 일이 잘못되어서 대감마님께 알려지는 날에는 아마 그

두 밉상스러운 아씨들께서 제일 좋아라 하실 겁니다. 전 그 꼴이 보기가 싫었던 거지요. 참으로 답답한 일이 아닐 수 없었답니다.

그 뒤로부터 정기적으로 아씨께서는 그림을 그려 그 뻐드렁니에게 가져다주라고 하셨습니다. 그놈은 그때마다 되지도 않는 그림값을 주며 생색을 내었지요. 삐뚤한 그 대문니를 잡고 쑥 뽑아 버리고 싶었지만 우리 착한 아씨를 보아서 참았답니다.

아씨께서는 주로 좋은 풍광을 그리셨지요. 아씨의 벌레 그림이나 포도 그림을 좋아하는 이들이 많다고는 하지만 사실 인선 아씨께서는 호방한 경치들을 즐겨 그리셨습니다. 처음에 아씨의 이름이 알려진 것도 산수도 때문이었구요. 그렇지 않으면 선비님들처럼 사군자 그리시기를 즐기시기도 하셨지요.

아씨께서는 '용화'라고 하는 다른 이름으로 그림을 그려 그 뻐드렁니 장사치를 통해 그림을 알리셨습니다. 역시 세상 사람들의 눈은 다 똑같더군요. 그놈이 화색이 되어 두둑하게 엽낭을 제게 주는 것을 보면 필시 꽤나 높은 값에 그림이 팔리고 있음이 분명했습니다. 더 많은 돈을 줄 수 있음에도 그 꾀자기가 일부러 적게 주는 것임을 다 알고 있는 저로서는 부아가 치밀 지경이었지요.

마음씨 넓은 인선 아씨께서는 그림값을 저자에 있는 불쌍한 아이들을 위해 쓰셨답니다. 부모를 잃은 어린아이들이나 동냥질하러 나온

걸인들에게 친히 떡이나 국밥을 사 먹이셨지요. 힘들게 그림을 그려 번 돈으로 참으로 좋은 일을 하시는 아씨를 보고 저도 더는 만류할 수 없었답니다.

그러나 이 세상에 비밀은 없다고 하듯 반년 정도의 시간이 흘렀을 무렵입니다. 제법 바람이 쌀쌀해서 두서구니가 절로 움츠려 들었으니 소설이 갓 지났을 때였지요. 한양에서 공부를 하시던 신 진사 나으리께서 안색이 불편한 채 처가로 돌아오셨답니다. 나으리의 한쪽 손에는 종이 두루마기 몇 개가 들려 있었습니다. 아, 물론 그때는 신 진사가 아니셨지요. 아씨께서 열다섯 살이 되셨을 때 초시에 걸려 진사 나으리가 되셨으니까요.

늘 두담두지 못하고 딸들을 멀리 처가에 떨어뜨린 연유로 나으리의 면색은 북평에 오실 때마다 설을 앞둔 아이처럼 들뜨고 웃음이 만연하셨지요. 솟을대문이 채 다 열리기도 전에 내당으로 달려가신 나으리시니까요. 항시 두 손에는 딸들을 위한 주전부리와 장인이신 이사온 대감마님을 위한 술이 들려 있었지요. 무엇보다 인선 아씨를 위한 그림이나 화첩도 잊지 않으셨을 정도로 다감한 분이셨답니다.

그런 분께서 얼굴이 다갈색이 되어 입을 꾹 다무신 채로 내당으로 드셨으니 얼마나 제가 놀랐겠습니까? 우선 대감마님께 안부 인사를 드린 나으리께서는 조용히 그리고 아무도 몰래 인선 아씨를 부르셨습니다.

아씨의 얼굴 또한 먹장구름처럼 어두워졌습니다. 잠시 아주 잠시 답답한 듯 한숨을 토하시고는 수홍빛 치마를 살포시 손으로 부여잡으시며 일어나셨습니다. 뒤를 따르는 제 간은 어깨에 붙었다, 다리에 붙었다 가만있지를 못하더군요. 곧 눈앞에 펼쳐질 광경에 목울대가 자꾸 조여와 침을 삼키기도 힘들었답니다.

단정한 아사문 안에서는 도란도란 이야기 소리가 흘러나오고 있었습니다. 필시 작은 마님과 진사 나으리께서 걱정스럽게 말씀을 나누시는 것이었지요. 아씨께서는 꾸욱 아랫입술을 한번 깨무시더니 늘 그러하듯 또랑또랑한 목소리로 입을 여셨습니다.

"아버님, 어머님, 소녀 인선이옵니다."

"……"

"인선이옵니다."

"들거라……"

츠렁바위보다 더 무거운 목소리가 제 가슴을 그냥 사정없이 눌러대더군요. 아이고, 가슴이 두방망이질치는 것도 모자라 이젠 턱까지 덜덜 떨려 왔습니다. 땀으로 젖은 손바닥을 폈다 오므렸다를 반복했지만 이 덜덜 떨리는 턱 때문에 입이 다물어지지 않더군요.

"왜 그리 떠느냐? 네가 잘못한 것도 아닌데?"

이 와중에 아씨께서는 웃으시며 제 어깨를 두드려 주셨습니다. 세상에 지금 어떤 일이 벌어지는지도 모르시는 건지 아니면 속이 없으신건지 도무지 알 수가 없었답니다. 황망하여 쳐다보는 날 보시던 아씨께서는 장난스럽게 웃으시더니 다라지게 창호를 열고 닫으셨습니다.

아씨께서 들어가시자마자 다리에 힘이 풀려 털썩 그 자리에 주저앉았습니다. 웃전께서 하시는 말씀을 엿들으면 안 되는 걸 알면서도 물가에 어린아이를 내놓은 어미마냥 걱정이 되어 미칠 것 같더군요. 그래서 그 보이지도 않는 문틈에 눈을 갖다 대고 숨소리를 죽였습니다.

작은 마님께서는 못마땅하신 듯 얼굴을 화초장 쪽으로 돌리시고는 아씨를 제대로 쳐다보시지도 않으셨지요. 신 진사 나으리께서는 책상을 치우시고는 아씨 앞에 들고 오신 두루마기를 하나하나 펼쳐 놓으셨습니다.

"이 '용화'라는 이가 너와 아주 비슷한 필법을 가지고 있더구나. 네가 쓰는 묵법과도 빼닮았고. 혹여 이 '용화'라는 자를 알고 있더냐?"

명확한 증좌 앞에서 아씨는 흐트러짐이 없었습니다. 미동도 느껴지지 않았고 숨소리조차 들리지 않았지요. 당황한 기색도 없었고 눈동자가 흔들리지도 않았답니다. 참으로 우리 아씨의 담력은 알아줘야 합니다.

"다시 묻겠다. 이 '용화'라는 자를 알고 있더냐?"

"……."

나으리의 목소리가 높아진 것을 보니 필시 심기가 매우 불편해지신 것이었지요. 그래도 아씨의 입에서는 아무 대답이 없었고 아무런 변화가 없었습니다. 아이고, 보는 제가 간이 오그라질 정도였답니다. 한마디로 우두망찰이었지요.

그것은 누가 보아도 아씨의 그림이었습니다. 아씨를 잘 알고 있는 이라면 다 알았을 겁니다. 아무리 사람이 감추려 한다고 해도 자신도 모르는 오래된 습관은 고칠 수가 없지요. 저 같은 무녀리도 다 알겠는데 어찌 성균관에서 수학하실 만큼 현명하시고 예리하신 나으리께서 모르시겠습니까?

곧 천둥번개가 치고 온 집안을 뒤흔들 광풍이 몰아닥치나 하여 두 근 반 세 근 반 된 가슴을 부여잡고 있는데, 평소처럼 단아하게 대답하는 낯익은 목소리가 들리더군요.

"제가 그린 것이옵니다."

전혀 부끄러워하거나 숨김없이 아씨께서는 당당하게 고개를 들고 대답하셨습니다. 아이고야, 어쩌면 좋겠습니까? 저도 이리 어이가 없어 숨이 턱 막히는데 돌아앉으신 작은 마님께서는 입을 쩌억 벌리시고는 아씨만 쳐다보고 계셨습니다. 신 진사 나으리께서도 잠시 두 눈을 껌뻑이셨습니다. 나으리께서는 억지로 헛기침을 하시더니 펼쳐 놓은 그림들을 다시 치우시기 시작하셨습니다.

에구머니나, 그런데 이게 뭔 일이랍니까? 나으리의 왼쪽 입꼬리가 실룩실룩 위로 삐쳐 올라가지 않겠습니까?

"네가 '용화'라는 자였구나. 어찌하여 이런 짓을 저질렀느냐? 자고로 반가의 여식이라면 내훈에 따라 몸가짐을……."

"늘 어머니께서 말씀하시지 않으셨는지요? 여인이라 생각하여 고개를 떨구지 말라고요. 제가 여인이라 하여 어찌 제 재주를 감추고 부끄러워해야 한다는 것입니까? 여인이라 하여 또한 신분이 천하다 하여 보는 눈 또한 한미하지 않습니다. 그래서 시험해 보고 싶었습니다. 제가 여인임을 드러내지 않고 사내의 이름으로 그림을 그렸을 때 세상 사람들이 어찌 말하는지요. 제가 여인이라 이 정도 그리는 재주를 찬하는 것인지, 아니면 정말 여인이나 사내임을 따지지 않고 오롯이 예인으로서 그 재주를 인정받을 수 있는지도 궁금하였습니다."

아, 역시 우리 아씨의 기개는 알아줘야 합니다. 구석에 몰리면서도 오히려 자신의 뜻을 굽히지 않고 저리 똘망똘망하게 이야기할 수 있다니요? 여전히 작은 마님께서는 기가 차신지 날숨만 몇 번 내쉬시며 입을 벌리고 계셨지만 신 진사 나으리께서는 껄껄 웃으시더니 곧 정색을 하셨습니다.

"어찌 그리 모자란 생각을 하더냐? 그런 치기로 재주를 인정받는 것이 무슨 의미가 있더냐? 자고로 진정한 예인이란 이기고 짐에 마음을 두지 않는다. 오롯이 자신이 가야 할 길만 걸어감을 모르더냐? 네 너를 그리 저잣거리의 잔재주나 부리는 광대들처럼 자랑질 하라고 가르친 것이라고 생각하느냐?"

엄한 목소리로 꾸중하고 계셨지만 전 분명히 보았습니다. 나으리의 눈은 환히 웃고 있다는 것을요. 사랑하는 딸의 그 결기를 어여삐 보신 것이지요. 사내로 태어나지 못함을 한탄스러워하신 만큼 아씨의 재주를 아끼시는 것이 분명했답니다. 그제야 저는 편히 숨을 내쉬었답니다.

"허나 앞으로 또 이런 일이 있어서는 안 될 것이다. 이번 일은 내 조용히 넘어갈 것이지만 다음에 같은 일로 너를 다시 본다면 용서치 않고 다시는 붓을 잡지 못하도록 할 것이니 그리 알거라."

"예, 명심 또 명심하겠습니다."

"가 보거라."

"나으리!"

아씨의 어머님이신 작은 마님께서는 그제야 정신이 드신 듯 눈살을 찌푸리시며 채근했지만 나으리께서는 엄히 마님을 바라보시며 저어하셨습니다.

"인선아, 어서 건너가 보거라."

아씨께서는 예를 갖추고는 천천히 문을 향해 걸어 나오셨습니다. 저는 황급히 대청마루에서 튀어나와 디딤돌 위에 있는 아씨의 견단화를 신으시기 편하게 돌려놓았지요.

"무슨 일이 있는 것이더냐? 어찌 어머니의 목소리에 노기가 실린 것이지?"

　이런 이런 어찌하면 좋습니까? 우리 인선 아씨 잘 되는 꼴을 못 보
시는 셋째 아씨께서 배실배실 웃으시며 제 앞에 떡 하니 서 계셨습니
다. 아마 북평에서 아니 조선 팔도에서 착한 우리 아씨가 못되는 걸
바라는 사람은 셋째 아씨와 막내 아씨밖에 없을 겁니다. 언제부턴가
그랬었습니다. 우리 아씨께서 넘어지기라도 하면 좋아서 낄낄대며 박
수를 쳐 댔지요. 아무리 투기가 심하기로서니 어찌 자신들한테 그리
잘하고 베푸는 형님한테 모진 마음을 먹을 수 있는지 모르겠습니다.
한 배에서 태어나도 저리 틀리니 참으로 희한한 일이지요.

　"있긴 뭐가 있습니까? 나으리께서 하실 말씀이 있으셔서 그런 거
지요."

　"그래? 허면 왜 네 얼굴이 노래져서 문틈에 귀를 대고 감히 건방지
게 웃전의 이야기를 엿듣는 것이더냐? 내 어머니께 고하여 혼쭐을 내
야겠구나."

　"그런 것이 아니오라……."

　"무슨 일이더냐? 어찌 아지에게 그러는 것이니?"

　아씨께서 어느새 디딤돌 위에 서 계셨습니다. 저는 어찌할 바를 몰
라 윗니로 아랫입술만 잘근잘근 씹어 대고 있었지요. 셋째 아씨께서
는 뒷짐을 지고 그 못생긴 이마에 주름살이 생길 정도로 눈썹을 치켜
올리며 다가오고 계셨습니다. 먹이를 발견한 삵처럼 꾀자기 같은 두

눈이 반들대고 있었지요.

"저 천한 것이 분수도 모르고 웃전의 이야기를 엿듣고 있지 않겠어? 헌데 어찌 아버님께서 한양에서 내려오셨는데도 할아버님께 인사만 올리고 황급히 언니를 부르신 거야?"

"네 그리 궁금하면 아버님께 직접 여쭈어 보거라."

"알겠어. 그런데 아지는 어찌할 거야? 저런 못된 버릇은 일찌감치 고쳐 놔야 하는데? 내 어머니에게 일러 단단히 달초라도 받게 해야겠어."

인선 아씨의 얼굴이 굳어졌습니다. 화가 단단히 나신 것이 분명하셨지요. 아씨만큼 절 아끼시는 분이 없으신데 윤똑똑이처럼 저한테 이리 험하게 구니 언짢으신 겁니다.

"네 몸종도 아니니 괜히 나서지 말거라. 내당에 시끄러운 소리가 나서 좋을 것이 무엇이겠느냐?"

"아, 그래? 이거 보통 심각한 문제가 아닌데?"

그때였습니다. 여전히 속이 상하신 작은 마님께서 진사 나으리께 말씀하시는 소리가 들려오지 않겠습니까?

"대체 어찌 그러신 겁니까? 따끔하게 일러야지요."

"인선이는 다른 아이들과는 다르오. 한번 말하면 다 알아들으니 괜한 걱정 마시구려."

"하지만 장사치와 어울려 그림을 팔았다는 것이 문제입니다. 광통교 서화사까지 그림들이 돌아다닐 정도였으면 팔도에 그 그림이 팔리고 있다는 것이 아닙니까? 소문이라도 나면 이 무슨 망신입니까?"

"허허, 그만하라고 하지 않소? 어찌 아녀자가 지아비의 말에 자꾸 토를 다시는 게요? 자꾸 마음줄 내비치며 인선이에게 그런 말씀 마시오. 사내 같은 기개를 가진 아이라 분기로 또 그럴 수 있소."

셋째 아씨는 재미나 죽겠다는 듯 큭큭대며 웃으셨습니다. 큰일 났습니다, 정말로 큰일 난 일이었지요. 입 가볍고 우리 인선 아씨 시샘하는 말꾸러기 아씨께서 이 일을 아셨으니 대감마님과 온 집안, 아니 북평에 소문이 나는 것은 시간문제였답니다.

"세상에 언니! 천한 장사치랑 붙어 그림을 판 거야? 어찌 반가의 처자가 그런 망측한 짓을……. 그래서 아버님께서 그리 노하셨구나."

함함한 족제비처럼 날쌔게 뒤돌아선 셋째 아씨는 강색 치마를 들고는 쪼르르 달려 나가셨습니다. 산 너머 산이라더니 이 일을 어찌하면 좋을지 눈앞이 캄캄하더군요. 곧 온 집안에 이 흉한 소문이 퍼져 난리가 날 겁니다. 엄하신 대감마님께서 알게 되신다면 아무리 가장 예뻐하시는 손녀라 하더라도 용서하지 않으실 것이 분명하니까요.

무슨 말을 해야 할지, 무엇을 해야 할지도 몰라 발을 동동거리며 쳐다보는 제게 정작 당자인 아씨께서는 함박웃음을 지으셨습니다.

"뭘 그리 염려하느냐? 이미 아버님께서 용서하셨는데 걱정할 것이 무엇이라고."

그날따라 시간이 너무도 더디게 가더군요. 고자질을 하러 사랑으로 달려가신 셋째 아씨의 붉은 치맛자락이 내당 문 틈 사이로 보일까 싶어 몇 번이고 고개를 빼고 쳐다보았답니다. 이상하게도 집 안은 평소와 같이 조용했습니다. 조용하니 더 가슴이 더 콩닥콩닥 뛰더만요. 원래 폭풍이 몰아치기 전의 고요가 더 무서운 법이지요.

저녁상을 물리고 날 때까지 대감마님께서는 아무 말씀이 없으셨습니다. 그날 저녁상에 올라온 고깃국과 찬거리도 다 기억이 날 정도로 생생합니다. 가득 긴장한 채로 맛도 보지 않고 대강 음식을 배 속으로 쑤셔 넣었더니 체하여 몇 번이고 저녁 먹은 것을 다 게워 내었을 정도니까요. 그런데 희한한 것은 오히려 당자인 아씨께서는 태연하게 석반을 드셨답니다. 참으로 대담하신 건지 걱정이 없으신 건지 헷갈리더이다.

이상한 것은 또 하나 있었습니다. 신이 나서 남사당패의 삐리처럼 촐싹거리며 달려가신 셋째 아씨께서는 샐쭉한 얼굴로 입이 주먹만큼 튀어나온 채로 밥을 먹는 둥 마는 둥 하셨다는 것이지요. 필경 몽짜를 부리려다 뜻대로 안 된 것이 분명했답니다.

저녁상을 치우고 나니 으슴푸레한 갈고리달이 야천에 보이더군요.

마음이 답답해서 그런지 평소 새침한 그 모습이 더욱 밉살스러운 셋째 아씨와도 같았습니다. 서책을 읽으시는 아씨 옆에서 잠자리를 정리하던 저를 대감마님의 비자인 방개 아저씨께서 문밖에서 찾더군요.

"둘째 아씨 뫼시고 사랑으로 오너라."

"왜요? 대감마님께서 노하신 건가요?"

"떽! 어찌 웃전이 하는 일에 그리 경거망동하며 나서 대는 것이야? 혼이 나야 하겠느냐?"

방개 아저씨의 불호령에 저는 더 물어볼 수 없었답니다. 드디어 올 것이 왔다는 생각에 덜덜 떨리는 손으로 아씨께 말씀을 아뢰었습니다. 차분하게 서책을 덮으신 인선 아씨께서는 맨드리를 살피시고는 창호를 열고 쪽마루로 나오셨지요.

사랑으로 향하는 길은 한양으로 향하는 길보다 더욱 길었습니다. 가을의 끝자락이 느껴지는 초겨울의 입김은 다정하면서도 쌀쌀맞았지요. 두서구니를 쌍그렇게 하는 한기가 절로 옷깃 사이를 파고들었지만 밤바람의 쌀쌀함보다도 서슬 퍼런 대감마님의 얼굴이 떠올라 오금이 저려 오더군요. 하지만 인선 아씨께서는 낯빛이 변한다거나 무서워하는 기운이 느껴지지도 않으셨습니다. 역시 괴걸이십니다.

사랑의 창호에 비친 대감마님의 그림자는 책상 위에 종이를 펼쳐 놓고 살피시고 계셨습니다. 제 목구멍에서는 절로 꿀꺽하고 침 넘어가는 소리가 들렸지요. 필시 진사 나으리께 물어보시고는 아씨께서 그리신 그림을 보고 계신 것이 분명했습니다.

"아씨, 어쩌면 좋아요?"

"참, 너도. 당자인 나는 아무렇지도 않은데 어찌 그리 벌벌 떨고 있더냐?"

"이제 그림을 그리지 말라고 하시면 어쩌시려구요?"

아씨께서는 야천을 올려다보시며 시원하게 숨을 내쉬셨습니다.

"붓을 쥐지 못한다면 지두화라도 그려야지. 뭐, 붓이 없다고 그림을 그리지 못하겠느냐? 지필묵이 없어도 내 손가락이 붓이고 흙바닥이 종이가 될 수 있고, 나뭇가지가 붓이라면 물에 찍어 바위에다 그리면 되지 않더냐? 왜 내가 그림을 못 그린단 말이냐?"

저는 어이가 없었습니다. 하긴 이런 일로 의기소침할 아씨가 아니시지요. 허나 인선 아씨를 너무도 아끼시는 대감마님께서는 분명 크게 상심하셨을 겁니다. 될 대로 되라지요. 당자인 아씨께서도 저리 태연자약이신데 비자인 제가 애간장을 태우는 것도 아씨 말씀대로 우스운 일이라는 생각이 듭디다.

"할아버님, 저 인선이옵니다."

"들어오거라."

늘 그러하듯 한겨울 아랫목 같이 따뜻한 목소리가 문지방 넘어 들려왔습니다. 노하지도 흥분하지도 않은 평소와 같은 목소리였지요. 덕분에 잠시 마음은 놓았지만 띠살문을 열고 들어가시는 인선 아씨의 뒷모습을 보니 또다시 숨이 턱 막히더군요.

"앉거라."

창호에 비치는 아씨의 그림자가 침착하게 대감마님 앞에 소곳하게 앉더군요. 대감마님의 그림자는 책상 위에 올린 그림을 들어 아씨의 그림자에게 건넸습니다.

"이것이 네가 그린 것이더냐? 네 아비 말대로 객기를 부린 것이냐?"

"제가 그린 것이 맞사옵니다."

갑자기 머릿속에서 쿵 하는 소리가 들려왔습니다. 세상이 무너지는 듯 앞이 캄캄하더군요. 전 분명히 들었습니다. 아주 잠시였지만 이사 온 나으리의 숨소리가 약간 거칠어진 것을요. 아이고, 이를 어찌하나 싶어 디딤돌 위에 바짝 나부라지듯 앉아 귀를 기울였습니다.

"맞다? 거참. 열절스럽구나, 열절스러워. 반가의 여식이 이런 짓을 해도 되는 것이더냐? 지전의 환쟁이들처럼 그림을 팔아 돈을 벌다니. 너와 네 동생들의 혼삿길이라도 막히면 어쩌려고 이런 생각 없는 짓을 한 것이냐?"

되도록 차분하게 말씀하시려고 노력은 하셨지만 점점 빨라지시는 대감마님의 말투에 저도 모르게 가슴과 목울대가 옥죄고 입 안이 타 들어 가더군요. 노하신 것이 분명합니다, 암 그렇고말고요!

"제가 철없는 행동을 한 것에 대해서는 입이 열 개라도 할 말이 없습니다. 허나, 여인이기에 폄하되는 제 재주를 사내라고 하면 세상 사람들이 어찌 말할지 궁금하기도 했습니다. 이 조선이라는 나라가 여인이 마음껏 재주를 탐하도록 두고 보지 않으니 말입니다."

"인선아!"

"할아버님, 제가 앞으로 붓을 들지 말라고 하셔도 전 제 손가락으로 그림을 그릴 것입니다. 손가락을 잘려 지두화를 그리지 못하도록 하신다면 발가락으로도 그릴 것이며, 발가락이 다 잘려 나간다 하더라도 전 제 마음속으로 그림을 계속 그릴 것입니다. 제가 잘했다는 것은 아닙니다. 그러나 제가 여인이기에 그림을 그리고픈 마음을 감추고 부끄러워하기는 싫습니다."

이 일을 어찌합니까? 대감마님의 가빠진 숨소리가 더 커졌습니다. 이제 한밤에 몰아치는 광풍처럼 불호령이 떨어질 것 같아 저도 모르게 두 손으로 귀를 막고 두 눈을 꼭 감았습니다. 무서웠습니다. 정말 무서웠습니다. 예전에 대감마님께서 한번 크게 화를 내신 것을 본 사람이라면 저처럼 무서워할 겁니다.

평소에는 고고한 학처럼 온화하신 대감마님이시지만 믿음을 배신하는 이에게는 한겨울 칼바람처럼 무자비하고 매서우셨습니다. 나으리께서는 다른 것보다도 거짓말을 하고 신의를 저버리는 것을 제일 싫어하셨습니다. 일을 못하고 둔된 사람이더라도 남을 속이지 않는다면 이내 다 용서하셨지요. 하지만 아무리 영특하고 꾀자기 같은 사람이라도 한번 속이면 바로 내치셨답니다. 그러니 제가 이렇게 오줌 마른 강아지마냥 동동거릴 수밖에요.

크게 들숨과 날숨을 열 번 정도 번갈아 내쉬었을 무렵, 저는 궁금해졌습니다. 아씨께서 어찌하고 계시나? 달초를 호되게 당하시는 것일까? 아니면 울고 계실까? 걱정이 된 저는 한쪽만 실눈을 뜨고 천천히 창호를 바라보았습니다.

엥? 이게 어찌된 일입니까? 창호 속의 대감마님께서는 수염을 쓰다듬으시며 껄껄 웃으시며 다른 그림들도 살피고 계셨습니다. 여전히 아씨께서는 두 손을 가지런히 모아 무릎 위에 포개어 앉아 계셨지요.

"참으로 너답구나, 너다워. 그래 그림은 많이 팔았더냐?"

"장사치가 그의 이문을 남길 대로 다 남기고도 꽤 많이 받았습니다. 허나 사사로이 쓰지 않고 저자에서 밥을 굶는 아이들과 노파들에게 국밥을 사 주거나 먹을 것을 사 주었습니다."

"가련한 이를 도와준 것은 잘했다. 허나 네 아비 말대로 다시는 이런 일이 있어서는 안 되느니라. 조선은 사대부의 나라가 아니더냐? 체면을 중시하는 반가의 여식이 이런 행동을 했다는 소문이 퍼지면 너뿐만 아니라 곧 조정에 출타하기 위해 열심히 수학하고 있는 네 아비의 얼굴에도 먹칠을 하는 것이니라. 앞으로는 이런 치기로 장난을 해서는 아니 될 것이다. 명심하겠느냐?"

"명심 또 명심하겠사옵니다."

"되었다 건너가 보거라."

"저를 보내시기 전에 제게 회초리를 드십시오."

"뭐라?"

이건 또 무슨 말이랍니까? 대감마님께서 너그러이 보아 주셔서 일이 다 해결되었는데 회초리를 때리라뇨? 아, 정말 우리 아씨는 알다가도 모르실 분이십니다.

"아우들이 제 일을 알았습니다. 잘못된 일임을 알면서도 아무 벌을 받지 않는 것은 아니 될 일입니다. 또한 이러할진대 앞으로 할아버님과 부모님에 대해 제 동생들이 어찌 존경을 하고 따르겠습니까? 지금 아우들을 부르셔서 다 보는 앞에서 단단히 절 달초해 주십시오."

"인선아……."

대감마님께서는 말을 잇지 못하셨습니다. 가장 아끼는 손녀를 때릴 생각만 하셔도 마음이 아프신 거지요.

아씨께서는 문을 여시더니 절 부르셨습니다.

"형님과 함께 아우들도 이 사랑으로 오라고 전해 다오."

"아씨……."

"어허, 뭘 하느냐? 웃전이 하시는 말씀을 그냥 허투로 들어 넘길 것이냐?"

억지로 몸을 세워 일어났지만 차마 발걸음이 떨어지지 않았습니다. 우리 아씨께서 달초를 받을 것이니 구경하러 오라고 부르는 것이지 않습니까? 천근만근 무거운 발걸음을 억지로 떼고 있는데 아씨께서는 닦달하셨습니다.

"어서 가지 못하겠느냐? 할아버님께서 너 때문에 늦게 잠자리에 드셔야 하겠느냐?"

갑자기 눈앞이 뿌얘지고 목구멍에서 뜨거운 숨이 불어 올라왔습니다. 눈꼬리에서 눈물이 흘러내리자 소맷부리로 벅벅 닦아 버리고는 앙탈을 부리며 달려갔습니다.

"갑니다, 간다고요! 아씨께서는 뭐가 그리 급하십니까?"

작은 사랑채 창호에 네 명의 아씨들이 앉아 치마를 걷고 서 있는 우리 아씨를 쳐다보았습니다. 다 큰 처자가 속살을 보일 수는 없는지라 외조모이신 큰 마님께서 대나무로 된 회초리를 들고 계셨습니다. 그런데 앉아 있는 그림자들 중에 손을 가리고 히히덕거리는 그림자 둘이 눈에 들어왔습니다. 예, 예! 안 봐도 전 다 알고 있었습니다. 둘되고 가살스러운 셋째와 막내 아씨이지요.

"또다시 그러면 내 절대 용서치 않을 것이다. 알겠느냐?"

"예, 할머님. 명심 또 명심하겠사옵니다."

태연하게 애를 쓰시려 하셨지만 큰 마님의 목소리가 미세하게 떨리더군요. 눈에 넣어도 아프지 않은 예쁜 손녀를 때려야 하니 얼마나 마음이 쓰라리시겠습니까? 참말로 마음이 아파 못 견디겠더구면요.

"찰싹! 찰싹!"

회초리가 아씨의 그 비단결 같은 종아리에 매정하게 내려쳐질 때마다 제 심장이 움찔움찔했습니다. 차라리 제가 맞았으면 좋겠더군요. 착하고 영특한 우리 아씨께서 저리 맞으셔야 하는 것이 다 제 탓인 것만 같아 아씨께서 문을 열고 절뚝거리며 나오실 때까지 손톱을 물어뜯으며 말없이 닭똥 같은 눈물만 흘려 댔답니다.

"아프지 않으십니까? 대감마님께서 다 용서하셨는데 대체 왜 자처하신 겁니까? 쉰네 좋아라 하시는 셋째 아씨와 막내 아씨를 보고 있으니 분통이 터져 죽는 줄 알았습니다요."

곱디고운 종아리에 비색과 선홍빛의 회초리 자국을 보니 약을 바르는 제 손이 덜덜 떨립디다. 이리 보고 있는 제가 화가 치밀어 오르는데 보기만 해도 좋은 꽃보다 더 어여쁜 손녀를 때려야 하신 큰 마님께서는 얼마나 마음이 아프셨겠습니까?

"내가 손윗사람이니 당연히 모범을 보여야 하지 않느냐? 어찌 그러느냐? 당연히 형님으로서 잘못을 했으면 아우 앞에서라도 본보기를 보여 가르침을 줘야지."

"참으로 자알도 하셨습니다요! 그래서 이리 제대로 걷지도 못할 정도로 맞으시니 속이 후련하십니까?"

웃으시며 말씀하시는 아씨가 되려 밉더군요. 이런 제 마음도 모르시

고. 너무도 속이 상해 약 바르는 것도 싫더라고요. 약을 다 바르고 백
말을 신겨 드리자 아씨께서는 일어나셔서 내 손을 움켜쥐셨습니다.

"마음 상하게 해서 미안하다, 아지야. 내 어찌 네 마음을 모르겠느
냐? 허니 속상해하지 말고 건너가 편히 자거라."

이래서 제가 우리 아씨를 좋아하고 따를 수밖에 없다니까요? 가슴
이 따듯해지면서 꽁하게 뭉쳐 있던 것들이 스르르 풀리더군요. 절로
뜨거운 눈물이 제 뺨을 적셨습니다.

그렇게 아씨도 저도 아무 말 없이 두 손만 꼭 잡은 채 서로를 바라
보고만 있었습니다. 말이 필요 없었지요. 이미 서로의 마음을 다 알고
있을진대 손에서 느껴지는 온기로도 충분한 위로가 되었으니까요.

🌸 지리한 인연

"세상에 어머니께서 그런 장난도 치셨는가? 내 금시초문이로구먼."

매창 아씨께서 재미있으신지 한참을 웃으십니다. 하긴 아기씨에게는
크고도 넓은 어머니의 모습으로만 기억되어 있는 인선 아씨셨으니까
요. 오래전의 일이건만 어제 일처럼 또록하게 떠올라 저도 기분 좋게
웃어 보았습니다.

"그런데 말이지, 내 기억에도 큰 이모님께서는 과묵하시지만 인자하셨고 셋째 이모님께서는 어머님과 참으로 가까이 지내셨지. 헌데 둘째 이모님과 막내 이모님께서는 데면데면하게 지내신 거 같아."

"당연하지요. 어릴 적부터 얼마나 인선 아씨를 시기하고 툭하면 잘못한 거 없나 눈에 불을 켜고 보셨답니다. 그것 때문에 저랑도 많이 티격태격하셨지요."

그러니까 매창 아씨께는 둘째 이모님이신 셋째 아씨께서는 늘 인선 아씨를 못살게 괴롭혔습니다. 철나기도 전부터 그러셨는데, 다 똑같이 나누어 주어도 인선 아씨의 것을 탐내고 더 가지려고 욕심을 내셨지요. 어찌 한 배에서 나와도 그리 다른지 모르겠습니다. 정말 세상 이치가 모를 일이라니까요?

흠, 어디 보자. 인선 아씨께서 곧 열세 살이 되셨던 설날이었지요. 아, 그해는 큰 경사가 있었는데 신 진사 어르신께서 진사가 되셔서 성균관에 들어가셨던 해였답니다. 아마 인선 아씨께서 처음이자 마지막으로 호되게 셋째 아씨를 야단치신 그날입니다. 지금 생각해도 참으로 영악하고 못된 짓이었지요.

설이나 한가위 때면 항상 이사온 대감님 댁으로 많은 손님이 찾아왔지요. 물론 처가의 덕을 많이 입으시긴 했지만 북평의 큰 부자이신 대감님께 청탁을 하러 찾아오는 사람들이 꽤 되었습니다. 해서 늘 달포 전부터 음식 장만하느라 분주했지요.

찾아오는 이들 중에는 큰 어물상도 겸하는 객주도 있었답니다. 꽤나 큰 거상이라 올 때마다 많은 선물을 갖고 왔는데 늘 진귀한 것들이었답니다. 그날은 아씨들을 위해 귀한 노리개들을 선물로 갖고 왔답니다.

호박으로 만들어진 나비 삼작 노리개부터 금니사로 화려하게 치장된 금니사 노리개, 도금하여 호리병 모양으로 만든 도금 호로병 삼작 노리개까지 귀하고도 예쁜 것들이 엄청 많더구먼요. 그것도 몇 개가 아닌 두 개씩 고르시라고 열 개를 마련해 왔지요. 아, 보기만 해도 황홀해지는 것이 제가 종년이 아니라면 당장이라도 덤벼들어 하나 골라 제 옷고름에 차고 싶을 정도였지요.

대감마님께서는 늘 그러시듯 작은 마님에게 나누어 주라고 하셨는데 이상하게도 인선 아씨는 따로 부르셔서 직접 주셨답니다. 가장 아끼는 귀한 손녀이니 대감마님께서 친히 주고 싶으셨나 봅니다. 사랑채로 향하는 동안 제 뒤통수가 무지 따갑더니만요. 왜 그런지 아시겠지요? 샘 많고 욕심 많은 셋째 아씨와 막내 아씨가 인선 아씨를 뚫어져라 노려보고 있었던 겁니다.

솔직히 제가 아씨의 몸종이어서가 아니라 우리 아씨만큼 잘난 아씨가 이 댁에 또 어디에 있습니까? 제가 대감마님이라도 아씨를 제일 예뻐라 할 겁니다. 말이 나와서 말이지, 셋째 아씨와 막내 아씨께서는 글눈도 그리 밝지 않으시고 그렇다고 반가의 음전한 자태를 갖추고 바느질이라도 잘하면 봐주기라도 하겠지만 손재주가 없으신지 알량하게 수를 놓은 손수건을 볼 때마다 저 건깡깡이 같은 솜씨에 한숨이 나왔답니다. 차라리 제가 발로 해도 그보다는 훨씬 낫겠더라고요. 정말 한 배에서 난 자매들인데도 달라도 어찌 이리 다를까요?

대감마님께서는 인선 아씨께 손수 고르신 홍옥으로 된 금니사 노리개와 사향노리개를 주시더군요. 또 귀한 황모필로 된 붓을 담은 필낭 또한 주셨는데 제가 받지도 않았지만 절로 흥이 났답니다. 아씨께서는 워낙에 그림을 즐겨 그리시기에 화려한 노리개보다 새 붓을 받고 좋아라 하셨지요.

내당으로 다시 돌아오니 셋째 아씨와 막내 아씨가 도끼눈을 한 채 저와 아씨를 노려보며 앉아 계셨지요. 어이고, 그 모양새가 어찌나 밉살스러운지 저자의 넛보들을 보는 것 같아 쳐다도 보기 싫더군요.

"좋은 것 받으셨나 보우?"

셋째 아씨께서 팔짱을 낀 채 대청에서 내려오시며 툴툴거리시더군요. 그러나 늘 그렇듯 인선 아씨께서는 빙그레 웃으시며 고개만 끄덕이셨습니다. 그 반드러운 눈빛으로 우리 아씨께서 들고 계신 필낭과 노리개를 살피던 셋째 아씨의 눈꼬리가 사나워지기 시작했습니다.

"아, 할아버님께서 특별히 챙겨 주셨나 봐?"

"어디 어디? 어, 정말이네?"

셋째 아씨의 말에 막내 아씨도 냉큼 달려와 인선 아씨께서 들고 계신 노리개를 쳐다보며 입을 삐죽거리셨습니다. 인선 아씨께서는 들고 계신 노리개를 보시더니 하나는 셋째 아씨에게 나머지 하나는 막내 아씨에게 건네셨습니다.

"마음에 드느냐? 허면 하나씩 가지거라. 난 이 새 붓만 있으면 되니까."

"됐소? 우리가 거지요?"

셋째 아씨는 팩 돌아서며 아직도 눈을 떼지 못하고 있는 막내 아씨를 돌려세우셨습니다. 저저 몽짜를 부리는 꼬락서니를 보라지요! 꼭 저런 식이라니까요? 늘 남의 것을 탐내고 빼앗으면서도 꼭 저리 성질을 부리며 사람 속을 박박 긁어 대었답니다.

하지만 우리 아씨께서는 너털웃음을 지으시며 다시 한 번 더 참으셨지요.

"여태 받은 노리개도 난 많으니 이건 필요 없다. 가져가거라. 아, 어서! 들고 있는 내 팔이 아프구나."

삐죽거리며 걸어가던 셋째 아씨께서 뒤돌아 한쪽 입술을 추켜올리셨습니다. 아, 정말……. 제가 천한 종년만 아니면 가서 뺨이라도 한 대 후려갈겼을 겁니다. 어디 감히 형님에게 저런 작태를 보인답니까? 그리고 우리 아씨께서 뭘 잘못하셨는데요? 아씨께서는 끝까지 참으시며 또 권하셨습니다.

"자, 가져가서 곱게 쓰거라. 네 새 치마에 참 잘 어울릴 것 같구나."

"됐다고 하지 않소? 나중에 그걸 하고 다니다 할아버님께서 노하시면 우리 더 미워하시라고? 참으로 우리 형님께서는 영특하시오. 어찌 지금 받는 총애라도 모자라서 더 받으려고 안간힘을 쓰시는 게요?"

제 숨소리가 절로 거칠어졌습니다. 당연히 두 주먹도 부르르 떨렸지요. 우리 아씨께서 이리 양보하시는데 반가의 처자들이란 사람들이 밤비에 자란 사람처럼 민충하게 행동하더라고요. 제 동생들이었다면 저 머리채를 휘감아서 그냥 땅바닥에 내동댕이쳤을 겁니다. 하극상도 이런 하극상이 어디에 있습니까? 저걸 대감마님께서 보시고 회초리를 직접 내리치셔야 하는데 말이지요.

그러나 우리 인선 아씨께서는 계속 웃으셨습니다. 예뻐서 웃으셨겠습니까? 말 그대로 더러워서 웃으셨겠죠. 뭐 아씨 마음은 모르지만 전 그렇게 생각할랍니다.

"너도 참! 가져가서 곱게 쓰라니까?"

"됐다고 하지 않았소? 귀머거리도 아니시고 왜 사람 말귀를 못 알아들으시는 게요?"

셋째 아씨께서 인선 아씨의 내미는 손을 탁 쳐 버리시더만요. 아씨의 양손에 들린 노리개들이 붕 하고 날아가더니 흙바닥에 떨어졌습니다. 막내 아씨께서 노리개들을 주우려고 몸을 숙이셨지만 셋째 아씨께서 막내 아씨를 냅다 밀어 버리셨지요.

"어찌 이리 모자라게 구는 것이더냐? 그래서 우리가 무시당하고 사는 거야!"

이런 이런! 이제 못하는 말이 없더구먼요. 어디 감히 우리 아씨에게 그것도 손윗사람에게 대드는 것입니까? 제가 두 주먹을 꼭 쥐고 부들부들 떨고 있는데 두서구니가 절로 쌍그러지는 목소리가 들려왔습니다.

"방금 막내를 밀쳤느냐?"

한겨울 바다의 날선 바람처럼 차분하고도 진중한 목소리였습니다. 절로 제 오금이 저려 올 정도로 차가운 음성이었지요. 전 천천히 고개를 돌려 인선 아씨를 바라보았습니다. 아씨의 낯빛이 익어도 한참 익은 홍시처럼 변해 있었지요. 아이고, 우리 아씨 화나신 적이 거의 없는데, 단단히 화가 나신 것이 분명했습니다.

"네, 밀쳤소. 그러면 안 되오?"

아직도 정신 못 차렸는지 저 바가기 같은 위인이 또 바락바락 대들더라고요. 저 밉살스러운 주둥이를 한 대 치고 싶었지만 입술을 깨물며 참았습니다. 인선 아씨께서는 넘어진 막내 아씨를 일으키시며 치마에 묻은 흙을 털어 주셨습니다. 그 모양새가 아니꼬운지 셋째 아씨께서는 이리저리 눈알을 돌려 대며 실죽거리시더먼요.

"참으로 정겹소. 너무 정겨워서 눈물이……. 아얏!"

순식간에 일어나 저도 정신을 차릴 수 없었습니다. 까불거리며 주둥이를 나불대는 셋째 아씨가 한 손으로 오른뺨을 부여잡고 놀란 토끼눈처럼 인선 아씨를 바라보고 있었으니까요. 너무도 빨라 전 인선 아씨께서 셋째 아씨 뺨을 때리시는 것도 보지 못했습니다. 지금 생각하니 너무 아깝네요. 그걸 봤어야 속이 후련했을 터인데. 하하, 저도 참 못됐지요?

"방금 저 때리셨소? 세상에! 나한테 손찌검을 하신 게요?"

"왜? 너는 다른 이를 함부로 다루면서 다른 이는 너한테 그러면 안 되더냐? 너는 되고, 다른 이는 안 된다. 그런 법이 어딨느냐?"

"하지만……."

"시끄럽다!"

인선 아씨의 눈에서는 냉랭한 기운만이 느껴졌습니다. 저도 셋째 아씨도 그 모습이 무서워 숨도 제대로 쉬지 못할 정도였으니까요.

항상 제가 얘기하지만 우리 아씨는 보통 여인이 아닌 괴걸 같은 여장부이셨습니다. 웬만한 사내도 그 앞에서는 가불거리지 못할 정도로 태산 같은 기개를 지니신 분이셨지요. 화를 내시면 산이 무너지듯 바다가 세상 밖으로 터져 나오듯 정신을 쏙 빼놓게 하셨습니다. 그리고 베푸시면 티끌까지도 감싸 안으실 것처럼 잘해 주셨지요. 세상에 이런 아씨를 제 주인으로 모셨으니 제가 지금 안방을 차지하고 있는 천한 데서 굴러먹은 권 씨를 안방마님처럼 고분고분하게 따르겠습니까?

"내 그동안 네가 민하게 굴어도 다 용서하고 넘겼다. 하지만 오늘 네가 한 작태는 도저히 넘어갈 수가 없구나. 어찌 한 부모 밑에서 난 동생을 이리 험하게 다룰 수 있느냐? 이 아이가 네 비자이더냐? 설령 비자라고 하더라도 이리 험히 대해서는 안 되거늘 어찌 형님이라는 것이 망발을 일삼는 것이더냐? 오늘 일은 그냥 넘어갈 수가 없다."

"그냥 안 넘어가시면 어찌 하시려고? 아, 어머님께 이르시려고? 일러 보시오! 내가 겁먹을 줄 아오?"

맞고도 정신을 못 차리는 저 굴퉁이를 보니 제가 가서 한 대 더 때리고 싶더군요. 말귀를 못 알아듣는 것인지, 원래부터 모자라게 타고난 것인지, 늘 대드는 꼬락서니가 미워 죽겠는데도 우리 아씨께서는 퍽도 많이 참으셨답니다.

"네가 겁을 먹는지 안 먹는지는 두고 보자꾸나."

아씨께서는 허리를 굽혀 땅바닥에 내 팽겨진 노리개 두 개를 다시 주워 오셨습니다. 그러고는 흙을 털어 내시고 막내 아씨에게 내미셨지요.

"셋째가 싫다고 하니 네가 다 하거라."

"예? 예……."

막내 아씨는 어안이 벙벙하면서도 이게 웬 횡재냐 싶어 넙죽 받으시더구먼요. 저저 못난 코푸렁이를 보십시오. 늘상 둘이 같이 붙어 우리 아씨께 미운 짓만 하면서도 저걸 받고 싶을까요? 정말 한 배에서 나왔지만 달라도 어찌 저리 다를까요?

그 꼴을 보고 가만있으실 셋째 아씨가 아니셨지요. 당장 달려가 막내 아씨의 손에서 노리개를 빼앗으려고 하니 막내 아씨께서는 인선 아씨의 뒤로 와 숨으셨습니다.

"내놓지 못해? 하나는 내 거라고! 당장 내놔!"

"찰싹! 찰싹!"

아이고머니나……. 어디선가 가슴을 후련하게 만드는 시원스러운 매타작 소리가 들려 저는 웃었습니다. 아까는 놀라서 웃지도 못했지만 이번에는 절로 웃음이 나오더군요. 양쪽 뺨을 연달아 맞은 셋째 아씨는 혼이 나간 듯 우두망찰 멍하게 인선 아씨를 쳐다보고 있었습니다. 아씨께서는 더욱 큰 목소리로 말씀하셨지요. 마치 암호랑이가 분수도 모르고 까부는 승냥이를 향해 포효하는 것처럼 말이지요.

"누가 네 것이라더냐? 내가 다 주는 것인데, 어디 막내의 것을 빼앗아? 정녕 네가 죽고 싶은 것이로구나!"

"이보시오!"

"찰싹!"

또 한 번 속을 뚫리게 만드는 소리가 들려왔습니다. 저는 너무도 좋아서 그만 낄낄거리고 말았지요. 놀라서 쳐다보던 셋째 아씨의 눈은 희번덕거리다 못해 분해서 눈물이 맺혀 있었습니다.

"아직도 네 잘못을 모르는 것이더냐? 당장 막내에게 미안하다고 하지 못할망정 또 대드는 것이더냐? 내가 어머님께 가서 고하고 호되게 달초를 받아야겠구나!"

셋째 아씨는 분한지 어깨를 들썩이며 인선 아씨를 죽일 듯이 노려보았습니다. 하지만 노려보면 어찌할 겁니까? 아씨 말씀이 다 옳으신 걸요. 두 개나 노리개를 챙긴 막내 아씨는 이 틈을 타 쪼르르 내당 밖으로 내빼셨습니다. 아이고, 저런! 저런 모자란 위인을 봤나요? 하긴 나이가 들어도 아직 저러고 사신답니다.

인선 아씨와 셋째 아씨는 꽤 오랫동안 말없이 서로를 바라보며 서 계셨습니다. 중간에 서 있는 제가 숨이 다 막혀 오더라구요. 동생을 바르게 가르치려는 형님과 끝까지 물러나지 않으려는 영악한 동생 사이에 흐르는 공기가 꽤나 무겁고 날이 서 절로 소름이 끼쳤습니다.

셋째 아씨께서는 계속 눈물이 그렁그렁 맺히신 채 인선 아씨를 노려보셨습니다. 인선 아씨께서도 흐트러짐 없이 셋째 아씨를 바라보고 계셨지요. 저라면 저리 대드는 동생을 가만두지 않겠지만 아씨께서는 그저 바라보고 계셨습니다. 답답해서 제가 대신 셋째 아씨의 무릎을 꿇게 하고 싶을 정도였으니까요.

얼마나 시간이 흘렀을까요? 한 식경이 조금 지났을까요? 셋째 아씨께서 고개를 돌리며 툭 던지듯 먼저 입을 여셨습니다. 진득한 고요함을 깬 첫 마디라 저도 모르게 움찔거렸답니다.

"내가 잘못했소. 내가 막내를 때린 것은 참으로 잘못했소."

"……."

"잘못했다고 하질 않소?"

"그보다 더한 것이 있는데도 어찌 말을 하지 않더냐?"

고요하게 나지막하게 입을 여신 인선 아씨의 눈에는 아직도 노기가 서려 있었습니다. 하긴 저렇게 말을 하는데 나라도 화가 풀리지 않았을 겁니다.

"어찌 자꾸 남의 것을 탐을 내더냐? 내 것을 다 가져도 좋다. 하지만 형제간에 서로 시기하고 미워하는 것은 옳은 일이 아니지 않으냐? 그게 네가 한 가장 잘못된 것이다."

"그러시오? 아, 그렇게 생각하시오?"

셋째 아씨께서는 고개를 빳빳이 쳐드시더니 비아냥거리셨습니다. 아이고, 매를 버네요 벌어. 저라면 끝까지 고개를 조아리며 잘못했다고 할 것인데 말이지요. 옛말에 모자란 인간이 매를 번다더니 그 말이 딱 맞습니다.

"형님께서는 할아버님도 할머님도 부모님께서도 다 이뻐하시질 않소? 심지어 저 종년들까지도 형님을 아끼고 떠받드니까. 그래서 우리가 더 못나 보이는 거요. 그 잘난 재주와 글눈 때문에 왜 우리까지 종년들에게 못난 취급을 당해야 하오?"

"그건 너만의 생각일 뿐이지, 누구도 그리 생각지 않는다. 할아버님과 할머님께서 우리 모두를 아끼고 사랑하시는 것은 너도 잘 알지 않느냐?"

"모르오! 정말 난 모르겠소. 내가 느끼는 것은 늘 형님을 곱게 바라보시는 할아버님의 눈빛이오. 난 철들기 전부터 그걸 알았소. 해서 더 싫은 거요."

"그건……"

"오늘 내가 막내를 밀친 것은 잘못했소. 허나 형님에 대한 마음은 잘못했다고 생각하지 않소. 난 예전부터도 그랬고 지금도 그렇고 앞으로도 그럴 거요. 형님 때문에 우리에게 올 사랑이 오지 않았다고."

어머나. 셋째 아씨 가슴에 맺힌 한이 많으셨나 봅니다. 참으로 못났지요? 어찌 저런 못난 생각을 할 수 있을까요? 뭐 제가 혈육이라고는 어머니뿐이라 셋째 아씨의 마음을 다 알지는 못하겠지만 말이지요. 착하신 우리 인선 아씨께서는 화내시기보다 안타깝게 바라보셨습니다.

"그건 너의 잘못된 생각이다. 그렇지 않다."

"내 마음까지 쥐락펴락하려고 하지 마시오!"

패악스러운 가납사니처럼 소리를 지르시던 셋째 아씨께서는 다시 한 번 죽일 듯이 우리 아씨를 노려보시고는 담홍빛 치마를 들고 성큼성큼 걸어 나가셨습니다. 저라면 달려가서 뒤통수라도 한 대 때릴 듯 미웠지만 인선 아씨께서는 계속 슬픈 눈으로 바라보셨답니다.

한참을 그러고 서 계신 아씨를 보는 것이 불편했던 저는 아씨의 소맷부리를 잡아끌었습니다.

"아씨 가요. 바람이 찹니다."

깊은 한숨 소리가 들렸습니다. 동생을 사랑하는 마음을 거절당한 형님의 슬픈 눈물이지요. 동생들이 못나게 굴어도 항상 따뜻하게 감싸 안으시고 이해하려고 하신 아씨셨지요. 아씨께서는 평생 자신에게 매몰차게 구는 동생을 절대 원망하시거나 미워하시지 않으셨습니다. 모자라고 모자란 저로서는 이해할 수 없지만 아씨께서는 좀 더 잘해 주지 못하고 볼 수 없음에 안타까워하셨답니다.

같은 부모 아래서 난 자식들이라지만 각양각색 다 틀리지요. 같은 배 속에서 나온 자식들이 맞나 싶을 만큼 다 다릅니다. 그러나 한 부모 아래서 나고 자란 정이 있더라도 사람인지라 슬금슬금 피어나는 시기심을 어쩔 수 없나 봅니다. 글쎄요, 전 잘 모르겠습니다. 저야 우리 어머니가 죽고 난 뒤 혈혈단신으로 아씨에게 기대며 살아와서 그 혈육 간의 끈끈하고 검질긴 정을 어찌 알겠습니까? 그저 지켜보고 한숨만 쉴 뿐이지요, 뭐.

3장 난(蘭)

아름다운 향내로 마음을 사로잡는
고요한 열정

✿ 광통교의 첫 운명

기녀들 점심상을 차려주고 나니 정줏간 안이 더욱 후끈거립니다. 하루 내내 비추던 해님의 열기를 오롯이 받아 그런지 가마솥 안처럼 연신 땀이 흘러 내리구만요. 점심상도 치우고 한 시진만 더 지나면 한양에 있는 한량들이 기방으로 모여들 것이라 주안상 준비를 해야 하니 조금이라도 쉬고 싶네요.

반가의 부녀자가 기방 찬간에서 기웃대며 앉아 있는 것도 희한한 광경이라 매창 아씨께 저자 구경이라도 하고 오시라고 말씀드렸는데 이 더위에 잘 다니고 계시는지 궁금하네요. 저도 비지처럼 흐르는 땀을 씻기 위해 바람이나 쐬러 잠시 나갔다 와야겠습니다.

어딜 가나 사람 모이는 곳은 신기하고도 희한한 것들로 가득 차 있습니다. 엊그제 보았던 백당전인데도 또 다른 맛깔스러운 주전부리가 나와 있네요. 도자전 앞에는 늘 그렇듯 여인네들이 마음에 드는 노리개를 쉬이 사지도 못하고 그렇다고 두고 가지도 못하고 주춤거리며 서 있군요. 선전에는 새로 들어온 명나라 비단이 햇빛에 반짝거려 눈이 부십니다.

이리 넋을 놓고 구경할 때가 아닌데……. 우리 아기씨가 어디에 계시는지 모르겠네요. 날도 더운데 사람들이 참 많이도 나와서 땀내와 똥내가 섞이어 코를 찔러대네요. 사람 많은 곳에 가면 재미나고 좋긴 하지만 또 사람들이 모여 싫은 것도 있으니 사람 마음이 참 간사하네요.

아, 저기 저기 지전 앞에서 우리 매창 아씨가 그림 구경을 하고 계시네요. 역시 인선 아씨의 맏딸이십니다. 아기씨께서는 인선 아씨의 그림 솜씨를 그대로 물려받으셨지요. 아씨께서 매화를 워낙 좋아하시고 또 즐겨 그리셔서 그런지 큰 따님의 이름도 매창으로 지으셨다지요. 아기씨께서도 어릴 적부터 참 잘 그리셔서 제 마음이 흐뭇했답니다. 그 조그마한 손으로 쓱쓱 그려내는 모습을 볼 때마다 인선 아씨의 어릴 적이 생각나서 참 좋았지요.

아기씨께서 뭘 그리 보고 계시나 했더니 신선도를 보고 계시네요. 딱 보아하니 지전에서 그림 그려주고 먹고 사는 재주 없는 환쟁이가 그린 것 같습니다. 뭐 서당 개도 삼 년이면 풍월을 읊는다고 저도 인선 아씨를 수십 년간 모시고 사니 제법 그림 보는 눈이 생기더군요.

"여기 계셨군요. 더운데 어디 시원한 곳에라도 가 계시지 어찌 저런 솜씨 없는 환쟁이가 그린 그림을 보고 계십니까?"

지전 안에서 그림을 그리던 곱사등이 환쟁이가 나를 죽어라 노려보네요. 제가 틀린 말을 한 것도 아닌데 어찌 저놈이 절 노려볼까요?

"저 표정이 재밌지 않은가? 불룩 나온 배 하며 입을 벌리고 술을 마시는 모습이 참으로 재밌어."

"아요, 아씨 갑시다. 괜히 그림 보시는 눈만 버립니다요."

아씨를 뫼시고 갈 곳이 없네요. 이제 총기도 전혀 남아 있지 않은 머리로 생각하고 또 생각하다 광통교로 발걸음을 돌립니다. 그나마 그곳에 가면 아기씨께서도 좋은 그림들을 보실 수 있으니까요.

광통교에는 지전도 많고 서화사도 많습니다. 도화서가 근처에 있다 보니 훌륭한 그림들을 제법 볼 기회가 많지요. 이곳 광통교의 지전에서 그림을 그리던 환쟁이들이 나중에 양반님들에게도 그 재주를 인정받은 경우도 제법 있답니다.

오랜만에 맡아보는 진한 묵향에 절로 기분이 아련해집니다. 마치 어릴 적부터 사귄 벗의 집에 다시 놀러온 것처럼 반갑게 느껴지는 이 묘한 기분에 절로 마음이 설레네요.

매창 아씨께서도 호기심 가득한 얼굴로 여기저기를 둘러보고 계십니다. 좋은 그림과 종이들이 가득한 이곳 광통교이니 당연히 볼거리가 많으시겠지요. 아씨와 이렇게 걷고 있으니 이상하게도 인선 아씨와 같이 있는 것처럼 무겁던 두 다리가 가뿐해집니다.

"아지, 어머님께 이곳 광통교 서화사에 대해 많은 이야기를 들었다네. 외조부님께서 한양에 계실 적에 자주 오셨다고 하시던데 그때 자네도 같이 있었겠지?"

"예? 아, 예……."

저도 모르게 얼버무리는 것은 왜일까요? 아마 인선 아씨의 비밀을 알고 있는 사람이 저 하나뿐이라서 그런 건지, 아기씨께서 다 알고 계시면서도 물어보신 것 같아 괜스레 마음이 불편해지네요. 어찌 되었든 갑자기 말문이 막혀 버립니다.

광통교. 이곳은 인선 아씨에게 절대 잊힐 수 없는 곳일 겁니다. 제가 아씨 마음에 들어가 보지는 못했지만 아마도 한번쯤은 돌이켜 생각하시지 않았을까 싶네요. 그만큼 이곳은 아씨에게 크나큰 운명의 장소이지요.

전 늘 사내처럼 당당한 기개를 지니신 여장부 같으신 아씨께서 그리 고운 여인의 모습을 지니고 계실 줄은 꿈에도 생각지 못했습니다. 항상 잘못된 것에 대해서는 용기 있게 나서시고, 옳다고 생각하시면 굽히지 않으시는 그 모습은 강하고도 꼿꼿한 푸른 대나무와 같았으니까요.

헌데 말이지요. 이 괘쫭스러운 곳에서 생각지도 못한 일이 벌어졌었답니다. 우리 인선 아씨의 마음을 오롯이 빼앗아 간 엄청난 일이 기다리고 있었던 것이지요. 저도 아씨도 설레고 기쁘고 가슴이 에일 만큼 슬펐던 그 일이 순식간에 다가와 광풍처럼 휘감아 버리더군요.

아씨께서 너무도 곱디고왔던 열다섯 살이었을 때입니다. 진사 나으리께서 성균관에서 공부를 하시다 가끔 북평으로 내려오시기도 하셨지만 나으리의 공부를 위해 종종 아씨께서 작은 마님과 함께 한양 본가로 찾아가시곤 하셨지요.

처음 한양에 발을 디디는 그 순간이 아직도 어제처럼 떠오릅니다. 십 년이 지나도 백 년이 지나도 모든 것이 똑같은 북평에서 살다가 팔도의 온갖 인간들이 다 모인 이곳은 저에게는 별천지와 같았지요. 어찌나 넓고 어찌나 시끄러운지 도무지 정신을 차릴 수 없었답니다. 진귀한 구경거리에 제가 는적거리자 보다 못하신 작은 마님께서 몇 번이고 길을 잃는다고 호통을 치실 정도였으니까요. 지금이야 이리 북적거리는 곳에서 사는 것이 싫어 조용하고 실박한 북평이 그립지만 그때는 이곳 한양에 가는 날을 손꼽아 기다렸답니다.

저뿐만 아니라 아씨께서도 한양에 가는 날을 오매불망 기다리고 계셨지요. 저야 희한한 것들로 가득한 이곳 구경이 재미나서이지만 아씨께서는 다른 연유가 있으셨답니다. 바로 광통교에 늘어진 서화사 그림 구경 때문이었지요.

아까도 말씀드렸지만 광통교는 도화서와 가까워서인지 지전과 서화사들이 줄지어 있었답니다. 북평에 있는 서화사의 경성드뭇한 그림들과는 달리 광통교에서는 심지어 지전에서 그림을 그려주는 환쟁이들의 실력도 제법이었지요. 그 그림들을 사기 위해 한양의 뺀들거리는 북촌의 잘난 양반님들과 거상들이 찾아오는 그곳은 제가 보아도 대단

한 광경이었답니다. 저라도 이리 좋을진데 우리 아씨께서는 어떠셨겠습니까? 물 만난 고기처럼 여기도 보시고 저기도 보시느라 제가 따라잡지를 못했을 정도였답니다.

때는 곡우가 지나 지천에 봄꽃들이 흘러넘치던 가경들로 가득했었지요. 낮에는 한참을 걸으면 이마와 인중에 땀이 송송 맺힐 정도로 따스했었답니다. 아, 아직도 아씨께서 입으셨던 그 고운 선홍색 치마와 송화색 저고리가 눈에 선선하네요.

달큰한 꽃향이 느껴지던 참으로 좋은 봄날이었지요. 그날도 마찬가지로 아씨와 저는 광통교 일대를 돌아다니며 구경을 하고 있었답니다. 하루가 멀다 하고 쏟아져 나오는 그림들에 많은 이들이 모여들었고 아씨 또한 그 많은 그림들을 눈에 담으시느라 분주하셨지요.

이리저리 돌아보시던 아씨의 발걸음이 한 서화사 앞에서 딱 멈추셨습니다. 대체 뭘 저리 골똘히 바라보시나 했더니, 야천에 가득 찬 보름 달빛 속에 꺾어질 듯한 절벽 아래에 눈이 가득 덮인 솔숲을 그린 그림이었지요.

거침없는 붓질에 커다란 바위가 하늘 높은 듯 솟아 있었고 그 아래 차디찬 눈으로 가득 덮였으나 아무리 눈보라가 쳐도 굽히지 않는 청송들은 교교한 달빛을 받으며 꿋꿋한 기상을 쏟아내고 있었답니다. 그리고 눈으로 가득 덮인 솔숲 사이를 고릿적에 선비 행세 꽤나 했을

법한 갓을 쓴 노인이 앞서고 거문고와 등롱을 든 어린 비자가 뒤따르고 있어 멋이 흘러나오고 있었답니다. 참으로 기막힌 그림이었지요.

"아지야, 참으로 풍류가 절로 느껴지는 그림이 아니더냐?"

"예, 아씨. 쇤네가 뭐 그림에 대해 잘은 모르지만 그냥 보아도 좋은 그림입니다."

아씨께서는 사군자나 화조도 같은 그림보다도 이런 속이 절로 후련해지는 산수도를 좋아하셨답니다. 나중에도 인선 아씨의 그림은 산수도로 유명해졌으니 얼마나 즐겨 그리시고 좋아하셨는지 아시겠지요? 이렇게 우리 아씨께서는 괴걸이셨답니다요.

"풍류라? 허허, 어찌 저런 흘미죽죽한 붓질로 그린 것을 보고 격찬을 하는고?"

아니, 이건 웬 개가 풀 뜯어먹는 소리랍니까? 우리 아씨처럼 고매한 심미안을 지니신 분께서 어디에 계신다고 감히 헛소리를 한답니까? 누구든 걸리면 보자는 심정으로 뒤돌아보았습니다.

되지도 않는 헛소리를 지껄이길래 행세 패나 하신다는 북촌의 한량이신가 했는데 생김새는 함함한 족제비처럼 멀끔하게 잘 생겼더군요. 나이는 한 열일곱이나 열여덟 정도 되어 보이려나? 짙은 눈썹에 허연 낯짝이 귀하디 귀하게 자란 높으신 반가의 자제분이시라는 것을 한눈에 보아도 알겠더군요. 거기다 선전에서 산 귀한 비단으로 만들어진 벽색의 도포를 걸치고 홍띠를 매어 맨드리에 꽤나 신경을 쓴 것을 보니 글공부는 뒤로 하고 기방에서 기녀들 치마나 들치는 알량한 위인이라는 생각이 듭디다.

"방금 뭐라고 하셨습니까? 흘미죽죽한 붓질이라구요?"

에고, 이를 어쩐답니까? 다라지게 말씀하시는 우리 아씨의 낯빛이 말고기자반보다도 더 벌개져서 보기가 민망했습니다요. 장옷의 색이 또한 비색이라 홍시보다도 더 빨간 그 조금만 얼굴이 마치 앵두나무에 달린 열매처럼 보이더군요. 얼마나 크게 말씀을 하셨는지 서화사 앞에서 구경을 하던 이들이 모두 아씨와 그 한량만을 바라보았다니까요?

"아, 낭자······."

"낭자라니요? 제가 나으리의 정인이라도 된다고 합디까?"

에고, 에고! 아씨께서 화가 단단히 나셨네요. 목소리가 어찌나 쩌렁쩌렁 저잣거리를 울렸답니다. 괜히 저까지 얼굴이 다 화끈거려서 아씨 뒤에 숨어서 지켜보고만 있었지요.

그런데 말이지요, 쌕쌕거리며 화를 내는 아씨를 보는 저 키 크고 멀쩡하게 생긴 한량께서 같이 나온 다른 한량들을 돌아보며 배슬배슬 웃으며 부채만 부치는 것이 아니겠습니까? 귀하신 아씨를 저자에서나 흔히 보는 녯보 취급을 하는 것을 보니 부아가 치밀어 저도 모르게 소리 지르고 말았습니다.

"예를 갖추십시오. 우리 아씨로 말씀드리자면 북평의 선녀로 평판이

자자하신 분이십니다. 감히 누구도 아씨의 재주에 대해 폄하하는 이가 없거늘 어찌 이리 욕을 보이신다는 것입니까? 당장 예를 갖추시고 용서를 구하십시오!"

순간 주변이 찬물을 끼얹은 듯 조용해졌습니다. 그 한량도 한량의 한패들도 또한 서화사 주변에 있던 이들도 눈을 동그랗게 뜨고 한동안 저를 뻔히 바라보고 있었지요. 저는 민망하여 어찌할 줄 몰라 두 주먹만 꼭 쥐고 거칠게 날숨만 내쉬고 있었답니다.

"으하하하하!"

아씨를 놀려댄 한량놈이 갑자기 부채로 얼굴을 가리며 박장대소하는 것이 아니겠습니까? 그와 동시에 뒤에 있던 동패들도 깔깔거리며 배꼽을 잡더군요. 갑자기 온몸이 후끈거려 등에 식은땀이 줄줄 흘러내리고 입술이 바짝바짝 마르기 시작했습니다. 한순간에 놀림감이 된 저는 그 밉살스러운 한량들뿐만 아니라 저잣거리의 웃음거리가 된 것이지요.

"아하하하! 대단해, 참으로 대단하고 갸륵하구나. 네년이 주인을 생각하는 그 마음씨가 갸륵해서 내 이리 웃고 넘어가마. 하하!"

분하고 부끄러워 제 눈에는 눈물까지 그렁그렁 맺히더군요. 온몸의 힘이 빠지며 다리가 후들거리기 시작했답니다. 괜히 가만히 있을 걸 나서 가지고 저뿐만 아니라 아씨까지 놀림감이 된 것이지요. 아, 제가 왜 이랬을까요?

"갸륵하다마다요. 제가 나으리의 종놈이라도 그 옆에 붙어 있기가 싫을 겁니다. 한 나라의 선비라는 자가 어찌 글공부에 전념을 하지 않으시고 이리 저자에서 아녀자나 희롱을 하고 있으니 딱할 노릇입니다. 이리 제 비자가 저를 두둔하고 나서니 사내라 잘난 나으리보다 한낱 여인인 제가 훨씬 낫군요. 한양에 있는 모든 젊은 선비들께서 다 나으리 같진 않겠지요?"

가을밤을 쩌렁쩌렁하게 울리는 풀벌레 소리처럼 맑고도 청아한 목소리가 그 번잡하고 시끄러운 곳에서 또롱또롱하게 울려 퍼졌습니다. 사람들과 젊은 한량놈들은 아씨의 말에 그만 웃음을 거두었지요. 홍안이 되어 입술만 잘근잘근 깨물고 있는 제 손을 꼭 붙잡으신 아씨께서는 어깨를 두드려 주셨습니다.

"가자, 저렇게 사내가 되어 낙낙하지도 못해 힘없는 아녀자나 희롱하고 비루하고 데데한 안목으로 이리 훌륭한 그림을 폄하하는 이들과 아까운 시간을 낭비하기 싫구나."

"아씨……."

아씨의 말에 절로 제 눈꼬리에서 눈물이 흘러내렸습니다. 온 마음으로 저를 보호해 주시는 그 따뜻한 마음에 절로 울컥하더라니까요. 그 순간 세상에 모든 이들이 저를 보고 손가락질해도 견딜 수 있을 거라는 용기가 막 치솟아 올랐습니다.

"비루하다? 지금 날 보고 비루하다고 하셨소?"

마음이 상한 듯 그 멀끔한 한량놈이 아씨의 발길을 잡았습니다. 족제비처럼 빤지르르한 낯짝이 강색이 되어 있는 꼬락서니를 보니 어찌나 속이 후련하던지 아까 느꼈던 모멸감이 절로 없어지는 것 같더군요. 아씨께서는 살짝 실소를 지으시더니 고개를 끄덕이셨습니다.

"그렇습니다. 저리 신묘한 붓질을 보고도 그리 폄하를 하는데 어찌 제가 되지도 않은 농지거리에 맞장구를 친다는 말입니까?"

"되지도 않는 농지거리라? 어허, 어찌 아녀자의 입에서 그리 천한 말이 나온단 말이오?"

얼굴이 벌개져서 아무 말도 못하는 그 한량놈의 동패 중 하나가 나서자 아씨께서는 코웃음을 치셨습니다.

"당자가 아니시라면 비키시지요. 이분께서 상투를 트신 것을 보니 필시 제 몸 하나 건사 못하는 코흘리개도 아니신 듯한데 어찌 나서십니까? 한양에서는 젊은 선비들이 다 이렇게 비굴하고 배우지 못한 무지렁이처럼 군답니까?"

"어허, 거참! 어찌 이리 법도를 모를 수가 있나?"

"법도를 모르는 것은 댁들이십니다. 그리 할 일이 없으십니까? 나라의 장래를 위해 글 한 자 서책 한 권 더 읽어도 아까운 이 시간에 그리 값비싼 비단으로 휘감고 아녀자를 보고 놀리기나 하는 모습이 참으로 개탄스럽습니다. 가시지요, 전 제가 볼 그림들이 더 있어 이러고 있을 시간이 없습니다."

컥컥거리며 가슴을 치는 한량놈들을 보니 십 년 묵은 체증이 쑤욱 내려가더군요. 되지도 않는 놈들이 어디 감히 우리 아씨를 욕보인답니까? 아씨께서 어떤 사람이신데요? 한양에 있는 시부적거리는 위인들이 다들 입만 썼다는 이야기를 들은 적이 있는데 오늘 구경 한번 잘하고 간다는 생각이 듭디다.

"허면, 낭자. 이 그림이 왜 좋은 그림인지 이야기를 해 주시겠소? 나는 도무지 이 그림이 왜 풍류가 흘러넘치는지 모르겠습니다."

장옷을 여미시던 아씨께서 뒤돌아보셨습니다. 아씨를 놀려댄 그 한량놈이 두 손을 모으고 정중하게 이야기를 하고 있더군요. 허울대가 멀쩡해서 헛소리나 지껄일 때는 참으로 못나 보였는데 또 저렇게 예를 갖추니 잘난 미색이 눈에 띄더군요.

"그 전에 용서를 청하시지요? 그리하면 소녀 말씀 올리겠습니다."

갑자기 그 한량의 뒤에 있던 동패들이 술렁거렸습니다. 하긴 여인이 사내에게 당당하게 용서를 구하라고 하니 어이가 없었겠지요. 못마땅하게 처다보는 동무들과 달리 사내는 고개를 숙였습니다.

"나의 무례함을 용서하시오. 그저 치기에 한번 말해 본 것이었소. 낭자를 일부러 놀린 것은 아니니 부디 용서해 주시오."

주변에서 사람들이 몰려들었습니다. 저도 깜짝 놀랄 만한 광경이었지요. 양반의 자제가 여인에게 고개를 숙여 용서를 구하는 모습은 이 잘난 조선 땅에서 흔히 볼 수 있는 광경이 아니었으니까요.

"알겠습니다. 그리 간절히 청하시니 나으리의 사죄를 받겠습니다. 저 또한 큰 목소리로 소란을 일으켜 송구합니다."

아씨께서는 흔쾌히 그 야살스러운 한량의 사과를 받아들이셨습니다. 그때 그자의 동패들이 술렁거리며 따지기 시작했지요.

"이보게, 기현. 이게 무슨 짓인가?"

"어허, 사대부가의 자제가 여인에게 고개를 숙이다니. 자네 부친께서 이 일을 아시면 어쩌려고."

"참으로 말세다, 말세야. 여인이 함부로 치맛자락을 휘날리며 대낮에 저잣거리를 돌아다니지를 않나, 사대부가의 자제에게 감히 호통을 치지 않나? 허참!"

참으로 꼬락서니들이 가관이었습니다. 부모 잘 만나 양반으로 태어났으면 고마운 줄 알고 글공부나 열심히들 할 것이지, 청포로 빼입고 기방에서 술이나 홀짝거리는 것들이 점잖은 척하며 법도를 따지는 데 얼마나 가소롭던지요? 양반만 아니었으면 제가 달려들어 그 나불대는 주둥아리들을 죄다 꽁꽁 묶어 버렸을 것입니다.

"사대부가의 자제들이시면 체통을 지키셔야죠. 책전도 아니고 서화사 앞에서 여인이나 희롱하시다니요? 참 한양의 잘난 선비님들이십니다!"

아씨께서는 한 걸음 한 걸음 앞으로 내딛으시며 아직도 정신을 못 차리고 되지도 않는 말을 하는 그자들을 한 사람 한 사람 노려보셨습니다. 하하, 아씨의 서슬 퍼런 기색에 똥 마른 강아지마냥 잘난 사내놈들이 뒤로 움찔거리며 물러서더군요. 그럼, 그렇지요. 어디 감히 학식도 높으시고 재주로 말한다면 천상의 선녀와도 비길 정도의 우리 아씨께 험한 말을 합니까?

"내가 동무들을 대신해 다시 용서를 청하겠습니다. 자네들은 자네들 볼일이나 보게."

"어허, 이보게 기현! 어찌 그런 말을 하는가?"

"어서 가 보래도! 내 곧 따름세."

시쁘게 보아도 모자란 반거충이 같은 위인들이 헛기침을 하거나 부채질을 하며 못마땅한 듯 발걸음을 옮기기 시작했습니다. 가면서도 내내 뒤돌아보며 저와 아씨에게 눈을 흘겨 댔지요. 어찌나 그 꼬락서니가 보기 싫었는지 저는 혀를 쏙 내밀어 버렸답니다.

"저저, 버르장머리 없는 것을 보았나?"

"참으로 말세일세. 천것이 양반을 능멸하다니!"

삿대질을 하며 뒷목을 잡는 꼴을 보니 속이 후련해지더군요. 더는 민충하고 가살스러운 한양의 한심한 이들이 보기 싫어 휙 돌아서 버렸습니다. 뭐라고 떠들어 댔지만 파리가 제 귓가에서 윙윙대는 소리처럼 들리더군요.

근데 세상에! 이건 또 무슨 조화랍니까? 아씨와 그 족제비 같은 한량놈이 그림을 보며 정답게 담소를 나누시고 계시더군요. 아니, 그리 영특하신 아씨께서 어쩌자고 저런 알량한 위인에게 넘어가셔서 곁따라 웃고 계시단요? 또다시 겨우 잠재운 울화통이 제 목울대까지 치밀고 올라오지 않겠습니까?

"솔은 손님을 맞는 대문이고 달빛은 등불이지요. 그래서 밤의 흥취를 돋우는 풍류에 이 그림이 멋스럽다는 것입니다."

"아, 그렇소? 내 거기까지는 생각지도 못했소."

"또한 바위를 그린 붓질을 보십시오. 대충 그린 듯하나 파격적이고도 대담한 것이 달밤에 홀로 선 바위의 씩씩한 기상을 잘 나타내 주고 있지 않습니까? 요즘 명에서 들어오는 그림들에서도 이런 붓질을 하는 경우가 많더군요."

"아, 참으로 대단하시오. 내 오늘 낭자에게 많은 것을 배우고 가오. 내가 그동안 엉뚱한 것을 배우고 익혔구려."

이건 무슨 웃기지도 않은 말이랍니까? 내 한양에 있는 위인들이 뺀들하고 간이라도 빼줄 듯 가살을 떤다고 했지만 세상에나 양반의 자제라는 위인이 저럴 줄은 꿈에도 몰랐습니다. 순진하고 세상 물정 모르시는 아씨를 꼬이기 위해 그 잘난 낯짝에 웃음을 머금으며 쳐다보는 꼬락서니가 아요, 어젯밤에 먹은 자리끼가 치밀어 오를 정도였다니까요? 냉큼 달려가서 두 사람 사이에 끼어들었습니다.

"아씨, 대체 뭐하시는 겁니까요? 어서 가셔야지요? 지체하시면 마님께서 걱정하십니다."

저는 백옥처럼 깨끗하고 단정하신 우리 아씨를 음충한 속내를 감춘 채 꼬이려는 작자를 죽일 듯이 노려보았습니다. 허, 아직까지도 눈웃음을 치며 아씨를 내려다보는 모습이 가관이더군요. 다시 한 번 헛기침을 크게 하며 저는 아씨의 장옷 자락을 잡아당기며 재촉했답니다.

"아씨, 어서 가셔야죠. 이러다 쇤네가 야단맞습니다요!"

평소라면 앞장서실 아씨께서 가만히 계시더라구요. 불길한 예감에 고개를 돌려보니, 이를 어째! 아씨께서 넋 나간 얼굴로 우두망찰 그 뺀질한 족제비를 올려다보고 계셨습니다. 사람이 혼이 빠진다고 하던데 아씨의 모습이 딱 그 짝이었습니다. 항상 당당하고 다부진 아씨의 모습이 아니었답니다. 황망한 저는 한동안 멍하게 서 있었지요.

"내일 또 이곳에 오실 겁니까?"

"예? 글쎄요. 어찌될지 몰라서……."

"낭자, 내 이름은 남기현이라고 하오. 보아하니 낭자께서는 여기 한양에 기거하지 않으신 듯한데 어디서 오신 겁니까? 낭자와 같은 분께서 계셨다면 한양이 떠들썩했겠지요."

"저는 강릉 북평에서 왔습니다. 아버님께서 성균관에서 수학하고 계시지요."

"아, 그랬군요……. 혹시 내가 강릉에 가게 되면 낭자를 어찌 찾아야 할지 모르겠구려. 혹시 불쾌하지 않으시다면……."

"전 인선, 신인선이라고 하옵니다."

"인선이라……."

저저! 아씨께서는 그 뺀질이가 하자는 대로 천지 모르는 어린 숫보기처럼 다 고하시더군요. 그 한량은 여간내기가 아니었습니다. 제가 한양에 갈 때마다 찬간의 가비 아주머니께서 신신당부하셨지요.

"한양에 가서는 특히 사람 조심을 해야 한다. 눈앞에 세워놓고 저도 모르게 코를 베어간다니까? 또 말만 번드르르한 사내놈들을 조심하거라. 순진해 빠진 처자들 꼬여서 못된 짓 한다고 들었다. 명심, 또 명심하거라."

저는 아씨를 지켜야 한다는 생각뿐이었습니다. 아직도 헤벌쭉하게 입을 벌리고는 그 낯짝 멀끔한 족제비를 올려다보고 계셨지요. 도저히 안 되겠다 싶어 아씨의 팔을 잡아당겼습니다.

"아씨, 가자니까요? 마님께서 기다리십니다!"

마치 우시장에 끌려가는 소처럼 아씨께서는 계속 그 사내만 바라보며 가기 싫은 듯 주춤거리셨답니다. 눈빛이 아련한 것이 보기만 해도 짠해질 정도였다니까요? 인선 아씨께서 더욱 머뭇거리실수록 저는 더 세게 아씨의 팔을 잡아당겼습니다.

"인선 낭자, 내일도 오실 거요? 낭자께서 오실 줄 알고 기다릴 거요. 오실 때까지 밤이 되어도 기다릴 테니 그리 아시오!"

사내가 목소리를 높일수록 제 발걸음은 빨라졌습니다. 아씨께서는 몸은 앞으로 가되 마음은 뒤로 두고 계셨지요. 그 한량의 크고도 높은 흑립이 보이지 않을 때까지 뒤를 돌아보고 계셨을 정도니까요.

광통교를 벗어 나와서야 저는 한시름 놓고 아씨 팔을 놓았습니다. 어찌나 힘을 썼는지 제 등이 축축하게 젖어 있었지요. 마음을 여전히 광통교 서화사에 두고 가기 싫어하는 아씨의 팔을 잡고 안간힘을 썼으니 그럴 수밖에 없지요. 원망스러운 마음에 인선 아씨를 바라보았습니다. 아이고, 아씨의 눈빛이 아직도 뒤를 바라보고 있었답니다. 참다 참다 못해 저는 동생을 나무라듯 원망스러운 속내평을 토해 내고 말았습니다.

"아씨! 대체 왜 그러십니까? 마님께서 아시면 호되게 달초를 당하십니다. 소문이라도 나쁘게 나면 아씨 혼삿길도 막힌다구요."

"참으로 늠름하시지 않더냐?"

"예?"

뜬금없는 동문서답에 제 말문이 막혀 버렸습니다. 평소 총기 가득하시고 명석하신 아씨께서 하신 말씀이라고는 믿지 못할 정도였다니까요. 그런 음충맞고 얄망궂은 인사에게 마음을 빼앗기시다니 제 귀를 의심했습니다.

"어디가 늠름하답니까? 반가의 처자를 희롱하는 작태를 보십시오. 보아하니 기방에서 기녀들이랑 시시덕거리며 시간을 보내는 한량 같던데요? 내일 여기서 기다린다고 하지만 분명 아씨를 놀린다고 하는 짓거리일 겁니다. 아, 뭐하십니까? 어서 가셔야지요?"

계속 잡아끌었지만 이미 아씨의 두 눈은 마치 환한 온달을 기다리는 개밥바라기처럼 참으로 어여쁘게 빛나더군요. 아이고, 그 모습을 보고 있으니 어쩌나 억장이 무너지던지요. 제가 십 년 가까이 모시던 인선 아씨가 맞는지 의심이 들 정도였다니까요. 한 번도 본 적이 없던 사내를 겨우 한 번 마주치고 저리 넋이 나가셨다니 아무리 아씨를 이해하려고 해도 그럴 수 없어 대놓고 여쭈어 보았답니다.

"대체 그 한량분 어디가 좋으시다는 말씀이십니까? 아무리 눈 씻고 보아도 잘난 구석이라고는 손톱만큼도 보이지 않던데요?"

아씨의 두 볼이 지천에 깔린 도화꽃처럼 연한 은홍빛으로 물이 들었답니다. 그 뺀질거리는 잘난 외모 때문인지 아니면 저 때문에 억지로 뛰다시피 걸어오셔서 힘들어서 그런 건지 알지 못했지만 약간의 보기 좋은 홍안이 아씨를 더욱 곱게 단장시키더군요.

"글쎄다. 나도 왜 이리 가슴이 뛰는지 모르겠구나. 그저 내 이야기를 귀담아 들어 주시고 또 맞장구만 쳐 주셨는데도 마음이 참 좋더구나. 아지야, 대체 내가 왜 이러는지 도무지 모르겠지만 내일 이곳에 꼭 다시 와야 할 것 같은 느낌이 드는구나."

✿ 아름다워서 더 서러운

춘풍에 처녀 가슴 설렌다고 했던가요? 떨어지는 도화꽃에 괜스레 마음이 저민다고 했던가요? 광통교에 다녀오신 그날 밤의 아씨 모습은 너무도 낯설어서 마치 딴사람을 보는 것 같았답니다. 석반을 드시는 둥 마는 둥 하시며 서책을 제대로 읽지도 않으시고 이리저리 책장을 넘기시지를 않나, 붓을 들고 그림을 그리시다가 갑자기 마음에 들지 않으신다고 종이를 북북 찢어 버리시지를 않나, 가슴이 답답하시다며 창호를 열고 눈을 감고 밤바람을 쏘이시지를 않나. 에그, 곁에서 지켜보고 있으려니 멀쩡한 제 마음이 다 심란해지더군요.

자세히는 모르겠지만 아씨께서 왜 그러시는지 대강은 알 것 같았습니다. 분명 그 낯색 반반한 한양 한량 때문이었지요. 맨드리만 잘나 세치 혀만 굴리며 여자의 마음을 희롱하는 그 위인이 왜 그리도 아씨를 흔들어놓는지 알 수 없었습니다. 특히나 영특하기로 소문나신 아씨께서 그런 발록구니 같은 자에게 마음을 두시는 것이 너무도 속이 상했지요.

"아씨, 어서 주무십시오. 밤바람이 아직 차니 까닥하시다가는 고뿔드십니다. 며칠만 있으면 다시 돌아가셔야 하는데 아프시면 대감마님께서 다음에 한양에 보내주시겠습니까?"

"참으로 잘나시지 않더냐?"

"예?"

"참으로 잘나시지 않더냐 말이다. 내 한양에 있는 사내들은 심지가 굳지 못하고 진지하지 않다고 여겨 왔는데 오늘 그게 내가 잘못 생각했더구나. 사람도 사람 나름인 게야."

이건 또 무슨 자다가 봉창을 두드릴 소리입니까? 아니, 딱 보아도 학문에는 전혀 관심 없고 뱀뱀이가 낮고 도탑지 못한 인사 같던데 잘났다뇨. 세상에 잘난 사내를 못 보셔서 그런 황망한 말씀을 하시나 싶더라구요.

그저 귓등으로 듣고 넘길 일은 아니다 싶어 창호 문을 열고 별이 가득한 야천만을 꿈꾸듯 바라보시는 아씨를 똑바로 바라보았답니다.

"아씨, 그자는 한양 북촌에서 부모 잘 만나 호강하는 수많은 한심한 한량일 뿐입니다. 제 아버지 권세 믿고 비싼 기방 들락거리며 양반 행세 더럽게 하는 이들 중 하나라구요. 오늘 아씨께서 따지시기 전에 아씨를 시쁘게 보고 거들먹거리며 희롱하는 것을 보십시오. 운종가의 왈패들처럼 간동거리는 모양새가 참으로 거슬리더군요. 아마 오늘 진사 나으리께서 보셨다면 날벼락이 떨어졌을 겁니다. 생각도 하지 마십시오. 지금 아씨의 모습이 얼마나 이상한지 아십니까?"

"내가 이상하다고?"

아씨께서는 뜬금없이 거울을 보시며 이리저리 맨드리를 다듬으시더니 두 손으로 뺨을 감싸 안고 부끄러우신 듯 키득키득 웃으셨답니다.

아이고, 이 일을 어떻게 한답니까? 완전 덩둘하고 둘된 가리사니 없는 어린아이가 따로 없으셨답니다.

"내가 이상할 수도 있겠지. 그런데 아지야. 희한하게도 그분이 싫지가 않다. 자꾸 생각이 나고 그 멋들어진 매무새며 무엇보다 가슴을 뛰게 하는 그 시원한 웃음이 자꾸 보고 싶구나."

무어라도 말을 하고 싶었지만 저도 모르게 입을 다물어 버렸습니다. 저런 저런……. 누군가를 은애하게 되면 아무것도 보이지를 않는다고 하지요? 그 사람의 얼굴에 난 흉한 점도 잘나 보이고, 갱충쩍은 행동거지도 사랑옵게 보인다고 합디다. 이미 아씨의 마음에 그 미끈한 한량이 들어와 앉아 있는데 제가 아무리 밀어낸들 소용이 있겠습니까?

답답한 가슴을 쓸어내리며 전 이부자리를 펴기 시작했습니다. 돌아보니 아직도 아씨께서는 무릎을 모으고 그 위에 손을 괸 채 멀건 숫보기마냥 밤하늘을 올려다보고만 계셨습니다. 억지로 답답한 속을 눌러 앉히던 저는 또 그 모습을 보고 슬슬 부아가 치밀어 한마디 툭 내뱉었답니다.

"아씨, 고뿔 걸리시기 전에 문 닫으시고 주무셔야죠. 지금 딱 아씨 모습을 누가 보면 처신사납고 추저분하다고 손가락질할까 무섭습니다. 어서 그 함함한 족제비 같은 한량 그만 생각하시고 주무십시오. 그렇지 않으면 마님께 일러서 대문 밖 출입은 꿈도 못 꾸시게 할 겁니다."

"아씨, 그만 걸어가세요. 그러다 넘어지십니다!"

아이고, 세상에! 분명 뭐에 씌어도 단단히 씌신 것이지요. 아침상 물리시자마자 장옷을 들고 대문 밖으로 뛰쳐나가셨답니다. 그날따라 봄 꽃향이 꽃멀미가 날 정도로 물큰하게 콧속을 후벼 팝디다. 오랜만에 한양에 와서 제대로 구경 좀 하고 가려고 했는데 대체 이게 뭔가 싶더라니까요.

은홍색 치마를 휠휠 날리시면서 장부처럼 뛰어가시는 모습이 수선스럽다 못해 처신사나워 보여 제 얼굴이 다 화끈거렸답니다. 아무리 사내가 좋다지만 반가의 처자가 저게 뭔가 싶더군요. 사람이 바뀌려면 한순간에 바뀐다고 하더니 딱 그 말이 맞습디다.

말 탄 무관도 아니고 곱디고운 청록빛 견단화를 신고 백말이 흰히 다 보일 정도로 달리시는 모습을 보니 다른 집 종년이 보고 삿대질해 가며 비웃을까 걱정이 되더군요. 저도 참 걸음이 빠른 편인데 아씨를 쫓아가다 보니 숨이 턱까지 차올라 목구멍이 따끔거렸답니다. 사람이 어딘가에 빠져 미치면 괴력을 발휘한다고 하더니 그 말이 새삼 참 진리다 싶더라구요.

"아씨, 천천히 가세요. 다른 집 처자가 보고 홀대할까 두렵습니다."

보다 못한 제가 아씨의 장옷을 잡아당겼답니다. 쯧쯧쯧, 그 하얗고

초강초강한 얼굴이 땀으로 범벅이 되어 있더군요. 늘 오달지고 틈 하나 보이지 않던 아씨께서 이런 모습을 보이시니 제 눈을 의심할 정도였답니다. 아씨의 입에서 거친 숨소리가 연이어 쏟아지는데 보는 제가 다 숨이 찰 정도였다니까요?

"늦으면 어찌하느냐? 행여나 마음 상하셔서 발길을 돌리시면 어쩌려고."

"아이고, 참 별 걱정을 다 하십니다. 사내놈이 제 마음에 드는 여인이라면 백 일이고 천 일이고 잠도 안 자고 기다린다고 합디다. 아씨가 좋아 죽겠다면 거기서 말뚝을 박고 있을 거고, 농지거리를 한 거라면 아예 나오지도 않겠지요. 제발 좀 정신 차리십시오. 보는 제가 다 민망스럽습니다."

제 말을 듣는 둥 마는 둥 또다시 달려가기 시작하셨습니다. 아이고, 눈 먼 사랑이라고 첫정이니 오죽하셨겠습니까만, 좀 더 늠름하고 실박하며 점잖은 사내였다면 제가 이러지도 않았을 겁니다. 이건 뭐 얼굴만 반반하지 부모 잘 만나 호강에 겹다 못해 늘상 한량 짓만 해 대는 위인이 뭐가 좋은지 밤새 머리를 굴려 보았지만 모르겠더군요.

"뭐해? 나 혼자 가라고?"

참, 나 원! 앞만 보고 가시던 아씨께서 제가 넋을 잃고 바라보고 있으니 채근을 하셨습니다. 종년이 있는지도 모르고 달려가시더니만 막상 혼자 가시려니 발길이 안 떨어지셨나 봅니다. 하도 얄미워서 앙팡진 말 한마디를 툭 던졌지요.

"왜요? 그리 좋아서 앞만 보고 가시더만 이 아지가 걱정이 되십니까? 아니, 두 분만 계시면 되지 왜 저까지 데리고 가시려구요?"

아침이지만 한양은 한양이다 싶을 정도로 광통교 근방에는 많은 이들이 돌아다니고 있더군요. 이번에는 운종가 구경을 단단히 해야 되겠다고 벼르고 한양으로 올라왔는데, 시전 거리 근처도 못 가 보고 뭐하고 있는 짓거리인가 싶었답니다. 속이 상해서 아랫입술을 삐죽이 내밀며 아씨 곁을 따르고 있는데 인선 아씨께서 제 손목을 잡아끄셨습니다.

"어쩌면 좋아, 아지야. 저기 계시구나."

수선스러운 아씨의 말에 앞을 바라보니 키 큰 장부가 눈에 띌 정도로 맨드리를 다듬고는 부채로 얼굴을 가린 채 이리저리 살피고 있었답니다. 뭐 이런 말을 하고 싶지는 않지만 잘 나긴 잘 난 사내입디다.

지난번에는 하는 짓이 너무도 야살스러워 한 대 쥐어박고 싶을 정도였는데 거쿨진 젊은 포의라고 할 만하더군요. 소색의 도포와 홍띠가 참으로 잘 어울리고 부채 끝의 옥 달린 선추가 멋들어져 보이더군요. 아씨를 희롱할 때는 그 낯짝이 털빛 반지르르한 족제비가 따로 없습니다. 우리 아씨를 기다렸는지 아니면 다른 희롱할 여인을 물색하는지 모르지만 그렇게 기다리고 있는 모습을 다시 보니 겯고틀거나 가살스럽지 않고 건드러지고 점잖아 보였답니다.

"아지야, 어떡하지? 나보고 반가의 여식이 민충하다고 폄하시면……."

"뭘 어째요? 그냥 모른 척하시면 되지요. 참 아씨도 딱하십니다. 아니, 오늘도 그림 구경을 나왔다고 하시며 우연히 마주친 척 딱 잡아떼면 되시지요. 그리고 그 낯빛 좀 바꾸십시오. 볼이 말고기자반처럼 벌건 것이 저 좋다고 죽어라 뛰어온 정신 나간 여인네 같습니다요."

화들짝 놀란 아씨께서는 수건을 꺼내 얼굴과 목덜미에 흐르는 땀을 닦기 시작하셨습니다. 뛰어오셔서 숨이 차신 건지 아니면 저 사내를 보고 마음이 혼미해지신 건지 손을 벌벌 떠시더라구요. 보다 못한 제가 수건을 빼앗아 살뜰히 닦아 드렸습니다.

"절대 마음줄을 내보이지 마십시오. 사내란 여인보다 더 밉살스러워 저 좋다는 여인은 쉽고 헤프게 보는 법입니다. 아무리 좋아 죽으시더라도 꾹 참으시고 고개를 드시고 못 본 척하십시오. 그래야 안달이 나서 더 쫓아온다고 합디다."

"참 너도. 어쩜 그렇게 사내에 대해서 잘 아느냐? 나 몰래 누구와 연정을 맺고 있는 것이 아니더냐?"

"제발 그랬으면 좋겠습니다. 아씨가 어릴 적부터 모셔 오면서 행여나 북평 제일의 선녀라는 평판에 흠집이 가지 않게 저도 처신하는 데 얼마나 신경을 썼는 줄 아십니까? 제가 집 밖에 나가면 다른 댁 종년들

도 함부로 대하지 못한답니다. 제가 얼마나 애를 쓰는지 아시지도 못
하시면서 그런 말씀 마십시오. 오늘 이러시는 걸 북평에 있는 사람들
이 알면 땅을 치고 통곡할 일입니다요."

"알았다. 그만하거라."

살짝 눈을 흘기시며 맨드리를 다듬으시는 아씨가 얄밉습니다. 이렇
게 노심초사 바라보고 있는 제 마음을 헤아리실 리가 없겠지만 같이
한 세월이 있어 더욱 서운하더군요.

"아, 인선 낭자!"

뺀들하면서도 다감한 목소리에 두서구니가 쭈뼛해지더군요. 아씨도
저도 놀라 뒤를 돌아보니 어제 그 잘생긴 한량이 웃으며 바짝 다가와
서 있습디다. 헤벌쭉하게 미소를 짓고 있는 것을 보니 그자도 우리 아
씨를 싫어하는 것처럼 보이진 않아 다행이다 싶더군요.

"네, 나으리. 많이 기다리셨는지요?"

"나으리는 무슨. 아직 벼슬도 하지 않은 내게 그 말은 당치도 않소.
그냥 기현 도령이라 부르시오, 인선 낭자."

"네, 기현 도련님……."

두 뺨이 빨개지다 못해 아씨 귀까지 붉게 물이 들었네요. 아이고,
저리 마음줄을 사방 천지에 다 보여 주면 안 되는데. 저 되바라진 한
양의 한량이 얼마나 우리 아씨를 거볍게 보겠습니까? 도저히 안 되겠
다 싶어 제가 아씨 팔을 쿡쿡 찌르며 속삭였습니다.

"아씨 지금 얼굴이 시뻘겋습니다. 누가 봐도 저 도령이 좋아 죽겠다는 걸 다 알겠습니다. 제발 자중하시어요."

내 말을 들으신 아씨께서는 장옷으로 얼굴을 황급히 가리셨습니다. 아이고, 답답해, 답답해 죽겠더라구요. 평소 거칠 것이 없고 하고픈 말을 거리낌없이 다 하시는 다라진 아씨께서 저러시니 제 속이 터집니다.

"내 오늘 저기 있는 서화사에 좋은 그림이 들어왔는데 구경시켜드리고 싶소. 괜찮으시겠소?"

"네, 좋습니다, 기현 도련님."

참 착하신 우리 아씨이지요? 제 말은 귓등으로 들으시면서 그자가 하는 말은 곧이곧대로 들으시더군요. 아씨와 어깨를 나란히 하고 걷는 그 모습을 보며 뒤따르는 내내 행여나 아는 이와 마주칠까 걱정이 되기도 했지만 곧 그 마음을 접어 버렸습니다. 팔도에서 제일 많은 이들이 산다는 한양에 막 북평에서 온 제가 누굴 알겠습니까? 이런 저와 마음이 같으신지 아씨께서도 쾌활하게 웃으시며 그 도령과 다감하게 이야기를 나누셨지요.

인정하기는 싫지만 참으로 잘 어울리는 한 쌍이었답니다. 시원스럽게 생긴 도령의 모습과 작고도 아리따운 아씨의 자태가 처음부터 작정하고 그리 만든 기러기 한 쌍처럼 완벽했다니까요. 처음에는 입술을 사발만큼 내민 채 걷던 저도 어느새 웃고 있었답니다.

아씨께서는 기현 도령과 함께 광통교에 있는 서화사와 지전에 있는 그림들을 하나도 빠짐없이 다 구경하셨지요. 덕분에 저도 다리는 아팠지만 좋은 구경을 해서 참 좋았답니다. 그런데 솔직히 아씨께서 그림을 보시는 것보다 도령의 얼굴을 바라보시는 게 더 많더군요. 그림을 보시는 척하면서도 살짝살짝 도령을 훔쳐보시고 눈이 마주치면 황급히 그림으로 눈을 돌리시더군요.

기현 도령도 마찬가지였답니다. 아씨께서 그림을 보고 무어라고 말씀을 하시면 그윽하고도 넋이 나간 눈빛으로 아씨의 그 작고도 고운 얼굴을 쳐다보고 있었답니다. 그러다 아씨와 눈이 마주치면 부채로 얼굴을 가리며 홍안이 되었지요. 참내, 이리 재미난 구경은 돈 주고도 못한다 싶더군요.

참으로 다행이었습니다. 제가 뭐 사내를 겪거나 잘 알진 못하지만, 누가 보아도 저 두 사람은 서로에 대해 깊은 마음을 갖고 있는 것이 분명했지요. 아마 삼척동자라도 다 알았을 겁니다. 한양의 한 젊고 늠름한 도령과 멀리 강릉의 북평에서 온 반가의 여식이 만나 저리 마음을 나누는 것이 얼마나 사랑스러워 보이던지 제 가슴이 에려 오더군요.

한참을 걷고 또 걸었습니다. 배가 고프면 근처 국밥집에서 요기를 하고 또 걸으며 들렀던 서화사를 또 들르고 보던 그림을 다시 보고는 하셨지요. 처음에는 오늘 제대로 광통교 구경을 한다고 신이 났던 저도 사시가 지나니 슬슬 짜증이 올라오기 시작했습니다. 흙뒤가 당기고 아파 몇 번이고 다리를 쿵쿵 때리며 곁따르고 있었지만 아씨와 도령은 전혀 힘들어 보이지 않았답니다. 도령이 종놈이라도 데리고 나왔다면 말벗이라도 했건만 저 혼자 이리 걷고 있으니 지루해 죽겠더군요.

광통교 저자 구경을 다하고 나니 모전교로 향합디다. 모전교에 있는 모전들이 팔고 있는 과일들을 다 보고 나니 이젠 장통교로 향하더군요. 한양에 있는 다리라는 다리는 다 가볼 셈인지 저 두 사람은 잠시도 멈출 기색을 보이지 않더군요.

어느새 어스름이 지고 앞에서 걸어가시는 아씨의 모습이 어둑시근해서 보이지 않을 정도가 되자 시전 거리에 있는 전방들도 하나둘씩 불을 켜기 시작했습니다. 마치 저잣거리에 별이 하나둘씩 떠오르는 것처럼 그 모습이 참으로 곱고 새침해 보였습니다.

저자의 별들이 모두 뜨자 대낮과는 다른 활기가 넘쳐흘렀지요. 전방 문을 닫기도 했지만 아씨와 도령처럼 몰래 연정을 나누는 이들이 한 쌍 두 쌍씩 보이기 시작했습니다. 비자들을 데리고 나와 같이 어깨를 나란히 하며 걸어가는 이들이 있었나 하면, 남의 눈이 두려워 한두어 보 차이를 두고 걸어가는 이들도 있었답니다. 어떻게 같이 걸어

가든 그들의 얼굴은 모두 다 똑같았답니다. 은애하는 이와 함께하는 행복과 기쁨으로 모두들 자신도 모르게 미소를 짓고 있었지요.

참으로 그들이 사랑스럽기도 하고 예뻐 보였지만 제가 보기엔 우리 아씨와 도령이 제일로 곱고 잘나 보였답니다. 수많은 이들이 오가는 운종가에서 제 눈에는 오로지 아씨와 기현 도령만이 가득 들어왔으니까요.

한참을 걸어가며 담소를 나누던 도령은 갑자기 도자전 앞에서 걸음을 멈추었답니다. 세상에 혹시 아씨에게 정표를 줄 요량으로 저러는 것인가 싶어 제 가슴이 다 뛰더라구요. 숨을 죽이고 지켜보고 있으니 새침한 얼굴로 아씨께서 기현 도령을 돌려세우셨습니다.

"사내가 노리개나 패물을 보는 것은 은애하는 이를 생각하고 있음인데 혹여 마음에 두신 여인이나 장래를 함께할 정혼자가 있으신지요?"

"인선 낭자, 그 무슨 말씀이시오?"

"아무것도 아닙니다……."

말끝을 흐리며 팩 돌아서는 아씨의 낯빛이 흐려졌습니다. 세상에, 아씨께서 투기를 다 하시더군요. 만난 지 겨우 하루 된 사내에게 마음을 빼앗기시다 못해 투기까지 하시다니요. 손을 가리고 킥킥대며 한참을 웃었답니다.

멀뚱히 뒤에서 쳐다보던 도령은 조금 지나자 장난스럽게 웃었답니다. 팩 돌아선 아씨를 한참 바라보던 그는 도자전에서 강색의 칠보로 된 지환을 하나 골랐습니다. 계속 토라져 있는 아씨를 향해 뒷짐을 지며 다가오는 도령의 얼굴에는 함박꽃이 피어 있었지요.

"은애하는 이를 위해 이 가락지를 샀는데 어떻소? 낭자의 높은 심미안으로 한번 보아 주시구려."

아씨께서는 두 눈을 부릅뜨고 기현 도령을 한번 째려보시더니 빠른 걸음으로 앞서 걸어가셨습니다. 분명 마음이 상하신 것이지요. 여인이 저리 토라져서 가고 있는데 도령은 능글맞게 웃으며 천천히 따라가더이다.

"낭자, 어찌 그리 바삐 가시는 거요? 천천히 가시오. 아직 시전 거리에 구경할 것이 많이 남았습니다."

앞서 걸어가시던 인선 아씨께서 팩 돌아 흘겨보시더니 장부처럼 성큼성큼 걸어오셨습니다. 하도 기세가 무서워서 제가 다 오금이 저릴 정도였다니까요? 낯빛이 파리한 모습이 필시 화가 나셔도 단단히 나신 것이 분명했습니다.

"어찌 저를 희롱하십니까? 정인이 있으시면 저랑 하루 종일 이리 다니시지 마셨어야지요. 참으로 알량하고도 음충맞은 인사가 아니십니까? 가십시오, 더는 같이 있고 싶지 않습니다."

아씨께서는 한 번 더 도령을 죽일 듯이 노려보시더니 제 팔을 잡고 빠르게 걸어가셨습니다. 어찌나 빨리도 걸으시는지 걸음 빠른 제가 질질 끌려가는 형상이었다니까요? 색색거리는 숨소리가 들려왔습니다.

아씨께서 얼마나 화가 치미셨는지 묻지 않아도 알 것 같았습니다.

"낭자! 오해요, 정말 오해하신 거요!"

도령이 달려와 아씨의 앞을 막아섰습니다. 그러나 아씨께서는 그자를 밀치시고는 계속 걸어가셨습니다.

"인선 낭자, 오해라니까요. 이건 그대를 위해 산 것이요. 내가 잠시 낭자를 놀린 것이니 화 푸시오."

기현 도령은 아씨의 팔을 잡아끌었습니다. 얼마나 세게 잡아당겼는지 아씨의 가녀린 몸이 그자의 가슴팍에 푹 던져질 정도였다니까요? 화들짝 놀란 아씨께서 도령을 밀쳐 냈지만 과감하게도 도령은 아씨를 꼭 끌어안았습니다.

세상에, 세상에! 길을 지나가던 운종가의 모든 이들이 모두 아씨와 도령을 보고 눈이 휘둥그레졌습니다. 제 입술이 바짝바짝 마르고 식은땀이 흘려 내렸습니다. 본가에서 나온 종놈이라도 마주칠까 싶어 여기저기를 둘러보았지요. 아씨께서는 계속 도령을 밀쳐 냈지만 그자는 더욱 세게 그러안았습니다.

"이거 놓으십시오. 절 그만 놀리시란 말입니다!"

"놀리는 것이 아니요. 어찌 내 마음을 그리 모르신단 말이오!"

보다 못한 제가 다가와 헛기침을 했습니다.

"저 도련님, 지금 저자에 있는 모든 이가 도련님과 아씨만을 쳐다보고 있습니다. 아는 종놈이라도 만날까 무섭사오니 어서 떨어지십시오."

내 말을 들은 도령이 주위를 둘러보았습니다. 길을 가던 이들이 눈살을 찌푸리며 쳐다보고 있는 것을 보자 그제야 도령은 아씨를 놓았답니다. 저는 장옷으로 아씨의 얼굴을 가리며 아직도 지켜보고 있는 자들을 향해 소리를 질렀답니다.

"아, 뭐해요? 구경났어요? 가던 길 가시오. 뭐 재미난 거라고 그리 멀뚱하게 지켜보고 있는 거요? 그렇게 할 일이 없소?"

패악스럽게 고함을 지르는 종년 때문인지 사람들은 투덜거리며 가던 길을 갑니다. 주변이 정리된 후, 아씨를 쳐다봤는데 미약하나마 숨을 몰아쉬고 계시더라구요. 필시 놀라신 것이 분명하셨습니다. 우리 귀하신 인선 아씨를 놀라게 한 저 무도한 인사가 원망스러웠던 저는 화가 나 그악스럽게 대들었답니다.

"이보십시오, 도련님. 어찌 그리 생각이 없으십니까? 우리 아씨께서 두려워서 떨고 계신 것이 보이지 않으신가요? 그리고 반가의 여식을 이리 험히 대하는 경우가 어디에 있습니까? 기녀나 함부로 끌어안고 입을 맞추시지 우리 아씨에게 이런 망발을 일삼으시다니요?"

제 말에 그제야 기현 도령은 정신을 차리고 아씨를 살펴보았습니다. 도령은 아직도 흥분했는지 두 볼이 발개져 있더군요. 아씨에게 미안한지 아무 말 없이 지환과 아씨를 번갈아 보던 그는 조용히 입을 열었습니다.

"사실 낭자께서 곧 북평으로 돌아가신다고 하여 내 서운한 마음에 선물을 준비한 거였소. 내가 장난기가 심하여 그런 것이니 마음 푸시오. 놀라게 해 드려 정말 미안하오."

"정말 너무하십니다!"

아씨의 목소리에는 물기가 뚝뚝 흐르더만요. 필시 숫보기 같은 우리 아씨께서 저자가 농지거리로 하는 말을 곧이곧대로 믿고 마음을 상하신 것이 분명했습니다.

"미안하오, 인선 낭자. 제발 화 푸시고 나를 보시오. 이렇게 내가 간청하지 않소?"

아, 참으로 도령은 능숙했습니다. 저렇게 봄볕처럼 다사롭고 달콤한 목소리로 말을 하는데 어느 여인이 넘어가지 않겠습니까? 못마땅한 얼굴로 쳐다보고 있는데 더 아연실색하게 만든 것은 바로 아씨의 대답이었습니다.

"다음부터 그러지 마십시오. 그리하시면 다시는 뵙지 않을 것이옵니다."

다음이라뇨? 다시라뇨? 아니 그러면 저 능구렁이 같은 작자를 또 만나신다는 겁니까? 억장이 무너졌습니다. 제가 저 인사의 시커먼 속내를 모를 리가 없었지요.

아씨께서 한양에 있는 동안 데리고 다니며 즐기고 강릉으로 돌아가시면 또 다른 여인에게 다가가 수작을 부릴 것이 뻔했지요. 두고 볼 수만은 없어서 분수도 모른다는 꾸중을 들을 각오를 하고 제가 나섰습니다.

"아씨, 이 도련님께서는 아씨께서 북평으로 돌아가시면 필시 다른 처자에게 접근해서 오늘 같은 행보를 할 것입니다. 허니, 하룻밤 즐거운 만남으로 여기시고 다 잊으십시오."

"아지야……."

"아씨, 정신 차리십시오. 세상에 잘난 사내가 얼마나 많은 줄 아십니까? 어찌 저런 부모 잘 만나 호강하는 양반댁 한량을 마음에 품으려고 하십니까? 소문이 잘못 나면 아씨 혼삿길도 막힙니다. 도련님, 이제 돌아가 주십시오."

아씨의 팔을 잡고 앞장서던 저는 강한 힘에 뒤로 벌렁 넘어질 뻔했답니다. 기현 도령이 우리 아씨의 팔을 잡아당긴 것이지요. 화가 치민 저는 버럭 소리를 지르고 말았습니다.

"대체 이 무슨 추태이십니까?"

"어허, 어디 종년이 웃전의 일에 토를 다는 것이더냐?"

도령은 저를 무섭게 내려다보았습니다. 어찌나 그 큰 눈으로 부리부리하게 쳐다보는지 저도 모르게 숨을 죽이고 말았지요. 도령은 크게 한번 날숨을 내쉬더니 아씨를 진지하게 바라보았습니다.

"만약 내가 낭자를 희롱하는 것이라면 내일 광통교에 나오지도 않을 것입니다. 허나 내 마음이 진정이라면 다음에 다시 한양에 오셨을 때 이 지환을 낭자의 그 고운 옥수에 끼워드릴 것이오."

"도련님⋯⋯."

"밤이 늦었으니 가시오. 찬 밤바람에 고뿔이 들겠습니다."

도령과 아씨께서는 그렇게 서로를 바라보고 계셨답니다. 소곳하고도 열절스러운 두 마음이 서로 만나 배젊은 남녀가 서로를 눈에 넣듯 마주보았지요. 제가 낄 틈도 없었답니다. 아무 말도 하지 않는 것이 도리어 낫겠다는 생각이 들었을 정도였으니까요.

"가시오. 어서⋯⋯."

"도련님께서 먼저 가십시오."

"거참, 낭자도⋯⋯."

계속 보다 보니 두서구니가 쭈뼛쭈뼛해지더군요. 이러다가는 날밤을 샐 거 같아 제가 아씨의 손을 잡아당겼습니다. 저한테 이끌려 가시면서도 마음은 뒤에 두고 가셨지요. 금방 갈 길도 한참이 걸렸을 정도였습니다. 보이지 않을 때까지 기현 도령 또한 아씨를 망부석처럼 바라보고 있었답니다.

아씨와 기현 도령은 한양에 있는 닷새 동안 매일 만났습니다. 마님께서 왜 그리 자주 출타를 하냐고 캐물으셨지만 인선 아씨께서는 한양에 있는 동안이라도 진귀한 그림을 다 보고 싶다고 조르셨지요. 딸의 재주를 귀히 여기시던 마님께서는 허락을 아니 하실 수 없으셨답니다.

아씨가 광통교에 나타나자마자 어디에선가 키 큰 장부가 반가운 얼굴로 뛰어나왔습니다. 매일 옷을 바꿔 입은 걸 보면 필시 우리 아씨 때문에 맨드리에 정성을 많이 쏟은 것이 분명했지요. 뭐, 저도 기분이 나쁘지 않았습니다. 우리 아씨를 귀히 여기는 그 마음이 갸륵해 보였으니까요.

기현 도령 또한 그림에 남다른 안목이 있었답니다. 알고 보니 북촌에서도 잘나가는 집안의 자제였지요. 흘미죽죽하고 대수롭지 않은 한량인 줄 알았는데 글공부도 꽤나 한 듯 아씨와 서책에 대한 이야기도 자유자재로 주고받았지요. 아, 드디어 우리 아씨께서 천생연분을 만나신 듯하여 어떨 때는 제 눈가가 촉촉해지기도 했답니다.

이번 한양행의 마지막 밤이었답니다. 이지러져 가는 갈고리달이 서로에 대한 깊은 사랑으로 맺어진 남녀의 애틋한 마음을 가련히 여기듯 비추고 있었지요. 조용히 흐르는 개천 소리를 들으며 아씨와 도령은 그렇게 아쉬운 듯 달만 올려다보고 있었답니다. 그날따라 야천의 별들이 어찌나 초롱초롱 빛나는지 보고 있으니 제 얼굴 위로 떨어질 것 같았답니다.

"내일 가신다고요, 낭자?"

"예, 그렇습니다."

"언제 뵐 수 있을까요?"

"글쎄요. 매달마다 제가 아버님을 뵈러 올라오기는 하지만 정확한 날을 말씀드리기가 힘듭니다."

"그럼, 낭자를 뵙기 위해 달포를 기다려야 한다는 말입니까?"

기현 도령의 목소리가 떨리고 있었습니다. 아씨 또한 애석한 마음에 말을 잇지 못하고 계셨지요. 아, 참으로 안타까웠습니다. 한양에서 가까이에만 있으면 자주 볼 수 있으련만 한양과 강릉은 너무도 먼 곳이니 서로에 대한 마음만큼 그 기다림 또한 고통스럽겠지요.

"언제 오실지는 모르지만 이렇게 하는 것이 어떻겠습니까? 제가 우리가 만난 서화사 앞에서 매일 미시에 기다리고 있겠습니다. 한 시진 정도 기다리다 오지 않으시면 아니 오시는 걸로 알고 가지요. 만약 제게 무슨 일이 있다면 제 비자를 대신 보내놓겠으니 연통을 주시면 바로 달려가겠습니다."

"도련님……. 허나 그리하시면……."

"매일 볼 수 있는 그대가 아니지 않소? 난 서광이 비출 때부터 기다릴 수 있소."

아씨께서는 그만 고개를 숙이고 마셨습니다. 저도 가슴이 아려왔습니다. 뺀질한 한량이라고 시쁘게 여기며 내뱉던 말들이 후회스럽더라구요. 이 순간만큼만 진정인지는 모르겠지만 저도 도령의 사랑에 감동받았습니다.

"되도록 빨리 뵈러 오겠습니다."

"낭자, 정말 이렇게 누군가를 마음에 담아 본 적은 처음이오. 잠자리에 들 때마다 다음 날이 오기를 바라는 그 밤이 얼마나 길었는지 아시오? 이제 다음에 뵐 때까지 수많은 밤을 어찌 기다려야 할지 모르겠소."

아휴, 마음이 답답했습니다. 지켜보는 제가 이리 안타까운데 두 사람은 오죽할까요? 사실 전 사내의 마음을 믿지 않습니다. 지금도 그렇습니다. 잠시 며칠간의 즐거운 기억을 나누었다고 해서 그 인연이 영원하지는 않지요. 전 무엇보다 아씨께서 저 도령에게 고이 쓰시는 마음만큼 그자도 그리할지가 염려되었습니다. 그저 마음에 묻고 잊어버리는 게 제일 좋은데 말이지요.

아씨께서도 알고 계신 듯했습니다. 어젯밤에 간간히 남몰래 토해 내시는 한숨 소리에 저까지 심산했으니까요. 오늘 저렇게 아씨를 좋아라 하지만 저 도령이 한양에서 내로라하는 다른 여인들을 보면 마음이 동하지 않을까요? 여인의 마음과 사랑이 가볍다고 하는 말은 다 허튼 것입니다. 사내의 마음이 더 깃털보다 가볍고 사내의 사랑이 더 변덕스럽습니다.

"어젯밤 곰곰이 생각해 보았습니다만, 그저 서로 마음속에 좋은 기억으로 간직했으면 합니다. 자주 볼 수 있는 가까운 곳에 있는 것도 아니고, 또 세월이 사람의 마음을 무심히 만드니까요. 하루가 지나고, 보름이 지나고, 달포가 지나면 그 깊은 마음이 옅어지기 십상입니다.

허니, 그저 좋으신 분으로 제 마음에 담겠습니다. 그동안 좋은 구경을 시켜 주셔서 참으로 감사했습니다. 고맙습니다, 도련님."

세상에, 이 아지 깜짝 놀랐답니다. 우리 아씨께서 제법이시라고 생각했지요. 사내의 마음을 꿰뚫어보고 계시거나, 아니면 정말 기나긴 시간을 기다릴 만큼 미련스럽게 살고 싶지 않으셨겠지요. 역시 우리 인선 아씨이시라는 생각이 들어 어깨가 으쓱했답니다. 맞아요, 차라리 좋게 생각하고 각자의 갈 길을 가는 것이 최고이지요.

"그, 그 무슨 말씀이시오? 그럼 앞으로는 볼 수 없다는 말이오?"

에구머니나! 도령의 허연 낯빛과 열통적은 모습이 얼마나 웃겼던지 하마터면 그 진지한 순간에 웃음을 터뜨릴 뻔했다니까요? 하지만 아씨께서는 단단히 마음을 먹으셨는지 한번 크게 숨을 내쉬시더니 찬찬히 말씀하셨답니다.

"한양과 강릉이 얼마나 멉니까? 사람에 대한 그 마음을 탓하는 것이 아닙니다. 그 마음을 옅게 만드는 세월을 탓하는 것이지요. 아무리 장고를 해 보아도 도련님과의 인연은 여기까지라는 생각이 듭니다."

"아니 되오, 절대 아니 되오. 내 아버님께 한동안 강릉에 갈 것이오."

"어찌 여인에게 모든 것을 거십니까? 창창한 앞날을 생각하셔야지요. 사대부의 자제라면 입신양명하여 충과 효를 다해야 함을 어찌 모르십니까?"

"절대 낭자를 놓치지 않을 것이오. 낭자를 볼 수 없다면 난 살아가는 낙이 없소!"

모든 것이 아주 순식간에 일어난 일이었습니다. 시간이 멈춘 듯 저는 아무런 생각도 할 수 없었고 아무런 말도 할 수 없었습니다. 숨도 쉴 수 없을 정도로 가슴에 무언가 쿵 하고 내려앉고 목울대를 사정없이 죄이고 있었으니까요. 마치 제 발바닥에 굵고 실한 뿌리가 내려 땅에 붙은 것처럼 꼼짝도 할 수 없었답니다.

기현 도령이 아씨의 그 소담스럽고 고운 얼굴을 꼭 그러쥐고 입을 맞추었습니다. 깜짝 놀란 아씨는 두 눈을 크게 뜨고 앞만 바라보고 계시다가 이내 눈을 감아버리셨지요.

쪽색의 밤하늘 아래 이지러지는 갈고리달을 올려보고 있자니 저까지 비밀을 들킨 듯 부끄러웠답니다. 제가 처네라도 쓰고 왔으면 저 하늘로 휙 던져 이 광경을 못 보게 덮어 버리고 싶을 정도로 유난히 빛을 발하더군요. 남색 비단에 촘촘히 박힌 별들이 그날 밤 따라 더욱 반짝거립디다. 목덜미에 감기는 봄바람이 보들보들한 아기살처럼 정겹게 느껴지는 밤이었습니다.

얼마나 지났는지 모르겠습니다. 아직까지도 그 광경을 떠올리면 마치 꿈속에서 본 듯 혼미하여 정신을 차릴 수 없답니다. 그 도령에게는 모르겠으나 아씨에게는 처음으로 겪는 엄청난 일이었지요. 두 사람이 서 있는 그곳은 완전히 다른 세상 같아 보였답니다.

갑자기 어디서 심통 맞은 찬바람이 휭 불어와 두서구니를 서늘하게 했답니다. 도령과 아씨가 다정하게 있는 모습이 샘이 나 그런 듯했지요. 그제야 아씨를 놓아준 도령은 더욱 아련하게 내려다보고 있었습니다. 당연히 아씨께서는 부끄러우신지 낯을 붉히셨지요.

전 그저 제겨디디며 뒤로 물러났습니다. 조금이라도 비켜드리는 것이 두 분을 위해 좋을 듯싶었지요. 분명한 것은 도령의 마음이 진지하다는 것이었습니다. 아, 그래서 우리 아씨께서 더 힘들어하실까 봐 마음이 아프더라구요.

도령은 그저 말없이 아씨의 하얀 옥수를 잡고 쓰다듬었습니다. 아씨께서도 아무 말씀이 없으셨지요. 하긴 서로 입을 맞추고 난 그때 무슨 말을 하겠습니까?

"기다릴 것이오. 낭자가 포기해도 난 기다릴 것이오. 허니 내 마음을 받아 주시오."

도령은 품에서 작고 푸른 엽낭을 꺼냈습니다. 그러고는 그 안에서 지난번 운종가에서 산 붉은 지환을 꺼냈지요. 그런데 그것을 끼워주지 않고 도로 주머니에 넣는 것이 아니겠습니까?

"지난번에 얘기했듯 다음에 만날 때 낭자의 손에 끼워드릴 것이오. 그때까지 고이 간직해 두겠소."

"도련님……."

수줍고도 조심스럽게 아씨는 고개를 드셨습니다. 아이고, 그 곱디고운 눈매에 눈물이 반짝거리더군요. 열쎄고 오달진 평소의 아씨의 모습은 찾아볼 수가 없었습니다. 장부처럼 씩씩하신 우리 인선 아씨도 사랑 앞에서는 그저 모든 것을 던져 안기고픈 가냘픈 여인이셨던 겁니다.

기현 도령은 말없이 아씨를 감싸 안았습니다. 가무러진 달이 구름 뒤에 숨어서 주변이 어두워졌지요. 전 차라리 어둑시근하게 보이지 않는 것이 낫다고 생각했습니다. 저렇게 좋아서 안고 있는 모습은 누가 보아도 겉볼안이었지요. 에혀, 어찌합니까? 이것이 두 사람이 지고 가야 할 운명이었던 것이지요.

그렇게 그 밤은 야속하게 계속 흘러갔답니다. 어스름한 달빛 아래서 아쉬운 마음을 나누는 두 사람의 모습은 한번 보면 잊히지 않을 아름다운 한 폭의 그림이었답니다. 아, 지금도 생각하면 절로 마음이 아픕니다. 잊어버리기 힘들만큼 너무도 고운 모습이라 계속 가슴 한구석이 저려옵니다.

🌸 운명의 첫 회오리

기현 도령과 헤어지시고 난 뒤, 아씨께서는 예정대로 강릉으로 돌아가셨답니다. 돌아가시기 전날 밤 뜬 눈으로 밤을 지새우셨지요. 같이 한 날들보다 기다려야 할 날들을 떠올리시니 그 막막함에 절로 한숨이 나오셨겠지요. 하지만 저는 그것보다도 기현 도령의 마음이 변절하지 않을까 두려웠답니다. 사내들이야 또 다른 여인을 만나 마음이 동하면 이전의 진정이랑은 잊어버리고 마니까요.

다시 한양으로 가실 때까지 저도 아씨도 견디기 힘든 나날들이었답니다. 하루가 달포 같고 반나절이 반년처럼 느껴졌지요. 매일 아침마다 한양에서 내려온 지 며칠이 되었냐고 물어보시는 것이 아씨의 하루 습관이 되어 버리셨답니다. 지켜보는 제가 이리 애간장이 타는데 아씨께서는 오죽하셨을까요?

예전처럼 저자에 나가 책전에 가셔도 건성으로 서책을 보시고, 바닷바람을 쐬러 가셔도 그저 모래밭에 앉아 모래만 손으로 휘이 휘이 저으셨답니다. 는적거리는 버들나무처럼 축 쳐진 아씨를 보고 있자니 뭘 어찌해야 할지 모르겠더라구요.

더디게 가든 빠르게 가든 세월은 조용히 흘러가고 있었습니다. 달큰한 봄바람에 마음이 설레던 것이 엊그제 같았는데 단오가 지나고 낮이 제일 긴 하지가 다가오고 있어 물쿠어져 조금만 걸어도 땀이 날 정도였지요.

한양에서 내려온 지 달포가 더 지나도록 마님께서 아무 말씀이 없으시자 인선 아씨께서는 속이 타셨답니다. 평소 즐기시던 그림도 손을 놓으시고 가까이 두시던 서책도 멀리하셨지요. 에고, 갈수록 여위어 가는 그 모습을 보고 있자니 저도 먹먹해졌답니다. 보다 못해 어느 날 아씨께 화채를 갖다드리며 조심히 여쭈었지요.

"아씨, 제가 마님께 대신 말씀을 올릴까요? 아씨께서 한양에 가고 싶어 하신다구요."

"됐다. 가면 나만 가겠느냐? 어머님까지 모시고 가야 하는데. 괜히 마음 쓰지 말거라."

"하오나 이리……"

"나가 보거라. 혼자 있고 싶구나."

아씨를 홀로 두고 밖으로 나오는데 아무것도 해드릴 수 없는 제가 참 미웠답니다. 이럴 때 말재간이라도 좋으면 얼마나 아씨께 도움이 되었을까요? 이래서 사람이 과묵해서 좋을 것은 하나도 없답니다.

찬간에 가니 가비 아주머니께서 음식을 장만하고 계셨습니다. 이제 잠자리에 들 시각에 이리 바삐 움직이는 것을 보면 집안에 무슨 일이 생긴 것이 분명했지요.

"무슨 일이에요? 이 밤에 다시 상을 차리시는 거예요?"

"아, 모레쯤 작은 마님께서 한양에 올라가신다고 하시더구나. 본가에 드릴 음식을 준비하라고 하셔서 미리 좀 다듬어놓는 거다."

이런 희소식이 있을까요? 천리 길도 한달음에 달려갈 만큼 온몸에 힘이 솟아났답니다. 행여나 잘못 들었을 듯싶어 다시 가비 아주머니께 여쭈었습니다.

"그게 정말인가요? 정말 마님께서 한양 본가에 가신다구요?"

"그렇다니까? 애가 귀찮게 왜 이래?"

그 길로 찬간 문을 박차고 나와 저는 열심히 달렸습니다. 오매불망 마님의 명만 기다리고 계실 아씨를 조금이라도 기다리게 해드리기 싫어서지요. 어둑한 밤에 뛰다보니 돌부리에 걸려 넘어졌지만 엄살을 떨 틈이 없었습니다. 오른쪽 무릎이 쓰리고 아팠지만 땅바닥에 마냥 나부라져 있을 수 없었지요.

"아씨, 아씨!"

잠자리에 들기 위해 저고리를 벗고 계신 아씨께서 벌컥 문을 열어젖히는 절 보고 화들짝 놀라 눈살을 찌푸리셨습니다.

"이게 무슨 짓이더냐? 내가 지금 잠자리에 들기 위해 저고리를 벗고 있는 것이 보이지 않더냐?"

"그게 중요한 것이 아닙니다. 내일 아니 모레, 마님께서 한양에 올라가신답니다. 아씨, 이제 되었습니다!"

"목소리를 낮추거라."

저를 꾸중하시면서도 아씨의 입가가 방실거리더군요. 얼마나 좋으신지 헛기침을 하시며 새침하게 앉아 계셨지만 저는 분명히 아씨의 한쪽 입가가 샐쭉샐쭉 웃고 있는 것을 보았답니다.

"아씨 그럼 주무십시오. 쇤네 물러가겠습니다."

"잠깐만 아지야."

창호를 여는데 아까 넘어져서 터진 무릎이 욱신거렸습니다. 절뚝거리는 절 보고 아씨께서 걱정스러우신지 다가오셔서 치마를 걷어 올리셨지요. 무릎 밑이 찢어져서 피가 흐르고 있었습니다. 백말이 피로 얼룩졌는데도 전 그것도 모르고 정신없이 뛰었던 거지요.

"어찌 이리 미련스러우냐? 가만 있거라. 내 약을 발라 주겠다."

"됐습니다, 아씨. 이 정도면 깨끗하게 상처를 닦고 나면 금방 아물 겁니다."

"당장 앉거라. 내 너에게 약을 발라 주어야 마음이 편할 것 같다. 한양까지 그리 절뚝거리면서 어찌 가려고 그러느냐?"

아씨께서 제 팔을 끌어당겨 억지로 앉히셨습니다. 그러고는 수건으로 제 상처를 닦으시고는 문갑을 열어 약단지를 꺼내 발라 주셨지요. 계속 쓰리고 아팠지만 아씨께서 미소 짓고 계신 것을 보니 참으로 기쁘고 좋았답니다.

"아지야, 정말 고맙다."

"예?"

아씨께서는 수건을 잘라 상처를 싸매 주시고는 제 두 손을 꼭 잡아 주셨습니다. 다스한 온기가 온몸을 감싸고 돌았지요.

"그게 무어라고 이리 뛰어왔더냐? 내일 아침에 말해 주어도 될 것을. 참으로 고맙다. 나를 위해 이리 뛰어와 줘서 정말 고마워."

한양도 역시 더웠습니다. 모든 오월이라고 하더니 해가 길어서인지 바람 또한 후끈거리고 끈끈했지요. 조금만 걸어도 땀이 두서구니에서부터 등을 타고 내리는데 예전처럼 운종가의 좋은 풍경들은 눈에 들어오지도 않습디다.

그러나 마냥 불평하며 있을 수만은 없었습니다. 광통교의 그 약속된 장소인 서화사로 향하는 동안 제 가슴이 콩닥콩닥 뛰고 있었습니다. 달포가 넘는 그 긴 시간을 한숨으로 보내신 아씨의 아득한 그리움을 알기에 그 지난번의 약조가 지켜졌는지 더욱 알고 싶었답니다.

날씨가 더웠지만 여전히 광통교에는 많은 이들이 좋은 그림을 사기 위해 북적거렸습니다. 수선스러웠지만 기분 좋은 활기로 가득한 곳이었지요. 여전히 멋들어진 그림들이 드레드레 널려 있었고 흥정하기 위해 모지락스럽게 말다툼을 하는 이들도 더러 눈에 띄었습니다.

그러나 그 어떤 것도 아씨와 저의 눈을 이끌지는 못했답니다. 찾고 있는 것은 단 하나뿐이었으니까요. 오랜 시간 동안 아씨의 수많은 밤들과 평온한 즐거움을 빼앗아 간 그 사람, 그 얄미운 사람을 찾고 있었습니다.

헌데, 말이지요. 정작 그 장소에 있어야 할 이가 보이지가 않았습니다. 아무리 주변을 둘러보아도 코빼기도 눈에 띄지 않더군요. 스멀스멀 배 아래에서부터 올라오는 기분 나쁜 느낌에 목울대가 꽉 조여 왔습니다. 아씨께서는 그만 장옷을 떨어뜨리고 비틀거리셨답니다.

"안 보여, 어찌하면 좋으냐?"

바위산 꼭대기에 틀어박힌 통바위처럼 굳건하신 아씨께서 모래알처럼 스르르 무너지셨습니다. 아이고, 어찌 속이 상하던지 만약 그 작자가 눈에 띄면 가만 안 두고 싶더라구요. 우선 아씨에게 달려가 일으켜 세워 드렸습니다.

"아씨, 그런 작자 때문에 이리 쓰러지셔야 되겠습니까? 어서 일어나셔요. 보는 제가 다 속이 터집니다."

아씨의 그 똘망한 눈에 눈물이 맺혔습니다. 아휴, 이걸 어찌한답니까? 우리 귀한 인선 아씨 두 눈에 눈물을 흘리게 한 놈을 그냥 두어선 안 되겠더라구요. 한양을 이 잡듯 뒤져서 물고를 내야겠다는 생각밖에 들지 않았습니다. 우선 어떤 위인이고 어디서 돌아다니는지 알아야겠기에 서화사 주인에게 따지듯 물었답니다.

"이보시오, 남기현이라는 도령을 아시오? 키가 밉살스럽게 크고 능글맞고 늘상 비단 옷만 걸치고 다니는 그 한심한 한량을 아십니까?"

"엥? 한량이라니? 북촌의 귀한 집 자제를 어찌 험히 말하느냐?"

"한량이지요. 멀쩡한 처자를 꼬드겨 희롱하면 그게 한량이지 뭐가 아니란 말이오."

"허허, 이것 보게. 날마다 우리 가게에 들르셔서 좋은 그림이 들어왔나 보고 가시는데 어찌 그런 분을 보고 그런 말을 하더냐?"

이건 또 무슨 말이랍니까? 매일 들른다니요? 그럼 오늘도 여기에 왔다는 건지 궁금해졌습니다. 가게 주인의 말에 아씨께서 넋이 나간 듯 제 곁으로 다가오셨습니다.

"그러면 오늘도 오신 거요?"

"아무렴, 오늘도 오셨지. 아까 전까지 여기 계셨는데 어디에 가셨나? 누굴 기다리시는지 달포가 넘도록 매일 여기에 미시가 다 되어 오셨다가 신시가 넘어서야 가셨지. 하도 고개를 빼고 이리저리 둘러보시길래 저러다가 목이 늘어지겠다고 생각할 정도였다니까. 아이고, 저기 오시는구먼."

가게 주인이 가리키는 곳을 돌아보았습니다. 갓을 고쳐 쓰며 다가오는 비색 도포를 입은 사내는 바로 기현 도령이었습니다. 아씨께서는 힘이 빠지시는지 털썩 자리에 주저앉으셨습니다.

"낭자!"

도령이 단숨에 달려와서 아씨를 일으켰습니다. 우리 착한 아씨의 두 볼에 눈물이 흘러내리고 있었습니다. 에고, 제가 다 속내를 들킨 듯 얼굴이 화끈거립니다. 아씨께서도 좀 자중을 하시지 저리 마음줄을 사방 천지에 번하게 보여 주시다뇨.

"도련님, 대체 어디에 계셨습니까?"

"좋은 그림이 들어왔다고 해서 잠시 보고 오는 길이오. 그래, 오래 기다리셨소?"

인선 아씨께서는 아무 말 없이 계속 우셨지요. 얼마나 좋으셨으면 눈물은 흘리면서도 얼굴은 빙그레 웃고 계셨답니다. 도령은 수건을 꺼내 아씨의 얼굴을 살뜰하게 닦아 주었습니다. 약조를 어긴 것은 아니었지만 우리 착한 아씨를 울게 만들어서 그런지 그리 예쁘게 보이지 않더군요.

"계속 기다리셨던 겁니까? 정말입니까?"

"그렇다오. 그대와 헤어진 그 다음 날부터 계속 기다렸다오. 비가 오나 맑으나 늘 와서 기다렸지. 여기 있는 서화사 주인이 바로 증인이라오."

"도련님……."

기현 도령은 아직도 떨고 있는 아씨의 두 손을 마주 잡고 웃고 있었습니다. 예전에도 그랬지만 다시 보아도 참으로 잘난 사내였지요. 능글거리는 모양새는 마음에 들지 않고 시쁘게 보이지만 그래도 우리 아씨를 저리 기다렸다고 하니 인정할 건 인정해야겠지요.

그날 밤 기현 도령은 약조를 지킨 징표로 번하게 비치는 달빛 아래서 아씨의 고운 손가락에 붉은 가락지를 끼워 주었습니다. 그리고 지난번처럼 깊은 입맞춤으로 또 아씨의 혼을 쏙 빼놓았지요. 에고, 그때를 떠올릴 때마다 아직까지 제 얼굴이 뜨끈하게 발그레해집니다요.

아씨께서는 강릉에 돌아가셔서 한양에 다시 오실 때까지 예전처럼 슬퍼하거나 힘들어하지 않으셨답니다. 약조를 지킨 사내의 진정을 보셨기 때문이었지요. 가끔 도령이 보고 싶으실 때는 몰래 손가락에 끼워진 정표를 보며 마음을 달래셨답니다. 멀리 떨어진 것도 지리한 기다림의 시간도 두 사람에게는 무의미한 방해꾼이 되어 버렸답니다. 서로에 대한 끈끈한 믿음으로 기다리며 짧은 만남의 행복을 수없이 되새기며 참고 기다렸기 때문이지요.

언제부턴가 아씨와 도령은 운종가와 광통교 서화사들을 둘러보는 것 외에도 서로의 그림을 찬하며 시간을 보내곤 했답니다. 제가 잘은 모르지만 기현 도령은 사군자 중 난 그림과 화조도를 기가 막히게 그렸지요. 거쿨진 풍채에 능글거리며 뱀뱀이가 높아보이지도 않는 장난을 좋아라 하는 사내였지만 그림을 그릴 때는 매우 진중해 보였답니다. 시원스럽게 난의 잎매와 섬세하고도 곱디고운 꽃과 새 그림을 그릴 때는 희한하게도 영판 없이 아씨와 쌍둥이처럼 닮았답니다.

아씨께서도 난 그림을 기차게 잘 그리는 도령의 솜씨가 부러웠는지 한번은 진지하게 물어보셨답니다.

"사군자 중 어찌 그리 난을 즐겨 그리십니까? 무슨 연유라도 있으신지요?"

"나는 난초를 보면 꼭 꼿꼿한 결기를 지닌 절대가인을 보는 듯하오."

"절대가인요?"

"도도한 미인은 그 마음을 사로잡기가 힘들지요. 난을 그리는 것이 얼마나 힘이 드오? 잎의 시작은 뭉툭한 지팡이처럼, 그 끝은 뾰족한 미물의 꼬리처럼, 가운데는 볼록하나 매끈하게 사마귀배처럼 그려야 하지요. 또 잎이 서로 어긋나 만날 때는 주작의 눈매처럼 고연해야 하고, 잎이 시원스럽게 쭉 뻗을 때는 여러 번 붓이 꺾여야 비로소 그 자태를 이루지요. 이처럼 한 폭의 그림에 모두 담아내기가 어렵고도 어려우니 난이 어찌 절세가인과 다르겠소?"

아씨께서는 웃으시면서도 약간 뾰루퉁한 얼굴로 물으셨지요.

"허면 도련님께서는 미색 좋은 여인만 좋으신 겁니까? 소녀는 그리 뛰어난 미색을 지니지 못했습니다."

"어찌 미인이라 하여 얼굴만 아름다운 것으로만 이야기하겠소? 자고로 절세가인은 천상의 꽃을 지닌 선녀와 같아 그 아름다운 마음결로 인해 거치고 간 자리마다 은은한 향이 배어나는 법이오. 그대는 모를 것이오. 그대가 가고 난 자리에서는 변하지 않는 향이 나오. 난 매일 그곳을 찾으며 그대를 그리워하고 또 같이한 순간들을 떠올리며 다음 만남을 기다린다오."

"도련님도 참……."

"그대는 참으로 은연하고도 기품이 있는 난꽃과 같소. 정말 난 복이 많은 사내요. 그대와 같은 절세미인을 이리 정인으로 두었으니 말이오."

"도련님……."

아이고, 못 말립니다, 못 말려요. 홍안이 된 얼굴을 감싸 안으며 고개를 푹 숙이시는 아씨의 모습을 보니 영락없이 샐그러진 난 잎 같더군요. 정말 기현 도령의 입담은 알아줘야 했답니다. 아무리 아씨께서 토라지고 화가 나도 도령의 청산유수 같은 말 한마디면 포슬눈 녹듯 사르르 그 마음이 풀렸으니까요.

서로의 그림에 시를 지어 주며 두 사람은 이 세상에 더 바랄 것이 없는 이들처럼 보였습니다. 오랜 기다림 끝에 만나는 그 짧은 행복은 그 어떤 진귀한 것보다 값진 대가였으니 말입니다.

아, 특히 그 애가 탈 만큼 깊고도 절절했던 저녁을 잊지 못합니다. 우수가 지나 몸서리치는 겨울바람보다는 봄이 다 되어 가는 시기였지요. 약간은 다스한 기운이 느껴지는 저녁 바람에 기분 좋게 영미다리를 걷고 있었답니다. 강색의 서편 하늘이 참 곱디고와 번루빛 하늘에 어스름이 깔려 아청빛으로 갈아입은 것도 모르고 있었지요.

"낭자, 이 다리를 보고 영도교라고도 하는데 그 연유를 아시오?"

"글쎄요. 어떤 사연이 있습니까?"

"노산군(단종)이 유배를 갈 때 이 다리에서 자신의 내자인 정순왕후와 이별을 하였다고 하지요. 기약 없는 여행길을 떠나보내는 정순왕후가 너무도 가슴이 아파 끝없이 눈물을 흘렸다고 합니다. 결국 돌아오지 못한 노산군 때문에 이 다리를 영도교라고도 부르지요."

"참으로 슬픈 사연입니다. 사랑하는 지아비를 마지막으로 본 여인의 마음이 얼마나 아팠을지 전 감히 가늠할 수도 없습니다."

갑자기 기현 도령이 발걸음을 멈추었습니다. 그러고는 정표를 낀 아씨의 손을 잡고 그윽하게 내려다보았지요. 아이고머니나, 행여나 누가 볼 새라 전 주변을 살폈지만 다행히 보는 눈이 없어 가슴을 쓸어내렸습니다.

"어찌 그러십니까, 도련님."

"내 내자가 되어 주시겠소, 낭자."

"예?"

도령은 품에서 무언가를 꺼냈습니다. 백색의 비단에 싸인 것은 푸른 마노로 된 가락지였습니다. 제가 아씨가 아닌데도 어쩌나 가슴이 콩닥거리던지 두 손을 모으고 침을 꼴깍 삼켰습니다.

"푸른 지환이로군요."

"청실홍실이라고 하지 않소? 이 가락지는 낭자를 내 내자로 맞이하겠다는 나의 신의와 정의 표식이오. 나의 내자가 되어 백년해로를 하며 아직도 많이 부족한 내 곁을 지켜주시겠소?"

도령을 올려다보는 아씨의 눈에 도홍빛 눈물이 반짝 거렸습니다. 염혼이 붉디붉어 아씨의 눈물까지도 물을 들인 것이지요. 한참을 가락지와 도령을 두담두어 바라보신 인선 아씨께서는 활짝 웃으시며 고개를 끄덕이셨답니다.

"한양에 있든 강릉에 있든 언제부터인가 도련님의 내자가 되는 그 순간을 꿈꾸어 왔었습니다. 지금 이 순간은 제가 늘 오매불망 기다려 온 바로 그때입니다."

"낭자, 고맙소. 참으로 고맙소. 이리 미거한 나를 받아 주어 너무도 고맙소."

늘 농을 좋아하며 껄렁하던 도령이 무척이나 떨고 있었습니다. 아씨의 옥수에 지환을 끼우는 손이 파르르 떨리는 게 다 보이더라니까요. 제가 가락지를 받는 듯 팬스레 설레고 좋아 헤벌쭉거리며 어린아이처럼 이리저리 몸을 흔들었습니다. 어느덧 하늘에는 온달이 다 되어 가는 탐스러운 달덩어리가 둥실 떠올라 번하게 다리를 비추고 있었지요.

한동안 두 사람은 두 손을 맞잡고 그렇게 미소 지으며 바라보고 있었습니다. 그 무슨 말이 필요하겠습니까? 무엇보다 마음이 제일 중하지요. 서로의 생각이 같은 것을 두고 이심전심이라고 한다지요? 이미 서로의 마음을 다 알고 있는데 백만 가지 말들을 청산유수처럼 늘어놓은 듯 무슨 소용이 있겠습니까? 이 좋은 순간을 방해하는 겉절이밖에 되지 않는 걸요.

아직도 영미다리를 건너면 그때 그 순간이 떠올라 마음이 아련하고
도 아파옵니다. 곱고 예쁜 사랑이었기에 저 또한 아픔 없이 아씨께서
그 사랑을 이어받으시길 원했답니다. 아, 사람의 운명이란 참으로 얄
망궂고도 패꽝스럽습니다. 잠시의 크나큰 기쁨을 선사하다가도 쓰디
쓴 오랜 고통을 선사하니 말입니다.

아씨께서 열여섯이 된 초겨울로 기억합니다. 쌍그럽고 밉살스러운
추위만큼 견디기 힘든 겨울이었지요. 그때를 떠올리기만 해도 왜 이리
한쪽 가슴이 쿡쿡 찌르듯 아픈지 모르겠습니다.

제가 양반님들에 대해 또 나라의 정사에 대해 잘은 모르지만 진사
나으리께서는 조광조라는 이를 많이 따르셨나 봅니다. 그의 생각에
찬동하고 또 그와 관련된 이들과 많이 어울리셨다죠. 쿰쿰한 냄새나
는 오래 묵은 것보다는 늘 새롭고 앞서가는 것들에 관심이 많으셨기
에 아마 그리하셨으리라 봅니다. 그 조광조라는 자는 조정의 실세에
눌러앉아 자신들의 안위만 챙기는 사람들을 많이도 비난했다고 들었
습니다.

그래서 대감마님이신 이사온 나으리께서는 사위 걱정을 많이 하셨
답니다. 권력을 둔 자리다툼에 휘말리면 결국 질투와 분쟁을 불러일

으키고 죽음으로 그 대가를 치러야 한다고 늘상 말씀하셨지요.

뭐 어찌 되었든 그 조광조를 죽도록 싫어하는 이들이 그를 모함하여 '기묘사화'라고 하는 큰일을 터뜨렸지요. 많은 이들이 끌려가서 죽고. 정말 난리도 아니었답니다. 진사 나으리께서도 크나큰 봉욕을 치루셨지요. 옥에 갇히시고 문초를 당하시고. 에효, 그때만 생각하면 아직도 심장이 쿵 내려앉고 간담이 서늘해진답니다. 인선 아씨의 어머니이신 작은 마님께서도 거의 매일 뜬눈으로 밤을 지새우셨지요.

다행스럽게도 크게 일에 연루되지 않았다는 것이 밝혀져 곧 풀려나셨지만 이미 나으리의 마음에서는 조정과 입신양명에 대한 청운의 꿈이 사라져 버리셨답니다. 온갖 더러운 구정물로 가득한 구지레한 조정의 모습을 보셨는데 나라도 정나미가 뚝 떨어져 버렸을 겁니다.

나으리께서는 성균관을 나오시고 모든 것을 정리하여 강릉으로 내려오셨지요. 관직에 대한 꿈을 온전히 저버리셨지요. 오로지 딸들을 보다 살뜰히 가르치시고 그동안 미처 살피지 못한 집안의 모든 대소사를 직접 관리하셨답니다. 덕분에 이사온 대감 나으리와 마님께서는 마음을 놓으시고 즐거워하셨지요.

진사 나으리께서 처가에 안착하시자 모든 이들이 기뻐했지만 단 두 사람, 저와 아씨는 막막하고 가슴이 답답했답니다. 이제 아씨께서 한양에 가실 연유가 없어져 버렸기 때문이지요. 멀리 정인을 두고 기약

할 수 없는 세월만 탓해야 하는 순간순간들이 인선 아씨에게는 검질긴 기다림의 연속이었답니다.

여인들의 마음을 설레게 하는 봄이 찾아왔답니다. 오죽헌 뒷마당 매화나무에 아씨가 그토록 좋아하시는 홍매가 소담스럽게 피어났지만 해마다 그러시듯 기꺼운 마음으로 붓을 드시지 못하셨습니다. 은연한 홍매의 향내가 온 집 안을 구석구석 감돌고 어서 그려 달라고 앙탈을 피우며 만개했지만 아씨의 얼굴은 아직도 한겨울 눈 덮인 너럭바위처럼 외롭고 처연해 보였답니다.

전아한 홍매도 지고 사람의 마음을 심란하게 하는 짙은 도화꽃과 곱디고운 은홍빛 진달래가 지천에 피어나 설쳐 댔지만 아씨의 얼굴은 더욱 야위어 갔습니다. 보다 못한 진사 나으리께서 연유를 물었지만 아씨께서는 괜찮다고만 말씀하시며 나중에는 나으리와 마님과도 마주치지 않으시려고 하셨지요.

계속해서 웃음이 없어진 아씨를 위해 제가 뭘 할 수 있을지 생각하고 생각하고 또 생각했습니다. 아무리 이 나쁜 머리를 싸안고 이래저래 생각을 많이도 하였지만 떠오르는 절묘한 비법은 없었습니다. 오직 딱 하나 제가 직접 한양으로 가서 도련님을 뵙고 아씨의 마음과 상황을 이야기하는 것밖에는 다른 묘안이 떠오르지 않더군요.

곡우가 지난 밤공기가 그지없이 달디 달았고, 달이 휘영청 밝은 어느 밤이었습니다. 여전히 툇마루에 앉아 하염없이 달만 바라보는 가장 아끼는 둘째 딸을 바라보시던 진사 나으리께서 저를 조용히 부르셨습니다.

"너는 늘 아씨와 붙어 있으니 잘 알 것이다. 요즘 인선이가 왜 저러느냐?"

"예?"

"갈수록 여위는 것이 의원도 큰 병이 아니라 하고. 대체 연유가 무엇이더냐?"

저는 죽을죄를 지은 듯 저절로 움츠려 들었습니다. 나으리께서 모든 것을 다 알고 계시는 듯하여 감히 눈도 마주치지 못했답니다. 어물쩍거리는 저를 빤히 바라보시던 나으리께서는 헛기침을 두어 번 하시더니 나무라듯 엄히 말씀하셨습니다.

"어허, 어찌 웃전이 하는 말에 답을 하지 않는 것이더냐? 내 엄히 달초해야 이실직고하겠느냐?"

호랑이 굴에 들어가도 정신만 차리면 산다고 했지요. 저는 있는 머리, 없는 머리 다 굴려가며 나으리께서 아씨의 일을 알고 계실까를 계속 생각해 보았습니다. 허나 만약 아신다면 저리 걱정스러운 얼굴로 물어보시지 않으셨겠죠. 마침내 제가 아씨를 위해 무언가를 할 수 있는 순간이 다가온 듯하여 크게 들숨을 마시고는 입을 열었습니다.

"아마 아씨께서 요즘 붓을 놓으신 것이 연유가 아닐는지요? 아무리 뛰어난 재주를 가졌다고 해도 늘 그림을 잘 그릴 수는 없는 법이 아닙니까? 올 봄에는 그리 좋아하시는 홍매도 그리지 않으셨습니다. 필시 그림을 그리는 것에 대해 마음이 옅어지신 것이 아닐까 합니다."

진사 나으리의 미간에 깊디깊은 주름이 잡혔습니다. 에구머니나, 도둑이 제 발 저린다고 절로 움츠려 들더군요. 나으리의 말씀을 들을 때까지 어찌나 시간이 가지 않던지 그 짧은 순간이 마치 달포처럼 느껴졌습니다.

"허면 네가 보기에는 인선이가 좋아하는 그림에 흥을 잃어서 그렇다는 것이더냐?"

"아, 예. 소리꾼도 어떨 때는 소리를 하기 싫을 때가 있다고 들었습니다. 아씨께서 오랫동안 그림을 그리셨으니 그럴 때도 있지 않을까 사려됩니다."

"흠……."

나으리께서는 고개를 끄덕이셨습니다. 혹시나 하는 심정으로 나으리를 조심스럽게 올려다보았습니다. 하하, 제 수가 먹힌 것이 분명해 보였습니다. 잠시 뒤 진사 나으리께서는 수염을 어루만지시며 탄식하듯 말씀하셨습니다.

"그 분탕질이나 일삼는 한양 땅에 인선이를 보내기 싫다만. 잠시라도 바람을 쏘이고 오도록 해야겠구나. 한동안 네가 아씨를 모시고 본가에 다녀오너라."

"예, 나으리!"

얼마나 기뻤던지 우레와 같은 제 대답에 나으리께서 화들짝 놀라셨습니다. 그러나 그게 뭐가 중요하겠습니까? 어서 빨리 아씨께 달려가서 이 반가운 소식을 전해야 하는데 나으리께서는 걱정스러우신 듯 계속 당부하셨습니다.

"큰일을 겪고 난 뒤라 여기저기 매우 흉흉할 것이다. 허니 출타를 할 때는 각별히 잘 살피며 아씨를 모셔야 할 것이다. 요즘 민심이 매우 좋지 않다고 들었다. 듣고 있더냐?"

아버지가 되어 어찌 딸을 홀로 멀리 보내는데 마음이 쓰이지 않겠습니까만 어서 달려가 아씨께 소식을 전해 드리고 싶어 전 발바닥이 간지러워 미칠 지경이었습니다. 윗니로 아랫입술을 잘근잘근 씹으며 진사 나으리의 말씀을 귓등으로 흘려들으며 오로지 나으리의 입만 쳐다보고 있었습니다.

드디어 어서 가 보라고 말씀이 떨어지자, 저는 땅바닥에 이마가 닿을 듯 넙죽 허리를 굽히고는 치마가 날리듯 달려갔습니다. 아, 그날 밤의 달콤한 꽃내음은 절대 잊을 수가 없습니다. 세상에서 맡아본 꽃향기 중 최고였습니다. 아까 전까지만 해도 밉살스러워 보이던 달도 어찌나 탐스럽고 예뻐 보이던지 훌쩍 뛰어 가득 껴안고 입을 맞추고 싶을 정도였다니까요?

아씨께서는 여전히 처연하게 앉아서 창호를 열고 야천만 바라보고 계셨습니다. 저 데데한 얼굴에 웃음꽃을 피우고 싶어 저는 한달음에 다가가 소리를 질렀습니다.

"아씨! 내일 한양에 가요. 한양에 간다니까요?"

"뭐?"

인선 아씨께서는 어리벙벙한 눈으로 저를 올려다보셨습니다. 숨이 차 두어 번 크게 숨을 내어 쉰 저는 마른침을 꼴깍 삼키고는 천천히 하나하나 다시 말씀 올렸답니다.

"진사 나으리께서 한양 본가에 다녀오시랍니다. 아씨께서 이렇게 풀이 죽어 계시니 바람이라도 쏘이고 오라고 하시네요. 아씨, 당장 행장을 꾸려야지요!"

마른 꽃잎처럼 허연 입술이 화들짝 웃었습니다. 저 고운 웃음을 정말 얼마 만에 보나 싶어 그지없이 반가웠습니다. 저는 당장 방으로 뛰어들어 가 화초장을 열어 보자기 위에 아씨의 행장을 꾸리기 시작했습니다.

그런데 아씨께서는 저를 물끄러미 바라보시더니 짐을 꾸리는 제 손을 덥석 잡으시는 것이 아니시겠어요? 황망하여 올려다보니 아씨의 그 고운 눈에 눈물이 맺혀 있었습니다.

"아지야, 고맙다. 날 위해 이리 애를 쓰다니……."

"아씨도 참, 이 좋은 날에 왜 우세요? 자, 빨리 짐을 꾸려야죠? 갖고 가실 것을 말씀하시면 제가 다 챙기겠습니다."

　모두가 잠들기 시작하는 밤, 아씨와 저는 행장을 꾸리느라 깔깔대며 신이 났었습니다. 참으로 좋고도 설레는 밤이었습니다. 지리한 겨울이 끝나고 봄이 이제야 찾아오는 것 같더라니까요. 또 그날 밤은 아씨도 저도 제대로 잠을 이루지 못했습니다. 나중에 들어보니 아씨께서는 뜬눈으로 밤을 새우시며 동이 트기만을 기다렸다고 하시더군요.

　아, 남녀의 연정이란 이리도 야살스럽고 검질기나 또한 아름답고도 황홀한 것입니다. 옆에서 보고만 있어도 이리 마음이 즐거워지니 말입니다. 그래서 그 상실감은 더욱 더 고통스럽고도 가련스럽게 사람의 마음을 갈가리 찢으며 다가오는가 봅니다.

　아씨도 저도 이것이 마지막 한양행이 될 것이라고는 예상도 하지 못했으니 말입니다. 잠깐의 달콤한 순간이 영원한 고통의 기억이 되어 버렸으니까요.

　한양도 봄을 맞이하여 따스한 봄바람과 물큰한 꽃내음이 코를 찔렀습니다. 여인들의 옷차림도 화사해지고 그런 여인들을 바라보는 사내들의 눈길들도 바빠졌지요. 그러나 진사 나으리의 말씀대로 알 수 없는 긴장감이 여기저기에 걸쳐 있었습니다. 사람들의 마음이 거센

피바람으로 인해 억눌려서인지 지난번보다는 사뭇 조심스럽고 진중하더군요.

큰 난리가 났던 아니던 한양에 온 아씨와 저는 그게 중요한 것이 아니었습니다. 본가에 행장을 풀고 난 아씨께서는 당장 광통교로 달려가셨지요. 정인을 본지 넉 달이 다 되어 가니 애간장이 탈 만도 하시지요.

광풍이 휩쓸고 갔지만 그 어떤 일에도 장사치들의 돈주머니는 넉넉합니다. 광통교에 줄지어 선 서화사와 지전들 앞에는 여전히 많은 그림이 봄바람에 한댕거리며 날리고 있었고 그림값을 흥정하는 이들로 떠들썩했지요.

모두가 활기가 넘치고 수선스러웠지만 단 한 사람만이 다 죽어 가는 낯빛으로 축 늘어져 있었습니다. 소색의 청포로 된 도포를 걸쳤지만 사내의 얼굴은 관 속에 누운 주검마냥 거무데데한 것이 보기에도 죽을병에 걸린 듯싶었지요. 비쩍 말라 광대뼈가 다 튀어나오고 눈이 움푹 들어간 몰골은 또 어떻고요. 어찌나 보기가 딱하던지 절로 눈물이 나오고 가슴이 애려 왔습니다.

"도련님!"

아씨께서는 지고지순한 달맞이꽃처럼 오로지 한 곳만을 바라보며 달려가셨습니다. 눈앞에 서 있는 산송장도 자신을 향하는 곱디고운 달맞이꽃을 보며 입을 벌리며 천천히 다가오고 있었지요. 쯧쯧 쯧……. 정말 눈물 없이는 볼 수 없는 상봉이었습니다.

"낭자……."

아씨께서는 뼈다귀밖에 남지 않은 사내의 품에 거침없이 뛰어들었습니다. 도령 또한 그토록 그리던 정인을 아스라지듯이 껴안았지요. 양반의 자제들이 대낮에 대담한 행보를 보이는 것에 놀란 사람들이 다 모여들어 쳐다보았습니다. 남녀칠세부동석이라고 말귀만 알아들을 정도가 되어도 자리를 따로 하며 법도를 따지는 양반들인데 대범하게 애정행각을 벌이니 광통교에 있던 모든 사람들이 재미난 구경거리를 보기 위해 구름처럼 몰려들었습니다.

보다 못한 제가 얼른 달려가 두 사람 사이를 떼어놓으려 했지만 돌덩이로 만들어졌는지 꿈쩍도 하지 않았습니다.

"아씨, 도련님……. 이러지 마십시오. 사람들이 다 쳐다봅니다. 떨어지세요, 제발요!"

제 말은 들리지도 않는지 아씨와 도령은 계속 그렇게 한 몸이 된 듯 끌어안고 있었답니다. 도저히 안 되겠다 싶어 저는 계속 아씨를 끌어당겼습니다.

"아씨, 본가에 있는 종년이라도 마주치면 이제 한양행은 끝입니다. 당장 떨어지세요! 바사기처럼 이리 못나게 굴지 마시구요, 어서요!"

본가 이야기 때문인지, 한양행은 끝이라는 협박 때문인지 아씨께서는 그제야 장옷으로 얼굴을 다 가리시고 떨어지셨습니다. 도령 또한 이제야 눈치를 채고 부채로 얼굴을 가렸지요. 아이고, 두 사람은 떨어져 있었지만 여전히 뚫어질 듯 서로를 바라보며 헤벌쭉 웃고 있더군요.

계속 가지도 않고 쳐다보는 사람들을 향해 저는 손을 휘휘 저으며 정신 나간 가납사니처럼 사납게 굴었답니다.

"아, 뭐해요? 가던 길 가지나 않고. 뭐 큰 구경거리 났다고 이러시는 거요. 어여, 가요. 어여! 거기 패랭이 쓴 장사하시는 분, 안 가고 뭐해요? 뭐 사람이 죽은 것도 아닌데 멀뚱히 서서 뭘 보고 계신 거요?"

얼굴을 붉히며 고함을 버럭버럭 질러 대자 사람들은 눈을 흘기거나 삿대질을 하며 물러가기 시작했습니다. 휴, 정말 제가 당자도 아닌데 이리 애를 써야 하는 게 순간 부아가 치밀더군요. 씩씩대며 뒤돌아보니 두 사람은 여전히 아련하게 붙어 바라보고 있었습니다.

화가 나 성큼성큼 걸어간 저는 아씨의 팔을 붙들며 넋이 나간 도령에게 싸늘하게 내뱉었습니다.

"사람 눈이 많은 곳에서 뭐하시는 겁니까? 도련님, 계속 여기 서 계실 겁니까? 오늘 한양에 소문 쫙 나게 하실 건가요?"

"아, 미안하네. 내가 너무 반가워서 그만. 낭자, 갑시다."

사랑에 푹 빠진 아씨 종년 노릇하는 것도 참으로 어렵습디다. 내가 당자도 아닌데 좋은 구경거리가 많은 그곳에서 제대로 눈요기도 못하고 주변만 살피며 뒤따르고 있었지요. 두 사람은 이런 제 속을 아는지 모르는지 정답게 담소를 나누며 걸어가고 있었구요.

좀 얄밉기도 했지만 아씨께서 저리 좋아하시니 시간이 갈수록 제 마음도 즐거워졌습니다. 백 일이 넘도록 보고 싶은 얼굴 제대로 보지 못했으니 얼마나 애가 타셨겠습니까?

한 달에 한 번씩 만나는 것도 힘든 마당에 넉 달간 제대로 소식도 알지 못했으니 행여나 도령이 아씨를 잊어버렸는지 아니면 다른 여인을 탐하는지 미칠 지경이셨을 겁니다. 어찌 제가 아씨도 아닌데 이리 잘 아냐고요? 뭐 사내와 여인이 눈이 맞아 연정을 나누면 다 똑같고, 제가 당자가 아니라도 여인이기에 알 수 있는 것 아닙니까? 참 별말도 다 물어보십니다.

다행스럽게도 도령 또한 아씨를 많이 그린 듯합니다. 망부석같이 떡하니 그 자리에 그 시간에 기다리고 있는 걸 보면 말입니다. 그간 밀린 이야기를 나누느라 무엇보다 보고 싶은 얼굴을 눈에 담느라 두 사람은 분주하기 그지없었지요. 정오가 지나 배가 고파 미칠 지경이었지만 허기도 잊은 아씨와 도령은 계속 걷고 또 걸었답니다.

"그러지 않아도 걱정 많이 했었소. 아버님께서는 무탈하신 거요?"

"그렇습니다. 다행히 깊이 연루가 되지 않았다고 하여 큰 옥고를 치르시지는 않으셨지요. 아버님께서는 입신양명에 뜻을 거두시고 북평에 오셔서 저희들의 훈육과 집안을 살피고 계십니다. 많이 걱정하셨지요. 이런……. 어찌 이리 여위셨습니까?"

"난 무엇보다 그 화가 낭자에게 끼칠까 걱정했었소. 이번에 얼마나 많은 이들이 패가망신하고 죽음을 당했는지 모른다오. 참으로 무서운 일이었소. 이리 낭자를 다시 볼 수 있으니 난 죽어도 여한이 없소."

"도련님, 저 또한 그러하옵니다."

죽을 듯이 서로를 그리는 두 사람은 한양 개천에 있는 다리라는 다리는 다 건널 요량으로 끝도 없이 걸어 다니셨습니다. 종아리가 퉁퉁 부어 밤에 꽤나 고생했지만 전 아무렇지도 않았답니다. 아씨를 잊지 않은 도령의 그 갸륵한 마음과 그런 도령을 미치도록 연모하는 아씨의 그 절절한 마음을 보고 있자니 진사 나으리를 속이긴 했어도 제가 한 일이 세상에서 제일 잘한 일처럼 여겨졌답니다. 아직까지도 전 그렇게 한 것을 제 평생 가장 잘한 일 중 하나로 생각하고 저 자신을 자랑스럽게 생각합니다.

한양 본가에 계신 동안 아씨의 안색이 예전처럼 고와지셨답니다. 다말라비틀어진 꽃잎 같던 입술에 수홍빛이 돌고 초강초강한 얼굴은 더욱 생기를 띠셨지요. 도령 또한 산송장 같던 모습은 사라지고 예전의 맨드리가 뛰어난 멋들어진 모습을 되찾았답니다.

달포간의 그 순간순간들은 지금까지도 제 머릿속에 훤하게 떠오를 만큼 설레고 즐거운 기억들입니다. 제가 이럴진대 인선 아씨께서는 어떠하셨을까요? 그래서 그 사랑만 떠올리면 아픕니다. 참으로 아픕니다. 아씨께서 그 어떤 말씀을 하시지도 않으셨지만 얼마나 아프셨을지 잘 알기에 너무도 아픕니다.

✿ 영원한 이별의 시작

세상 일 모든 것이 항상 마지막은 서글프고 아픕니다. 아무리 아름답게 단장을 시켜도 마지막은 슬픈 법이지요. 무엇을 할 때도 그렇고 특히나 사람과의 만남은 더욱 그러합니다. 계속 있고 싶고 영원히 좋은 것들을 나누고 싶지만 서로의 손을 놓아야 하는 그 징그럽고도 싫은 순간은 원하지 않는데도 아무 연통도 없이 어느 순간에 쓱 다가옵니다. 애틋했던 한양행의 마지막 날 또한 그랬답니다.

소만이 지나고 망종이 다 되어 가는 밤이었지요. 거의 눈에도 보이지 않는 그믐달도 채 뜨지 않아 어둑시근한 그림자만이 가득했답니다. 예쁘게도 반짝거리는 별들이야 많았지만 밤길을 걷는 길잡이를 하기에는 턱없이 부족했지요. 번하게 달빛이라도 비추면 좋으련만 무거운 마음에 달빛까지 없으니 아씨와 도령의 발걸음도 무척이나 곤하고 무거워 보였답니다.

"이제 가시면 또 언제 뵐지 모르겠구려."

"아버님께서 이제 같이 지내시니 저도 어찌 해야 할지 모르겠습니다. 도련님, 어찌하면 좋을까요? 그렇다고 이번처럼 매일 광통교에 나오시는 것도 힘드실 터인데……."

"난 괜찮소. 넉 달, 열 달 아니 십 년을 그리 기다리라고 해도 난 기다릴 것이오."

"도련님……."

에그, 말이야 쉽지 그게 얼마나 어렵습니까? 사람 마음이 가벼워서가 아니라 세월 앞에 그 누구도 변하기 마련입니다. 처음 몇 달이야 애틋해서 기다릴 수 있겠지만, 일 년이 가고 이 년이 가면 그 사랑을 지킬 수가 있을까요? 앞에서 등롱을 들고 걷는 제 입에서 절로 한숨 소리가 나오더군요.

"무슨 묘수를 생각해야 하는데. 한양에 계시면 연서라도 서로 주고받을 수 있을 터인데……."

"그러게 말입니다. 이리 멀리 있으니 서찰을 보내기도 참 힘들지요."

갑자기 도령이 발걸음을 멈추었습니다. 그러고는 어린아이처럼 소리를 질렀지요. 얼마나 놀랐던지 들고 있던 등롱을 떨어뜨릴 뻔했답니다.

"아, 좋은 생각이 났소!"

"예?"

"내가 글공부를 빙자하여 강릉에 가겠다고 아버님께 고하겠소. 마음이 번잡한 한양에서는 과거 준비하기가 힘드니 조용한 곳에서 관동 팔경을 벗 삼아 학문에 정진하겠다고 말이오."

아이고머니나, 세상에나. 얼토당토않은 이야기를 듣고 있자니 코웃음이 절로 나왔지만 억지로 참았습니다. 과거 준비는 무슨. 마음이 엉뚱한 곳에 있는데 서책에 있는 글자가 눈에 들어오겠습니까? 어찌 되었든 아씨께서 더 이상 마음 졸이며 계시지 않아도 되니 좋은 생각이었습니다.

"도련님, 허나 그것은 너무 큰 일이 아닙니까? 계실 거처도 마련해야 하고, 또한……."

"내가 다 알아서 할 것이니 낭자는 마음 편하게 계시면 되오. 이제 서로를 절절히 그리워하며 밤을 지새우지 않아도 되니 이 얼마나 잘된 일이오. 아, 매일 낭자를 볼 수 있다 생각하니 너무도 좋소!"

"도련님 하오나……."

"낭자는 아무런 걱정을 하지 마시오. 아버님께서는 내가 외아들이라 원하는 것은 다 해 주시는 분이시오. 하나뿐인 아들이 제대로 과거 준비를 하겠다는데 그것을 막을 분이 아니시오."

"도련님, 소녀 이리 큰 사랑을 받아도 될지 모르겠습니다."

"아니오, 그대가 없는 이곳이 얼마나 적막하고 외로운지 아오? 팔도의 모든 이들이 올라와 있다고 해도 그대가 없는데 무슨 소용이 있겠소?"

쯧쯧쯧……. 제가 기현 도령의 어미라면 분명 불호령을 내렸을 겁니다. 아들이라는 것이 부모를 속이고 글공부를 빙자하여 정인과 딴 짓거리를 하는데 가만있을 어미가 어디에 있겠습니까? 절로 쓴웃음이 나왔지만 그 앙팡진 언행이 예뻐 보여 아무 말도 하지 않았습니다.

그날 밤은 아씨께서 강릉으로 떠나시기 전날이었지만 처음으로 편히 주무셨답니다. 그 모습을 보고 있자니 저 또한 마음이 편안해졌지요. 하긴 어떤 여인이 사랑하는 정인이 자신을 위해 찾아오겠다고 하는데 싫어하겠습니까? 제발 이 도탑고도 절절한 사랑이 어여쁘게 아퀴를 지을 수 있기를 바라며 저도 그날 밤 웃으며 잠자리에 들었습니다.

북평으로 돌아왔지만 아씨께서는 여전히 한양에 있는 듯 늘 들떠 계셨습니다. 돌아오시자마자 하루에 몇 장이고 그림을 쓱쓱 그려내셨고, 단오가 되어 창포물에 칠흑같이 검고도 고운 머리를 감으실 때는 콧노래를 부르실 정도였으니까요. 영문도 모르시는 진사 어르신께서는 그저 아끼는 귀동딸이 예전처럼 활기를 되찾자 안심하셨답니다. 행복해하시는 아씨와는 달리 저는 돌아오자마자 진사 나으리와 마주치는 것이 얼마나 죄스럽고 불편했는지 모른답니다.

진사 나으리의 마음을 아시는지 모르시는지 아씨께서는 그저 곧 만날 정인을 기다리시며 매일 단장에도 많은 애를 쓰셨지요. 똑같은 댕기인데도 이렇게도 묶어 보시고 저렇게도 묶어 보시며 거울 앞에서 한 시진이 다 되어 가도록 앉아 계셨으니까요. 문갑에 처박아둔 노리개들과 화초장의 저고리들을 모두 꺼내서 이렇게도 달아서 입어 보시고, 저렇게도 달아서 입어 보셨지요.

평소 서책과 그림에만 관심이 있으신 아씨께서 그러시니 얼마나 신기했는지 모른답니다. 덕분에 저자에 나가면 저도 분전과 도자전에서 향긋한 분 냄새를 맡으며 노리개와 댕기 구경 꽤나 했지요.

돌아온 지 달포가 안 되었을 무렵입니다. 아침상을 물리고 아씨와 함께 책전에 가기 위해 대문을 나섰답니다. 그런데 저 앞 담벼락 끝에서 한 종놈이 아씨와 저를 훔쳐보며 똥 마른 강아지마냥 웅그리고 있지 않겠습니까?

도끼눈을 하며 쳐다보고 있는데 그놈이 주변을 살피며 잽싸게 아씨 앞으로 달려 나왔습니다. 그러고는 품에서 서찰 하나를 꺼내 쑥 내밀었지요.

"인선 아씨이십니까? 저희 도련님께서 이 서찰을 전해 드리라고 하셨습니다. 보는 눈을 조심해야 하니 저는 이만 물러가 보겠습니다."

너무도 순식간에 일어난 일이라 그 도깨비 같은 놈을 그저 쳐다보고만 있었답니다. 뭐라고 호통이라고 치려고 하니 이미 삼십육계 줄행랑을 친 뒤였지요. 또 한 번 걸리면 보자 싶어 계속 그놈 뒤통수를 눈을 흘기며 쳐다보고 있는데 서찰을 펼쳐 보신 아씨의 손이 떨리기 시작했답니다.

"아씨, 왜 그러세요? 어디 이상한 게 적혀 있나요?"

"도련님께서 오셨단다. 약조를 지키셨어!"

얼마나 큰 소리로 말씀하시는지 제가 다 놀라서 아씨의 입을 막았습니다. 저자도 아니고 집 앞에서 이러시니 행여나 심통 맞은 셋째 아씨와 막내 아씨가 들을까 저어되더군요.

"제가 아씨 때문에 못살겠습니다. 여기는 한양이 아닙니다."

"보현사에 계신다고 하시는구나. 오늘밤 혼각이 지나 경포호에서 보자고 하신다."

"오늘밤에요?"

아씨께서는 도련님을 만날 생각에 들뜨셨겠지만 제 머릿속은 복잡하게 뒤엉키기 시작했답니다. 혼각이 지난다면 거의 새벽에 들어온다고 봐야 하는데, 집 안 사람들의 눈에 띄지 않게 나가고 들어오는 게 보통 큰 일이 아니랍니다. 월담을 해야 하나 아니면 어찌해야 하나 애가 탔지요.

"약조를 지키셨어, 날 위해 그 먼 걸음을 하셨구나. 오늘밤 한 번 뵙는다고 해도 난 여한이 없다."

"아이고, 진심이십니까? 오늘밤 한 번 뵙고 다음날 못 뵈면 지난번처럼 식음을 전폐하시고 다 죽어 가는 송장처럼 계실 게 뻔한데, 그런 거짓말은 하지 마십시오. 그나저나 밤에 몰래 나와야 하는데 걱정입니다. 그렇다고 대놓고 낮에 외간 남자를 만나는 것도 어렵구요. 여기는 한양처럼 그리 넓지 않아 오가며 알 만한 사람들은 다 만나지요."

제 말에 아씨의 얼굴이 금세 어두워졌습니다. 제가 괜한 말을 했다 싶어 후회가 되었지요. 그러나 인정할 것은 인정해야 했습니다. 아무리 생각을 해도 어떻게 나와야 할지 걱정입니다.

"맞다, 아지야. 뒤란에 죽림으로 향하는 문이 있지? 그 문으로 나가면 어떠할까?"

"하지만 아씨, 우리가 나가고 나서 잠그면 어찌합니까?"

아씨의 얼굴이 또 어두워집니다. 정말 난감했습니다. 그렇다고 누구에게 문을 지켜 달라고 하여 아씨와 도령의 일을 말하게 되면 금방 진사 나으리와 마님께서 알게 되시겠지요. 아, 하나가 잘 되면 또 다른 것이 나타나니 산 너머 산이 아니고 뭐겠습니까?

저자로 향하는 동안 아씨도 저도 아무 말이 없었답니다. 책전을 돌아보고 도자전을 구경했지만 둘 다 한 가지 생각뿐이라 하나도 눈에 들어오지 않았지요. 그날따라 지전에 질 좋은 종이가 들어왔지만 아씨께서는 전혀 관심도 없으셨답니다. 건성으로 이리저리 둘러보시고 값도 대강 치르고 사셨지요. 마음이 콩밭에 있는데 세상에서 가장 좋은 것인들 눈에 들어오겠습니까?

오후 내내 제 머릿속에는 한 가지 생각뿐이었습니다. 어떻게 하면 아씨와 제가 무사히 출타를 할 것인가였지요. 하마터면 국을 끓이다 그릇을 솥에 빠뜨릴 뻔해서 몇 번이고 혼쭐이 날 뻔했답니다.

아무리 생각해도 저를 도울 사람은 딱 한 사람밖에 없었답니다. 저를 딸처럼 아껴 주시는 친어머니와도 같은 찬간의 가비 아주머니밖에 없으셨지요. 처음 이사온 대감님 댁에 와서 텃세를 부리는 못된 여종들로부터 저를 지켜 주셨습니다. 저에게는 어머니와도 같은 분이셨지요. 같은 행랑을 쓰는 가비 아주머니에게 운을 맡겨 보는 수밖에 없었답니다.

저녁상을 준비하면서 내내 가비 아주머니의 눈치만 보고 있었답니다. 그날따라 정주간에는 왜 그리도 비복들이 많이도 들락거리던지요. 한 시진 정도 계속 입술만 깨물며 일도 건성으로 하며 부뚜막에 앉아 있었답니다.

나물을 무치시던 가비 아주머니께서는 한번 저를 힐긋 보시더니 툭 던지듯 말씀하셨지요.

"뭐야? 얼른 하고 싶은 말 하고 일이나 해. 내 속이 다 천불이 나네."

역시 가비 아주머니셨어요. 하긴 이사온 대감댁에서 꽃다운 시절다 보내고 수십 년을 계신 분이신데 어찌 모르시겠습니까? 이 집 안에 일어나는 것을 겉볼안 다 알고 계신데 말이지요. 그래도 선뜻 입이 떨어지지 않자 아주머니께서는 어이없다는 듯 웃으셨답니다.

"뭘 그리 꽁꽁 숨길 이야기인데 그래? 아무한테도 이야기하지 않을 테니 어서 내 귀에 대고 썩 말하지 못해? 멀뚱하게 넋이 나간 듯 앉아 있는 널 보고 있으니 답답해 죽겠구나."

더 이상은 머뭇거릴 수 없었답니다. 시간은 다가오고 어떻게든 결단을 해야 했기 때문이었지요. 숨 한번 크게 들이시고 될 대로 되란 생각으로 아주머니를 바라보았지요. 그러고는 대강 그동안 일어난 일을 얘기하고 오늘밤 거사에 대해 말씀을 드렸더니 아주머니께서는 넋이 나간 듯 한동안 저만 쳐다보셨답니다.

"절대 아무한테도 말씀하시면 안 돼요. 저 죽는 건 괜찮은데 불쌍한 우리 아씨 어째 봐요?"

"너 어쩌자고……. 그래서 날더러 뒤뿔쳐 달라 이 말이더냐?"

아주머니께서는 답답한 듯 날숨을 내쉬시더니 계속 나물을 무치셨습니다. 그 짧은 순간 내내 제 머릿속에는 온갖 생각들이 스쳐 지나갔지요. 아씨 혼자 월담을 시켜 드려야 할지, 아니면 모든 것이 들통 나기 전에 아씨를 모시고 보현사로 달려가야 할지 정말 장자방처럼 온갖 방법들이 떠오르더군요.

"알았다. 내 알아서 그쪽 문을 열어놓을 테니 너무 늦게 오지 마라."

"아주머니, 그럼 잠은 어째 주무시려구요?"

"어쩌긴? 날밤 새워야지. 안 그러면 아씨께서 못 나가신다며?"

"아주머니……."

"어서 일하지 않고 넋보처럼 멀거니 쳐다보며 뭐해? 아씨께서 빨리 저녁을 드셔야 네 말대로 할 게 아니더냐?"

갑자기 일이 수월하게 풀리니 온몸에 힘이 빠져 부뚜막에 털썩 주저앉았습니다. 아직도 믿기지 않아 입만 벌리고 앉아 있자 아주머니께서는 제 이마를 쥐어박으셨지요.

"에그, 이 민충한 것아! 후딱 후딱 하지 못해?"

참으로 길찬 저녁이었습니다. 그날따라 모두가 왜 그리 늦게 밥을 먹고 늦게 잠을 자는지 모르겠더라구요. 날이 길어져 어스름이 질려면 한참이나 걸리는데 참으로 하늘이 다 원망스럽더군요.

아씨께서는 일찌감치 잠자리에 드신다고 하시고는 방 안의 모든 불을 끄셨답니다. 그래야 아무런 방해 없이 계획대로 순조롭게 될 수 있었으니까요. 어두운 방 안에서 창호 밖에서 흘러나오는 조금 번한 빛을 보며 거울 앞에서 정성스레 단장을 하셨습니다.

시간이 다 되어갈수록 간이 여기 붙었다 저기 붙었다 하며 저 또한 떨려 죽겠더군요. 소리가 나지 않도록 제겨디디며 방 밖으로 나오셨지만 아씨께서는 사락거리는 치마 소리에도 깜짝 놀라셨답니다.

천천히 죽림으로 향하는 문 쪽으로 걸어갔습니다. 한 걸음 한 걸음 앞으로 내딛을 때마다 제발 누구와 만나지 않기를 얼마나 바랐는지 모른답니다. 특히나 셋째 아씨와 막내 아씨와 마주치면 이제 도령과 아씨는 영영 만날 수 없을지도 모르기에 저는 거북이처럼 고개를 있는 대로 빼며 여기저기를 둘러보았지요.

가비 아주머니께서 마침 문 앞에 서 계셨습니다. 아주머니께서는 주변을 훑으시더니 얼른 달려오라고 손짓을 하셨지요. 아씨와 저는 쫓기는 것처럼 정신없이 뛰었습니다. 그 와중에도 누가 볼까 저어되어 계속 정신 나간 사람처럼 뒤를 살폈지요.

아, 문 밖으로 발을 내딛는 순간 온몸이 찌릿했답니다. 고개를 돌리니 가비 아주머니께서 실박하게 웃으며 서 계셨지요. 저는 그저 고개를 몇 번 끄덕이며 고마움을 나타내는 것밖에 할 수 없었답니다.

장옷으로 얼굴을 가린 채, 아씨께서는 그래도 누가 볼까 두려워 계속 두리번거리셨지요. 저 또한 아는 이를 만날까 가슴이 터질 것 같아 그때만큼 기현 도령이 원망스러운 적이 없었답니다.

훤하지 않고 시치름한 갈고리달이 그날따라 더욱 예뻐 보입디다. 그름이라면 더욱 좋았겠지만 온달만 아니면 되니 전 좋았답니다. 평소라면 눈감고도 갈 수 있는 길이었건만 빨리 가야 한다는 마음에 엿가락 늘이듯 오래 걸리고 자드락길을 걷듯 힘이 들더라구요.

등 언저리와 두서구니에서 쉴 새 없이 땀이 흘러내렸답니다. 미끈유월이라 물큰 더위가 슬슬 시작되고 있었지요. 저녁에 잠시 내린 소나기로 길은 흥건히 젖어 있어 치마를 들고 걷느라 힘이 들었답니다. 버선까지 다 젖어 걸을 때마다 미끄러웠지요. 아, 정말 다음에 내가 또 아씨를 따라나서면 사람이 아니라는 생각까지 들더라니까요.

물비린내가 코를 찌르며 시원한 바람이 이마의 땀을 식혀 주었습니다. 그제야 아씨도 저도 잠시 멈추어 서서 서로를 바라보고 웃었습니다. 늘 낮에 찾아왔던 호수는 진한 쪽빛 아래 고요히 흐르고 있어 그 어느 때보다 낯설어 보였습니다. 그리고 낯익으나 낯선 것은 또 하나 있었습니다. 저 멀리 번루빛 도포를 입고 계속 왔다 갔다 하며 주변을 살피는 한 사내가 보였지요.

"아씨, 도령님이 아니십니까?"

반가운 마음에 소리를 지르려다 저는 다시 한 번 주변을 살폈습니다. 다 된 밥에 코 빠뜨릴 수도 있으니까요. 행여나 아는 이를 만나게 되면 이 무슨 낭패입니까? 다행히 한더위가 아니라서 그런지 야밤에 나와서 호수 바람을 쐬는 이는 보이지 않았습니다. 아가씨와 저는 천천히 그리고 다급스럽게 기현 도련님을 향해 걸어갔지요. 도련님 또한 우리를 향해 바삐 걸어오셨답니다.

스무 보 정도 가까워지자 아씨와 도련님께서는 달리기 시작하셨답니다. 열 보 정도 가까워지자 아씨와 도련님께서는 서로를 향해 손을 뻗으셨지요. 한 보 정도 남겨 놓고 두 분께서는 멈추어 서서 그토록 부르고 싶던 이름을 계속 부르셨고 서로를 부둥켜안으셨습니다.

"도련님, 약조를 지켜 주셨군요."

"미안하오, 내가 너무도 많이 지체하여 낭자를 기다리게 해 드렸소."

"아닙니다. 전 괜찮습니다. 도련님께서 여기까지 오시느라 얼마나 고생이 많으셨습니까?"

"아니오, 이리 만났으니 된 것이 아니겠소? 아, 이제는 그 오랜 기다림으로 밤에 잠을 이루지 않을 것이니 너무도 행복하오!"

참으로 길고도 힘든 하루였습니다. 서찰을 받고 여기까지 오는 동안 한 십 년은 지난 듯 제 눈앞에 그 하루의 있었던 일들이 스치고 지나가더군요. 오는 내내 너무도 힘들어 기현 도령을 원망도 많이 했지만, 또 저리 좋아하시는 아씨를 뵈니 미운 마음이 이내 사라져 버렸답니다.

제 미투리를 내려다보니 여기저기 진흙이 묻어 엉망이더군요. 전 그저 손등으로 땀을 훔치며 야천을 올려다보았습니다. 호수에 제 얼굴을 비쳐 보듯 흐릿한 빛을 내는 초승달이 걸려 있더군요. 초여름 밤을 구경 나온 별들이 오히려 더 달보다 빛나 보였답니다.

아씨와 도련님께서는 손을 꼭 잡고 그렇게 호수를 거닐며 도란도란 정겹게 이야기를 나누셨답니다. 간간히 도련님께서는 멈추어 서서 아씨의 초강초강한 아리따운 얼굴을 사랑옵게 바라보셨지요. 맞은바라기에서 서로를 그리도 바라보시는 모습은 한 폭의 그림이었답니다. 전그저 혼자 물가 근처 돌 위에 앉아 흙으로 엉망이 된 발을 씻으며 그고운 모습들을 하나도 빼놓지 않고 쳐다보았지요. 도련님의 비자가 나와 자꾸 치근덕대었지만, 잘난 척하며 샐쭉거리는 그 꼬락서니가 보기싫어 말도 걸지 않았답니다.

해가 걸린 낮은 너무도 길찼지만 행복한 밤은 너무도 짧았답니다. 축시가 지나니 기현 도련님과 아씨께서는 걸음을 돌리셨지요. 그렇지 않아도 밤길을 어찌 돌아와야 하나 걱정하던 터에 도련님과 도련님의 비복이 지켜 주니 한결 마음이 놓였답니다.

돌아오는 길에 아씨와 도련님께서는 앞으로 만날 날과 시각을 정하셨습니다. 아씨께서 먼저 달 밝은 보름을 피해 날을 잡으시더군요. 역시 아씨께서는 열째시다니까요. 다음번에는 밤바다를 같이 보기로 약조하셨답니다. 아씨께서 힘들게 찾아온 소중한 정인에게 사랑하는 모든 것들을 다 보여 주고 싶어 하신 듯합니다.

가비 아주머니께서 하품을 하시며 문을 열어 주셨습니다. 아마 밤새 잠을 못 이루셨는지 다음 날 계속 졸면서 일을 하시느라 힘들어하셨지요. 너무 미안했던 저는 그다음 날 밤에는 주무실 때 다리를 살뜰히 주물러 드렸답니다.

참으로 꿈만 같은 밤이었답니다. 지금 생각해도 어떻게 그곳에 가고 돌아왔는지 스스로도 믿기지가 않네요. 사람에 대한 지극한 정은 불가능한 것도 가능하게 만든다고 들었습니다. 오로지 진정 하나만을 생각하고 용기를 낸 아씨 덕분에 가능한 일이었지요. 아씨와 도령이 같이 보낸 밤은 많았지만 늘 떠올리면 경포호에서의 첫 밤이 생각납니다. 그만큼 힘들고 어렵게 성사된 만남이라 그렇겠지요?

기현 도련님께서 강릉으로 오시고 난 뒤부터 아씨께서 마음을 놓으셔서 그런지 거의 매일 환히 웃으셨답니다. 다행히도 열째고 사람 좋은 가비 아주머니께서 단잠을 포기하신 덕에 아씨께서는 도련님과 행복한 순간을 나눌 수 있었답니다. 아, 지금 생각해도 아씨의 가장 잊을 수 없는 한때는 그때가 아니었나 싶습니다.

밤바다를 앞에 두고 파도 소리를 들으며 서로 두 사람이 그림을 주고받던 것이 떠오르네요. 반달이 둥실 떠 있는 바다는 물비늘을 반짝거리며 얼굴을 가린 여인의 모습처럼 신비롭고도 경이로웠습니다. 달빛에 반사된 모래는 낮보다도 더욱 하얗게 보였고, 두 정인이 걸을 때마다 들리는 사각거리는 모래 소리는 둘만의 이야기를 누가 엿들을새라 일부러 감추어 주는 것 같았답니다.

　사람의 마음은 가까울수록 깊어진다고 했던가요? 자주 보던 아씨와 도령의 마음은 이전보다 더욱 견고하고 도타워졌답니다. 이제 두 사람에게는 다른 인연이란 있을 수 없을 정도가 되었으니까요. 사랑스러운 원앙 한 쌍을 보듯 얼른 두 분께서 화촉을 올리실 그날만 손꼽아 기다리게 되었습니다.

　아씨의 그림도 한결 더 풍요로워졌답니다. 정인의 사랑을 가까이서 느끼니 붓질 하나하나에도 여러 이야기가 묻어났지요. 두 사람의 앞날을 생각해서인지 기현 도령도 맵시에 신경 쓰는 것보다도 서책을 가까이하여 더욱 이전보다 글공부에 매진하였답니다.

　두 분께서는 서로 그림을 자주 주고받으셨는데, 특히 아씨께서는 도련님께 매화 그림을 자주 그려 주셨지요. 하루는 도련님께서 그 연유는 물어보시니 아씨께서는 이렇게 답을 하셨답니다.

　"매화는 사군자의 하나라 많이 즐겨 그리지만 절개 있는 여인의 모습으로 많이 비유가 되지요. 지금도 앞으로도 도련님만을 향한 제 진정을 이렇게 매화에 빗대어 보여 드리고 싶었답니다."

아씨의 대답에 도련님께서는 몸 둘 바를 모르셨지요. 아씨의 깊은 사랑은 도령을 많이 바꾸어 놓았답니다. 가리사니 없이 농지거리를 좋아하던 짓궂은 한량이 이렇게 글공부를 열심히 하게 된 것도 다 우리 인선 아씨의 높은 학식 때문이라고 생각합니다. 이렇게 현명하고 전아한 여인을 두고 어찌 사내가 글공부를 게을리할 수 있겠습니까?

아씨도 저도 이제 모든 것이 다 갖추어졌다고 생각, 아니 착각하고 있었습니다. 곧 다가올 운명의 장난을 전혀 알지도 못하고 있었지요. 아, 이럴 거면 왜 월하노인이 두 사람을 만나게 했는지 아직도 원망스럽답니다. 차라리 만나지 않았더라면 우리 불쌍한 아씨, 그리 가슴을 치시며 힘들어하지 않으셨겠지요?

처서가 지나고 더위가 조금씩 꺾이던 어느 날 아침이었답니다. 아침상을 물리고 난 뒤 진사 나으리께서 저를 조용히 뒤란으로 부르셨답니다. 이리저리 거니시며 수염을 만지시던 나으리께서는 물끄러미 저를 쳐다보셨습니다.

"너는 아씨 옆에서 가장 오래 있는 사람이지?"

"예……."

"아씨가 잘못되었을 때도 너 또한 그 책임을 면할 수 없다는 것도 잘 알고 있겠구나."

"예."

간밤에 꾸었던 꿈이 떠올랐습니다. 석람이 가득한 바다 위에서 어떤 여인과 사내가 서로 다른 이에게 끌려가며 울부짖고 있었지요. 둘 다 낯이 익었지만 누구인지는 알 수가 없었답니다. 새벽에 꿈에서 깨고 나니 베개가 흥건하게 젖어 있었지요. 아직도 그 꿈을 떠올리면 그 소름끼치던 얼굴 모를 두 사람의 비명소리가 귀에 쟁쟁합니다.

전 아무 말도 하지 않고 그저 고개만 끄덕였습니다. 마치 다 알고 계시다는 눈빛이었지만 끝까지 저는 아씨의 사랑을 지켜 드려야 한다고 생각했답니다. 날선 제 낯빛을 온화한 눈길로 바라보시던 나으리께서는 또 한 번 물으셨습니다.

"요즘 인선이가 달라진 것 같으냐?"

"예?"

"네 주인 말이다. 어딘가 변한 것 같지는 않으냐?"

"그, 글쎄 잘 모르겠습니다. 뭐 예전처럼 그림도 잘 그리시고 서책도 즐겨 읽으시는 것 같습니다만……."

"그래? 내가 네 말을 믿어도 되겠느냐?"

"예, 믿으셔도 되옵니다."

다시 한 번 저를 뚫어지게 바라보시던 나으리께서는 고개만 끄덕이셨답니다. 입이 바짝바짝 마르고 목울대가 조여와 숨도 제대로 쉴 수 없을 것 같더군요. 까딱 잘못하다간 모든 것을 망칠 수도 있다는 생각에 전 나으리의 표정을 놓치지 않고 바라보았답니다.

"그래 가 보거라."

꾸벅 허리를 굽히며 뒤돌아섰지만 나으리의 눈길이 날카롭게 저를 살피는 듯해서 두서구니가 쭈뼛거렸습니다. 아무렇지도 않은 척 태연하려고 했지만 눈앞이 빙빙 도는 것 같더군요.

걱정이 된 저는 얼른 정주간으로 뛰어들어 가 가비 아주머니에게 물었답니다. 그러나 아주머니께서는 간밤에 아무 일이 없었다고만 하시며 되레 괜한 걱정을 한다고 저를 야단치셨지요. 열쩬 아주머니의 말씀에 저는 간밤의 꿈 때문에 제가 괜한 생각을 한다고 생각하고 점심상을 준비하기 시작했답니다.

그때 전 알아야 했습니다. 잠시 멈추어 섰어야 한다는 것을요. 조금이라도 기민하게 생각했다면 아씨의 그 불행한 일을 만들지 않았을 텐데 말이지요. 지금 생각해도 너무도 후회가 되어 견딜 수가 없습니다.

안 좋은 일은 소리 없이 다가온다고 합디다. 그저 아씨의 행복한 미소에 저도 마음이 동해 들뜨지만 않았어도 다가오는 불행을 막을 수는 있었을 텐데……. 어찌 보면 또 그것이 운명일 수도 있었겠으나 그것이 운명이라면 참 가혹하다는 생각이 듭니다. 왜 하필 착하고 영특하신 우리 인선 아씨에게 그런 일이 일어났을까요?

추분이 지나 선선한 가을바람에 기분 좋게 웃을 수 있는 때였습니다. 그날도 여전히 아씨와 저는 달빛을 밟으며 경포대에서 기다리는 기현 도련님을 뵙고 왔지요. 낮에 보아도 좋은 풍광이 밤에 보아도 기가 막혔답니다. 어찌하여 팔도의 모든 이들이 관동팔경이라고 하며 찬을 하는지 알 수가 있었다니까요.

아씨와 도령은 그곳에서 서로를 위한 연시를 주고받으셨습니다. 두 사람이 주고받은 시는 강을 이루어 바다로 흘러넘칠 정도였지요. 그토록 좋아한다, 보고 싶다고 말해도 양반들은 그렇게 시를 주고받아야 직성이 풀리나 싶었다니까요.

평소와 같이 기현 도련님께서는 아씨와 저를 데려다주시고 돌아가셨지요. 밤바람도 싸늘하지 않고 쾌청하여 기분 좋게 헤어진 밤이었답니다. 어스름한 달빛 아래서 거쿨지게 걸어가는 사내의 모습을 보고 있는 아씨는 흐뭇하게 미소 지으셨답니다.

"아씨, 오늘 정말 구경 잘했습니다. 달밤에 보는 풍경도 기가 막히군요."

"그렇지? 나도 덕분에 좋은 구경했구나."

늘 그렇듯 죽림에서 집으로 들어가는 작은 문이 열려 있었습니다. 희끄무레한 것이 달빛에 비치길래 저는 가비 아주머니께서 마중 나오셨다고 생각했지요. 죽림의 고요함도, 나지막한 담벼락을 비추는 푸른 달빛도 하나도 다를 것이 없었답니다.

가벼운 발걸음으로 문을 열고 들어선 저는 온몸이 얼어붙은 듯 꼼짝도 할 수 없었습니다.

"나, 나으리……."

"아버님……."

얼굴이 굳은 진사 나으리께서 마치 귀신처럼 저와 아씨를 노려보고서 계셨습니다. 그 뒤에는 다른 비복과 함께 가비 아주머니께서 미안한 얼굴로 발을 동동 구르고 계셨지요. 순간 저는 예전에 꾸었던 그 흉몽을 떠올리고 자리에 털썩 주저앉았습니다.

"이 야심한 시각에 밤이슬을 밟고 다니며 어디를 다녀오는 것이더냐?"

"아, 아버님……."

"당장 고하지 못하겠느냐?"

나지막한 목소리였지만 온몸을 옥죄듯 무서웠습니다. 아씨께서는 아무 말씀 없이 무릎을 꿇고 앉으셨고 저는 거의 땅바닥에 머리를 납작하게 붙이고 있었답니다. 제 머리 위로 내리꽂히는 나으리의 한마디 한마디가 번개처럼 뜨겁고도 날카로웠습니다.

"아지, 내 너에게 물었다. 헌데 너는 어찌하여 나에게 거짓을 고했느냐?"

"나으리, 죽을죄를 지었습니다."

"행여 인선이의 혼삿길이 막힌다면 너 또한 이 일에 크나큰 책임이 있는 것이다."

"아버님, 아지는 아무 잘못이 없습니다. 허니……."

"시끄럽다! 당장 따라 들어오너라. 할아버님과 동생들을 다 깨워 망신을 당하고 싶더냐?"

한 번도 큰 소리를 내신 적이 없으신 나으리셨습니다. 마치 큰 바다처럼 넓디넓고 온화하신 분이셔서 저도 그 모습에 화들짝 놀라 고개를 쳐들고 말았답니다. 정말 단단히 화가 나셨더군요. 퍼런 달빛에 비치는 그 얼굴이 마치 귀신을 보는 것처럼 소름이 끼쳤답니다.

사랑으로 향하는 내내 유배지에 끌려가듯 한 걸음 한 걸음이 무겁고 아팠습니다. 이제 모든 것이 끝난 듯싶어 눈앞이 캄캄했습니다. 이제 전 쫓겨나고 가비 아주머니께서 다른 곳으로 팔려 가시겠지요. 아, 절로 온몸이 흔덕이며 쓰러질 것만 같았습니다.

그런데 벌벌 떨고 있는 저와 달리 아씨께서는 너무도 담담하셨지요. 죽고 못 사는 정인을 다시는 볼 수 없을 텐데 전혀 아무렇지도 않으셨답니다. 참으로 희한했답니다. 저라면 울고불고 난리가 났을 터인데, 울지도 겁먹지도 않고 태연하셨지요.

사랑방에 든 아씨와 나으리께서는 한동안 아무 말씀도 없으셨답니다. 계속 촛대에서 탁탁거리는 소리만 들려왔지요. 그 어색한 고요함 속에 저는 분명히 강풍이 휘몰아치고 있음을 느낄 수 있었답니다. 아씨도 나으리도 물러서지 않고 계셨지요.

한참 딸의 얼굴을 바라보고 계시던 나으리께서 먼저 입을 여셨습니다.

"네가 만나는 그자가 누구인 줄 아느냐?"

"북촌의 명망 깊은 가문의 자제라고 알고 있습니다."

"틀렸다. 그자는 말이다, 나와 내 벗들을 죽이려 한 훈구파의 수장 남곤의 육촌 조카이니라."

고개를 숙인 아씨의 입술이 순간 파르르 떨렸습니다. 아, 일을 어찌 하면 좋습니까? 원수의 혈육이라니요. 처음부터 잘못된 인연이라면 차라리 비껴갔을 것을. 이미 깊어진 두 마음을 어찌하라고 이런 일이 생긴답니까?

"어찌 말이 없더냐? 당장 잘못했다고 아비에게 빌지 않고 그리 입을 다물고 있어?"

"잘못했다고 생각지 않습니다."

"뭐라?"

인선 아씨께서는 고개를 드셨습니다. 평소와 같은 모습이었지만 그 고운 눈매에는 슬픔이 가득 배여 있었지요.

"그 도령이 잘못한 것은 아니지 않습니까? 권력에 눈이 먼 친척이 그와 같은 일을 벌였을 뿐, 그 사람과는 아무 상관이 없습니다."

"뭐라? 그래서 네 아비를 죽이려 한 자의 혈육과 백년해로라도 하겠다는 것이더냐?"

"아버님께서 다르게 보시면 될 문제이옵니다. 조광조와 같은 앞서가는 분을 따르셨으면서도 어찌 음충한 이들과 같은 고루한 생각을 하시는 것입니까?"

"정말 네가 정신을 놓은 것이더냐? 천하 만민들이 손가락질을 하며 나를 비웃을 것이다. 너를 보고도 뭐라고 할 것이냐? 아비를 죽게 만들 뻔한 이의 내자가 된 딸을 사람들이 뭐라고 할 듯싶으냐?"

"그 어떤 말씀을 하시어도 소녀 이미 그분의 내자가 될 것임을 천지신명을 두고 맹세하였습니다. 허니, 제발 자비를 베푸셔서……."

"시끄럽다! 당장 건너가거라!"

"아버님! 어찌……."

"아지야, 어서 아씨를 모시고 나가거라. 어서!"

"전 그분의 내자가 될 것입니다. 아버님께서 허락해 주실 때까지 기다리고 또 기다릴 것입니다!"

"아지, 뭘 하더냐? 내가 한 말을 듣지 않고?"

마치 살얼음판을 걷는 듯 부녀의 모습은 한 치 양보가 없었습니다. 아까도 이야기했지만 오늘밤 진사 나으리의 모습은 너무도 낯설었습니다. 노기로 가득한 그 모습은 평소 나으리의 모습이 아니었기 때문이지요. 어쨌든 홍안이 되어 나으리를 바라보고 계신 아씨를 억지로 부축하여 사랑방을 나왔습니다.

정말 얄밉도록 모진 운명이었습니다. 모든 것이 제 잘못인 것만 같아 감히 고개를 들 수가 없었습니다. 처음 만났을 때 제가 귀동냥이라도 해서 도령에 대해 들었다면 아마 이런 일을 막을 수 있었겠지요. 아니, 아씨께서 도령을 미치도록 그리워할 때 진사 나으리께 한양행을 권하지만 않았더라도 잠시 슬퍼할지언정 이런 일은 막을 수 있었겠지요. 이 모든 것이 다 제 불찰이었습니다.

아씨께서는 어둠 속에서 한참을 서럽게 우셨습니다. 그날따라 같이 우는 풀벌레 소리가 참으로 밉살스럽더군요. 홰를 치는 소리가 들리고 돋을볕이 들 때까지 저는 그렇게 툇마루에 앉아 아씨의 울음소리를 듣고 있었습니다. 아, 참으로 힘들고도 가린스러운 검질긴 가을밤이었답니다.

지옥 같은 나날들이 시작되었습니다. 아씨께서는 곡기를 끊으시고 그냥 방 안에 틀어박혀 계셨지요. 저 또한 집 안의 모든 비자들의 감시의 대상이 되어 먹고 자고 하는 모든 것들이 자유롭지 못했답니다.

마치 세상이 한꺼번에 바뀐 것처럼 낯설고 두려웠지요. 가비 아주머니 말씀처럼 모진 주인을 만나지 않아 그나마 다행이라고 생각했답니다.

제가 힘든 것은 상관없었답니다. 그러나 물 한 모금 입에 대지 않으시는 아씨를 볼 때마다 가슴이 찢어져서 견딜 수가 없었지요. 매끼 밥을 먹을 때마다 저는 다 먹지도 못했습니다. 마치 목구멍이 작아져서 도무지 밥알을 넘길 수가 없었으니까요. 아씨의 마음이 백만 번 이해가 갔습니다. 그토록 연모하는 이를 다시는 볼 수 없는 그 그악한 운명을 어떻게 금방 받아들일 수 있겠습니까? 아이고, 불쌍한 인선 아씨. 차라리 그 고통을 제가 대신 받으면 좋겠다는 생각을 수도 없이 하며 가슴을 쳤답니다.

중추절이 지난 어느 날, 진사 나으리께서 다시 저를 부르셨습니다. 서찰 하나를 건네주시며 보현사에 다녀오라고 하셨지요. 글을 모르는 저이지만 그 안에 어떤 내용이 적혀 있을지 불을 보듯 뻔했습니다. 망설이고 있는 제게 나으리께서는 아씨 곁에 계속 있고 싶다면 다녀오라고 다시 한 번 단단히 이르셨지요.

떨어지지 않는 발걸음으로 한숨과 함께 보현사로 향했습니다. 눈이 시릴 만큼 번루빛의 깨끗한 하늘이 제 마음을 더욱 저리게 하더군요. 아, 여기저기 단풍이 들어 참으로 알록달록 곱기도 고았습니다. 그 해에는 유난히도 단풍이 참으로 아름다웠습니다. 그러나 이리도 좋은 풍광이 왜 제게는 그토록 슬퍼 보였는지 모르겠습니다. 가는 내내 흐르는 눈물을 닦느라 몇 번이고 돌부리에 채여 넘어졌답니다.

비쩍 마른 도련님께서 떨리는 손으로 서찰을 읽으셨습니다. 그러고는 제게 몇 번이고 이것이 진짜냐고 물으셨지요. 저는 아무 대답도 할 수 없어 그저 눈물만 흘리며 고개를 끄덕였습니다. 기현 도령은 툇마루에 주저앉아 두 손으로 머리를 감싸고 보는 이가 서럽도록 우셨답니다.

어떻게 돌아왔는지 기억이 나지 않습니다. 험하고 험한 산길이라 분명 기억이 날만도 한데, 하나도 떠오르지 않습니다. 오직 기억나는 것은 끅끅거리며 눈물을 흘리던 기현 도령의 가련한 모습뿐입니다. 그리고 미치도록 곱고 곱던 천청색 하늘과 가슴이 아프도록 아름답던 강색의 단풍잎만 생각나네요.

절에 다녀와서 창호를 열고 넋 나간 사람처럼 하늘만 바라보시는 아씨를 뵈니 죽을죄를 지은 것 같아 감히 얼굴을 뵈올 수 없었답니다. 그리 아끼고 사랑한 정인에게 이별 서찰을 드린 제가 어떻게 아씨를 똑바로 쳐다볼 수 있겠습니까? 참으로 제가 죽일 죄인이고 못난 위인입니다.

그날은 저도 밤새 울고 또 울었습니다. 누가 들을세라 치마를 입에

물고 계속 울었지요. 어찌나 울었는지 다음 날 눈이 퉁퉁 부어 다들 놀려 댈 정도였지만 이상하게도 끊임없이 눈물이 흐르고 또 흐릅디다.

_____

보현사에 다녀오고 한 삼 일 정도가 지난 어느 날 아침이었습니다. 평소와 다름없이 아씨께서 다 드시지 않은 미음을 들고 터벅터벅 정주간으로 향하고 있었지요.

"문을 열거라. 이보시오, 인선 낭자! 내가 왔소! 나 기현이 왔단 말이오!"

에구머니나, 세상에! 저는 들고 있던 소반을 떨어뜨리고 말았습니다. 온 집 안의 사람들이 모두 나와 조용한 아침을 깨뜨린 불청객의 고함 소리에 눈을 휘둥그리며 서로를 쳐다보고 있었지요. 단 한 사람, 진사 나으리만 빼고 말이지요.

어찌해야 할지 몰라 두리번거리는 사내종들에게 나으리께서는 문을 열라고 명하셨습니다. 대문을 열자 다 죽어 가는 기현 도령이 퀭한 눈으로 진사 나으리를 노려보며 성큼성큼 걸어 들어오더군요.

"남기현이라고 하옵니다. 제 무례를 용서하십시오."

진사 나으리께서는 아무 말 없이 기현 도련님을 사랑으로 데리고 가셨습니다. 뒤에서 수군거리는 다른 아씨들과 종년들을 보자 저는 그만 부아가 치밀어 오르더군요. 특히 셋째 아씨와 막내 아씨가 승냥이처럼 눈을 반짝거리시며 속삭이시니 도무지 참지 못하고 말았습니다. 몽짜를 부리듯 심술궂은 얼굴로 버럭버럭 소리를 질러 버렸습니다. 지금 생각해도 좀 더 참을 걸 후회가 됩니다.

"뭣들 하십니까? 사랑에 손님이 오신 거 처음 보세요?"

"아지야, 너 뭘 좀 알고 있나 보구나?"

셋째 아씨께서 간댕거리는 걸음걸이로 제게 다가오셨습니다. 먹이를 찾아낸 삵의 눈빛으로 절 바라보시면서 말이지요.

"알긴 뭘 압니까?"

"그럼 네 일도 아닌데 왜 그리 수선을 떠는 것이더냐?"

"저, 정말로 모릅니다. 이만 가 보겠습니다."

땅바닥에 떨어진 소반과 깨진 그릇을 얼른 모아들고 정주간으로 뛰어들어 가고 말았습니다. 아뿔싸, 좀 더 참을 것을 괜히 일을 더 크게 만든 것이지요. 밖에서 깔깔거리는 바사기들의 웃음소리가 흘러 들어왔습니다.

"둘째 형님께서 큰일을 낸 거야? 아니, 저 반송장 같은 사내는 대체 누구래?"

"얌전한 고양이 부뚜막에 먼저 오른다고 하더니, 인선 형님께서 저러실 줄 내 몰랐네요."

"왜 요즘 병치레를 하시나 했더니 저 도령 때문이었나 보네. 참으로 사람 마음은 알 수가 없다니까?"

두 손으로 얼굴을 가리고 푹 주저앉았습니다. 또 제가 잘못하고 말 았으니까요. 화가 나 엉엉 우는 제 등을 두드리시며 가비 아주머니께 서 한숨을 쉬셨답니다.

"너 할 만큼 다 했다. 그러니 괜히 속상해 말거라. 어쩌겠느냐? 사람 의 운명이 다 저리 정해져 있는 것을. 막을 수 있다고 해서 막을 수 있 는 게 아닌 것이 우리네 인생 아니더냐?"

사랑에 들어간 기현 도령은 해가 정남에 서 있어도 나오지 않았습 니다. 집 안에 있는 모두의 시선이 사랑으로 향해 있었답니다. 애가 탄 저는 진사 나으리의 몸종에게 가서 계속 캐물었답니다.

"대체 어찌된 거예요? 왜 저리 안 나오신데요?"

"잘은 모르겠지만 아마 저 도령이 인선 아씨와의 혼인을 허락받고 싶어서 온 거 같으이. 참으로 저 도령도 담력이 대단해."

"그럼 진사 나으리께서는 허락해 주실 것 같아요?"

"아, 이년아. 철천지원수의 아들인데 너라면 네 귀한 딸을 내어 주겠 느냐? 나라도 절대 그리 못 한다. 암 그렇고말고!"

아, 이 일을 어찌하면 좋습니까? 아씨도 도령도 둘 다 서로를 놓지 못하고 있었던 것이지요. 하긴 그리 도타운 정을 나누었는데 어찌 금 방 잊겠습니까? 절절한 도령의 사랑에 저도 모르게 눈물을 훔치고 말았습니다.

정말 아프고 아팠습니다. 이미 모든 것이 바뀔 수 없음에 더욱 슬펐구요. 아마 도령도 아씨도 다 알고 있지만 인정하고 싶지 않으셨던 것이겠죠. 어찌 그것이 아씨와 도령의 잘못이겠습니까? 그깟 권력에 빌붙어 사리사욕을 챙긴 이들의 모진 마음 때문이지요.

그렇게 서서 사랑방만을 쳐다보고 있는데 갑자기 누군가 제 팔을 잡아당겼습니다. 돌아보니 세상에 아씨께서 반쪽이 된 앙상한 얼굴로 저를 붙들고 계시더군요.

"도련님께서 오신 것이냐? 정말 그런 것이야?"

"아씨……."

"도련님께서 잊지 않고 오신 것이야, 그런 거야."

"아씨, 어서 돌아가시어요. 제대로 드시지도 못해 몸도 제대로 가누시지도 못하신데 이러시면 어찌합니까?"

"도련님께서 직접 오시지 않았더냐? 도련님께서는 여기까지 오실 때까지 마음이 편하셨겠느냐? 가서 편히 누워 있으라고? 그건 아니 될 말이다, 아니 되고말고!"

아씨께서는 비틀거리시며 홀린 사람처럼 사랑으로 향하셨지요. 진사 나으리의 화만 돋울 것 같아 말리고 싶었지만 그 마음을 알기에 차마 그러질 못했답니다. 몇 번이고 넘어지시면서도 다시 이를 악물고 일어나셨지요. 부축해 드리려고 했지만 앙상한 팔로 계속 뿌리치셨답니다.

사랑방 앞에서 아씨께서는 한동안 가쁜 숨을 몰아쉬셨습니다. 그만큼 쇠약해지셨던 거지요. 그러나 인선 아씨께서는 드레드레 매달린 버들가지 잎처럼 느적거리셨지만 안간힘을 다해 버티시며 있는 힘껏 크게 말씀하셨습니다.

"아버님! 도련님과의 인연을 허락해 주십시오. 제발 이리 애원합니다."

갑자기 창호가 벌컥 열리며 도령이 뛰어나왔습니다. 힘든 시간을 함께 보내는 두 사람은 눈물을 흘리며 서로를 절실하게 바라보았습니다. 기현 도령은 버선발로 뛰어 내려와 아씨의 두 손을 부둥켜 잡았습니다.

"미안하오. 정말 미안하오. 다 내 잘못이오."

"어찌 그것이 도련님의 잘못입니까? 모진 운명 때문이지요."

"어찌 이리 얼굴이 험해지셨소? 제대로 드시지를 못한 게요? 낭자 그러면 아니 되오. 억지로라도 드셔야지요."

"허면 도련님께서는 왜 이리 야위셨습니까? 금방이라도 쓰러지실 것 같습니다."

따라 나오신 진사 나오리의 낯빛이 험악해지셨습니다. 서로의 손을 잡고 눈물을 흘리는 두 사람을 보시더니 나으리께서는 마음을 편히 하지 못하시고, 홍안이 되셔서 그만 소리를 지르고 마셨답니다.

"뭘 하느냐? 도령이 간다고 하시니 어서 모시지 않고!"

어쩔 줄 몰라 쳐다보고만 있던 비자들이 달려와 두 사람을 떼어 놓았답니다. 장한들이 달려들어 안간힘을 썼건만 두 사람의 꼭 잡은 손은 쉬이 떨어지지 않더군요.

"아니 됩니다! 아버님, 제발 허락해 주십시오!"

"어허, 대체 뭘 하더냐? 도령을 대문까지 부축해 드리지 않고? 방개야, 너는 도령이 보현사에 도착할 때까지 옆에서 보살펴 드리거라!"

진사 나으리의 얼굴은 붉어지다 못해 하얗게 질리셨답니다. 두 주먹을 쥔 손이 부르르 떨릴 정도였다니까요? 그러나 아씨께서는 울부짖으시며 도령의 손을 놓지 않으셨답니다.

"제발 저를 잊지 마십시오. 저는 끝까지 도련님을 기다릴 것입니다!"

"기다리시오. 내 가친의 허락을 받아 다시 이곳에 올 것이니 그때까지 기다리시오."

"기다릴 겁니다. 끝까지 기다릴 겁니다!"

서로를 향한 갈망으로 소리치는 두 사람을 보자 진사 나으리께서는 더는 참지 못하셨습니다. 나으리께서는 손수 달려 나가 솟을대문을 여실 정도였으니까요. 한 번도 본 적이 없는 나으리의 모습에 모든 이가 아연실색하여 쳐다보고만 있었답니다. 왜냐면 항상 여유 있으시고 온화로운 분이셨으니까요.

쫓겨나다시피 한 기현 도령은 한동안 밖에서 계속 울고 있었답니다. 아씨께서도 그 자리에 쓰러져 목을 놓아 우셨지요. 아무리 방으로 뫼시려고 해도 끄떡도 않으셨답니다. 세상에 가혹해도 이런 가혹한 일이 있을까 싶었습니다. 왜 하필 우리 착한 인선 아씨에게 이런 일이 생긴 걸까요?

그날 밤, 진사 나으리께서는 뜬눈으로 밤을 지새우셨답니다. 그리고 다음 날 사람을 시켜 한양으로 서찰을 보내셨지요. 나중에 들으니 직접 기현 도련님의 부친에게 서찰을 쓰셨다고 합니다. 결국 나으리의 손으로 직접 두 사람의 인연을 가린스럽게 끊어 놓으시고 만 것이지요.

허무하고도 슬펐고, 아프고도 화가 났습니다. 물론 그때만큼 마음이 치솟지 않지만 여전히 전 아씨의 그 슬픈 첫정에 화가 납니다. 세상에 못된 이들이 차고 넘치는 데 왜 하필 우리 아씨에게 이런 모진 일이 일어나야 하는지 한없이 안타깝고 화가 납니다.

그 해 겨울은 길고도 지겨웠습니다. 아씨에게는 하루하루가 눈 뜨기 싫을 만큼 힘드셨을 테지요. 모든 것을 다 주어도 아깝지 않을 만큼 소원하던 인연을 만났으나 억지로 떠나보내야 하는 그 가련한 모습은 하루도 눈물 없이는 볼 수가 없을 정도였답니다.

저도 어떻게 그 겨울을 났는지 기억이 잘 나지 않습니다. 그저 제가 기억하는 것은 아씨께서 붓을 놓고 그림을 아예 그리지 않으셨다는 것이지요. 가끔씩 도령과 주고받은 그림을 보시며 말없이 눈물을 뚝뚝 흘리시고는 하셨는데 다른 이는 몰라도 저만은 그 마음을 알기에 가슴이 미어지는 듯했답니다.

아예 입을 다무셨지요. 그 누가 말을 걸어도 심지어는 저까지도 아씨의 또랑또랑한 예전의 목소리를 들을 수 없었답니다. 하긴 눈뜨기도 힘든 마당에 그 누구와 말을 섞고 싶겠습니까? 그렇지 않아도 속이 썩어 문드러질 지경인데 말꾸러기인 셋째 아씨와 어림쟁이인 막내 아씨께서 자꾸 찾아와 부아를 치밀게 약을 올려 댔지요.

기현 도령이 찾아온 뒤 집 안 모든 사람들이 인선 아씨의 숨긴 정인을 알게 되었답니다. 무엇보다 아씨의 어머니이신 마님께서 특히 아씨의 혼인 때문에 걱정을 많이 하셨지요. 왜냐면 반가에서는 한번 좋지 않은 소문이 나면 끝까지 가는 법이었지요. 물론 입 싼 종년들 단속을 시켰지만 이런 흉한 소문이 나는 건 금방이었답니다. 그것도 모르는 속없는 셋째 아씨와 막내 아씨께서는 만나기만 하시면 그 일을 입에 올리시며 낄낄대며 웃으셨답니다. 아이고, 참으로 한 배에서 나도 어찌 이리 다르단 말입니까?

세월은 가고 봄이 왔습니다. 여지없이 홍매가 피었지만 아씨께서는 붓을 들지 않으셨지요. 그저 가끔 저와 함께 경포호나 경포대를 찾아 치마폭이 다 젖도록 실컷 울고 오셨답니다. 옆에서 저도 같이 울었지요. 그 지극한 사랑을 다 알진데 어찌 가만히 있을 수 있겠습니까? 목이 쉴 정도로 울고 나면 그제야 발길을 돌리셨답니다. 속이 울렁거리도록 꽃 멀미가 났지만 그해 어떤 꽃이 피었는지 하나도 떠오르지 않습니다. 향도 느낄 수 없었고 그 곱디고운 꽃잎이 어떤 색으로 물들었는지도 기억이 나지 않네요.

여름이 되어서야 아씨께서는 겨우 제게 말을 건네셨습니다. 처음으로 제게 식혜를 달라고 하실 때 얼마나 기쁘던지요. 너무도 좋아서 눈물이 다 날 정도였답니다. 가슴 위에 올려진 돌덩이가 없어진 듯 홀가분했지요. 아씨께서는 며칠을 굶으신 것처럼 연거푸 세 사발을 들이키셨답니다.

가을이 되어서는 아씨께서는 마님과도 말씀을 나누셨습니다. 늘 불안한 얼굴로 바라보시던 마님의 얼굴에 오랜만에 웃음꽃이 피었지요. 예전처럼 두 분께서는 경포호에도 같이 나가기도 하시며 수도 같이 놓으셨지요. 딸로 인해 마음에 근심을 안고 사시던 마님의 얼굴에 그제야 살이 조금씩 올랐답니다.

겨울이 되어서는 아씨께서 서책을 펼치시더군요. 예전에 읽었던 서책들을 다시 읽으시며 조용히 보내셨답니다. 그러나 절대로 붓을 들지는 않으셨답니다. 예전처럼 저자에 나가 지전에 가거나 서화사에 가지를 않으셨지요. 특히 서화사 근처에는 발도 디디지 않으실 정도였답니다.

또다시 세월은 가고 또 다른 봄이 찾아왔건만 여전히 아씨께서는 붓을 들지 않으셨답니다. 여전히 홍매가 은은한 향내를 풍기며 유혹을 했지만 보시지도 않으셨지요. 마님께서 권하셨지만 절대 그림을 그리지 않으셨답니다. 여름이 되고 가을이 오고 겨울이 찾아왔건만 아씨께서는 여전히 그림을 그리시지 않으셨답니다. 화첩조차 펼치지 않으셨지요.

무엇보다 아씨께서 달라지신 것은 또 하나 있었답니다. 그것은 바로 진사 나으리와 절대 말씀을 나누시지 않았다는 것이지요. 기현 도령과 그리 되기 전에 가장 많이 말씀을 나누시는 분은 바로 아버님이신 진사 나으리셨습니다. 물론 이사온 대감님께서 살아생전에는 그림에 대해 아씨와 제일 많이 담소를 나누셨지만, 대감마님께서 돌아가신 후에는 아씨와 가장 많은 이야기를 나누시는 분은 바로 진사 나으리셨지요.

가장 믿고 의지한 만큼 그 배신감은 크기 마련이지요. 아씨의 첫정을 그리 그악스럽게 잘라낸 분이 그토록 따르고 존경했던 아버지인 진사 나으리시니 어찌 그 서운함이 쉬이 없어지겠습니까? 참으로 딱

한 일이지요.

나으리께서는 아씨께서 좋아하시는 주전부리나 좋은 화첩들을 갖다 주시며 어찌 되었든 눈이라도 마주쳐 보시려고 노력하셨지만 저 높은 태산의 츠렁바위처럼 아씨의 마음은 쉬이 돌아오지 않았답니다. 상심한 얼굴로 사랑으로 돌아가시는 진사 나으리를 볼 때마다 마음이 많이 아팠지만 어쩔 수 없다고 생각했지요. 그만큼 아씨께서는 도련님을 도탑게 연모하셨으니까요. 보다 못한 마님께서 나무라시기도 하셨지만 아씨의 고집은 쉬이 꺾이지 않았습니다.

그렇게 세상에서 가장 가까웠던 부녀 사이는 바다보다도 더 멀어지게 되었답니다. 언제부터인가 나으리께서도 아씨를 찾아와 말을 건네시지 않으셨지요. 옆에서 지켜보자니 안쓰러웠지만 아씨께서 마음을 고쳐먹으시지 않는 이상 어쩔 수 없었답니다.

세월이 흘러 아씨께서 열아홉 살이 되셨답니다. 과년한 딸의 혼처를 찾기 위해 마님과 나으리께서 매파를 풀어 좋은 신랑감을 찾으셨지만 쉽지가 않았지요. 거기다 기현 도령과의 이야기를 알 만한 이들은 다 알고 있어 북평의 무던한 가문에서는 다 퇴짜를 놓았답니다.

아씨께서는 혼례를 올리실 생각이 없으셨지만 어디 부모 마음이 그렇습니까? 그래도 끝까지 포기하지 않으시고 부탁한 매파에게서는 아무 소식이 없어 늘 실망만 하셨답니다. 매파 밥값과 술값만 던져 준 꼴이었지요.

어느 순간부터인가 나으리께서는 둘째 사위에 대한 높은 기대를 저버리기로 하신 듯합니다. 어떻게든 강한 성정의 딸과 무탈하게 백년해로할 수 있는 사위면 족하다고 마음을 먹으셨던 것 같습니다. 시간이 흐를수록 매파들이 갖고 오는 소식을 들을 때마다 저는 저런 위인들에게 갈지언정 차라리 아씨께서 혼자 사시는 것이 낫겠다는 생각을 했으니까요.

그러던 중 한양 본가를 통해 알게 된 매파에게서 소식이 들렸습니다. 몰락한 양반가의 자제로 스물두 살 먹은 이원수라는 사람이었답니다. 남촌에서 홀어머니를 모시고 사는 외동아들이라고 하였지요. 집안은 한미하나 총각이 성정이 수수하고 유순한데다 그 친척들이 모두 잘 되어 있어 음서로도 관직에 나갈 수 있다고 매파가 침을 튀겨 가며 자랑을 했지요. 밖에서 듣고 있으니 저는 속이 상했지만 진사 나으리와 마님께서는 적당하다고 생각을 하셨더군요. 더 가리고 재다간 둘째 딸이 처녀 귀신으로 늙어 죽을 판이었으니까요.

어찌 되었든 혼례의 당자인 아씨의 마음이 중요했습니다. 아씨께서는 여전히 기현 도령을 못 잊고 계셨지요. 그만큼 아씨의 마음을 사로잡은 강한 사내였고 또한 아씨께서도 깊이 연모하셨기에 잊기란 힘드셨겠지요. 마님의 부탁으로 제가 옆에서 벌써 도령께서 장가를 가셨다는 소문을 들었다고 몇 번이나 거짓말을 해도 끄떡없으셨답니다.

마님께서 애간장이 타서 매일이 아니라 매 끼니 때마다 말씀을 하셨지만 아씨의 고집은 꺾지 못했답니다. 나중에 속이 상하신지 마님께서는 울기까지 하셨지요. 허나 어찌하겠습니까? 당자인 아씨께서 저리 굳건하신데 마님과 나으리가 좋다고 하여 이루어질 혼사가 아니었지요.

어느 날, 마님께서 저를 조용히 부르셨습니다. 사실 이리 부르실 때는 저는 겁부터 나더군요. 지난번 진사 나으리께서 그리하신 뒤 그런 봉욕을 치렀으니 어찌 제가 마음 편안하게 뵈러 갔겠습니까? 그러나 마님께서는 뜬금없는 말을 꺼내셨답니다.

"인선이가 그 도령을 어찌 연모하였느냐? 너는 잘 알 것이 아니더냐. 대체 얼마나 깊이 사랑하기에 저리 아직까지 잊지도 못하고 있는 것이냐?"

어떻게 대답을 해야 할지 난감했습니다. 그도 그럴 것이 처음부터 끝까지 그 사랑을 지켜본 사람으로서 다 알고 있었지만 아씨의 어머니이신 마님 앞에서 입을 열기란 힘든 일이었답니다. 고개를 숙이고 옹그린 채 입을 꾹 다물고 있는 저를 보시며 마님께서는 간곡히 부탁하셨답니다.

"인선이의 마음을 알아야 내가 어미가 아니겠느냐? 절대 너에게 그 어떤 것도 채근하지 않을 것이니 편히 말해 보거라."

조심스럽게 눈을 들어 마님을 바라보았습니다. 차분하고 고운 눈매를 보고 있으니 절로 마음이 편안해졌답니다. 한번 크게 날숨을 내쉰 저는 처음부터 끝까지 보고 들은 모든 것을 말씀드렸답니다. 아, 물론 민망한 이야기는 입에 올리지 않았지요. 그저 아씨께서 도련님을 얼마나 그리워하시고 생각하고 계셨는지에 대해서만 말씀을 드렸을 뿐이랍니다.

"그토록 인선이가 그 도령을 연모했던 것이더냐?"

"예, 한양에서 내려와 북평에서 기다리시며 다음 만날 때까지는 아씨께서는 오로지 그분만 기다리실 정도였답니다. 한양에서 내려오셔서 다시 올라가실 때까지는 매일 절더러 내려온 지 얼마나 되었냐고 물어보실 정도였지요."

"그리도 정이 깊었던 것이로구나. 그래서 저리 마음을 돌리지 않은 것이야. 너도 옆에서 지켜보며 마음이 좋지 않았겠구나."

"저는 다른 것보다 아씨께서 행복하시기만 하면 됩니다."

한참 동안 이야기를 듣던 마님께서는 고개를 끄덕이셨답니다. 저도 그동안 천금 같은 비밀을 홀로 마음속에 담고 있느라 버거웠는데 한결 홀가분해졌지요. 이야기를 끝내자 마님께서는 아무 말씀이 없으셨습니다. 몇 번 답답하신 듯 한숨을 내쉬시더니 영창 밖만 바라보고 계셨지요. 딸의 연정을 이해하시는지 그러지 못하시는지는 잘 모르겠더군요. 저는 그저 할 일이 있다고 말씀을 올리고는 자리를 물러났답니다.

며칠 뒤, 마님께서 아씨를 찾아오셨습니다. 그러고는 같이 경포대에 가자고 하셨지요. 저도 아씨도 깜짝 놀랐습니다. 그곳은 아씨와 도령의 소중한 곳이었기 때문이지요. 앞장서시는 마님께서는 계속 꾸물거리는 저와 아씨를 채근하셨답니다.

누각에 오르니 절로 가슴이 시원해졌답니다. 익숙한 풍광에 아씨와 저는 둘만 아는 눈빛을 주고받았지요. 마님께서는 저 멀리 보이는 경포호를 향해 한번 들숨을 마시시더니 아씨의 손을 잡아끄셨답니다.

"참 좋지 않더냐? 아무리 번다한 일이 있어도 이리 좋은 가경을 보고 있으니 왜 그리 아등바등 살았는지 싶지 않더냐?"

"바람이 참 좋습니다, 어머니."

"인선아, 다 잊거라. 다 잊고 앞만 바라보고 살면 왜 그리 아둔패기처럼 잡고 있었는지 웃음만 나온단다."

"절대 잊을 수 없습니다. 제가 어찌 잊겠습니까?"

아씨의 눈에서 무언가가 반짝거렸습니다. 그리고 다른 쪽으로 고개를 돌리셨지요. 괜히 옆에서 저 또한 눈물이 나더군요. 마님께서도 한동안 말없이 풍경만 바라보고 계셨답니다.

"그래 한꺼번에 다 잊어버리라고 하지는 않으마. 그러나 이미 끊어진 인연을 다시 이어 붙일 수도 없지 않으냐? 그 사람 잘 살고 있다고 들었다. 집안이 좋으니 당상관의 자제와 혼례를 올렸다고 하더구나. 물론 그 사람도 널 잊지 않고 있겠지만 너의 행복을 바라지 않겠느냐?"

"하지만 쉬이 잊을 수 없습니다. 그리 오랜 세월이 지났지만 아직도 그분의 얼굴과 목소리가 하루에도 수천 번 떠올라 보고 싶습니다. 소녀도 어찌해야 할지 모르겠습니다."

"인선아……."

"송구하옵니다. 허나 마음을 가다듬기 너무 힘듭니다. 언제부턴가 그림도 그리기가 싫습니다. 그분과 서로 그림을 주고받으며 나누었던 그 순간들을 생각하면 붓을 들기가 힘이 듭니다."

인선 아씨의 가녀린 어깨가 들썩거렸습니다. 아무 소리가 나지 않았지만 소곳한 뒷모습에서 물기가 뚝뚝 떨어졌지요. 마님께서는 다가가 아씨의 어깨를 두 손으로 껴안으셨답니다. 그러고는 같이 우셨지요.

"이제 앞만 바라보자꾸나. 앞만 바라보며 잘 살아야지? 그래야, 나도 네 아비도 또 널 아끼는 모든 이들도 기쁘게 웃을 수 있지 않겠느냐?"

참으로 어울리지 않은 한 쌍이었답니다. 뭐 신랑이 인물이 없지는 않았고 해반주그레하게 사람 좋게 생기기는 했지만 기현 도령이 워낙 잘나고 우리 아씨의 재주가 뛰어나다 보니 저는 자꾸 우리 아씨가 아까워 죽겠더군요. 거기다가 집안도 한미하고 학식이 뛰어나다거나 아니면 아씨처럼 재주가 뛰어나다면 모를까 뭐 하나 내세울 정도로 잘난 위인이 아니었지요.

산야가 연둣빛으로 휘감아 혼례를 올리기에 아주 좋은 시절이긴 했습니다. 간만에 집 안에 웃음꽃이 피고 많은 손들이 오셔서 북적거리고 수선스러웠지요. 겉볼안으로 보아도 새색시가 아까울 지경이었지만 모두가 인사치레로 신랑이 듬직해 보인다고 찬을 하셨답니다.

아씨께서는 좋다 싫다 아무런 표정이 없으셨지요. 혼례를 올리는 그 아침부터 입도 벙긋하지 않으셨답니다. 족두리를 쓰고 고이댕기를 두른 아씨의 모습은 곱기는 했지만 무척이나 낯설어 보였지요. 치렁치렁한 머리를 제비 댕기로 질끈 묶으신 모습만 뵈다가 쪽을 지으신 것을 뵈니 마치 딴 사람을 보는 듯했답니다.

입고 계신 활옷이 불편하신 듯하여 제가 다리를 펴시라고 했더니 아씨께서는 고개를 내저으셨답니다. 그저 혼자 있고 싶다고만 하셨지요. 왜 그 마음을 모르겠습니까? 원하든 원치 않던 이제 완전히 다른 사내의 내자가 되는데요.

다른 이는 모르지만 저는 혼례를 치르는 내내 아씨의 눈가가 촉촉하게 젖은 것을 보았지요. 속없는 이들은 각시가 효녀라 그렇다거나,

너무 좋아서 우는 것이라고 했지만 저는 알고 있었습니다. 마음속에
품은 소중한 연정을 영원히 가질 수 없는 극악한 삶에 대한 한스러운
슬픔이었지요.

　이리저리 잔치 뒤치다꺼리를 하다 보니 밤이 깊어졌습니다. 신랑이
신방에 들기 전에 원앙금침을 깔아 드리며 계속 아씨를 살폈지요. 여
전히 아씨께서는 웃지 않으셨답니다.
　"아씨, 세상에서 제일 듬직한 지아비를 얻으셨는데 어찌 이러십니
까? 행여나 혼례 때 웃으면 딸을 낳는다고 해서 그리 입을 다물고 계
십니까?"
　"그분도 이런 마음이셨을까? 무겁고 저리고 아프고. 나와 같은 마음
이셨을까?"
　저를 쳐다보시는 아씨의 눈꼬리에서 눈물이 흘러내렸습니다. 아이
고, 초야에 신부가 이리 울고 있으니 제 가슴이 찢어집디다. 저는 수건
으로 아씨의 눈물을 닦으며 고개를 끄덕였지요.
　"그럼요, 죽도록 후회하셨을 겁니다. 아마 삼일 밤낮을 울지 않으셨
을까요? 거 소문을 들어보니 새색시가 미색이 별로라 초야 때부터 구
박을 받았다는 소문도 있더군요. 우리 아씨만큼 곱고 영특한 내자를
놓친 것을 돌아가실 때까지 땅을 치며 원통해하실 겁니다."
　"그렇겠지? 나처럼 많이 아프고 후회스러우셨겠지?"

"제가 누굽니까? 두 분의 모습을 이 년 동안 지켜본 이 아지입니다. 한 번도 그분께서 아씨를 홀대히 여기거나 거볍게 생각하신 적이 없었습니다. 아씨를 보실 때마다 하나라도 더 주지 못해 안쓰러워하셨지요. 아씨께서도 그 마음을 듣지 않아도 잘 아셨지 않습니까? 허니, 이제 마음속에 그저 묻고 새롭게 행복하게 사시어요."

"고맙다, 아지야……. 정말 고마워."

아씨께서는 웃고 계셨지만 눈꼬리에서 계속 눈물이 흘러내렸습니다. 보고 있는 저까지 울컥했지만 곧 신방에 신랑이 들 것이라 아씨를 달래야 했지요. 저는 일부러 경망스럽게 가살을 떨며 수선스럽게 굴었답니다.

"어서 눈물을 닦으십시오. 잘못하면 소박맞으십니다. 아까 보니 신랑이 아씨를 보고 좋아서 헤벌쭉거리며 입을 다무시지 못하시더군요. 얼마나 좋은지 보고 있는 제가 다 민망스럽더라니까요. 어찌 되었든 마음 푹 놓고 지아비를 맞이하십시오. 에그 에그, 이부자리가 영 엉망입니다. 제가 다시 봐 드려야겠네요."

억지로 아씨를 웃겨 드렸지만 마음 한편이 불편하고 아렸습니다. 어찌 그 도타운 첫정을 잊으실 수 있겠습니까? 서로 가시버시로 살며 백년해로하며 의지하기를 바랐지만 운명이 허락하지 않은 인연을 인력으로 이어 붙일 수는 없더군요.

시간이 지나고 신방에 새신랑이 들었습니다. 창호에 비친 그림자를 보니 아씨께서는 그저 가만히 앉아 계시더군요. 신랑은 긴장이 되는지 계속 술을 들이켰구요. 하늘에서 내려온 선녀 같은 우리 아씨를 보고 떨리지 않으면 사내도 아니지요. 신랑은 뭐라고 계속 말하며 실실 웃고 있었지만 아씨께서는 고개만 끄덕이셨답니다.

이윽고 족두리를 벗기고 아씨의 고이댕기와 비녀가 벗겨지더군요. 아씨의 미색에 마음이 동한 신랑은 그만 꼭 끌어안더니 방 안의 불을 꺼버렸답니다.

가볍고도 경쾌한 바람이 참 좋은 봄밤이었답니다. 화려한 꽃이 지고 새록새록 솟아나는 연푸른 나뭇잎이 새로운 시작에 축복을 내려주는 듯했지요. 쏟아질 것 같은 야천의 별들도 아씨께 더욱 힘을 내라고 빛을 발하고 있었습니다.

기쁜 밤인데도 이상하게도 저는 눈물이 자꾸 흘러내렸습니다. 반달이 너무 밝아 눈이 시려서인지 밤바람 때문인지는 모르겠지만 자꾸 저도 모르게 눈물이 흐르더군요. 참으로 고요하고도 슬프고도 아쉬운 봄밤이었답니다.

홰를 쳤지만 아직 돋을볕이 들지 않아 자꾸 졸려 이불 속으로 기어

들어갔습니다. 큰 잔치를 했던 뒤라 아침부터 부산하게 움직여야 했지만 자꾸 게으름이 나더군요. 옆에서 가비 아주머니께서 흔들어 깨우셨지만 모른 척 계속 눈을 감고 있었답니다.

"아지야, 일어났느냐?"

분명 아씨의 목소리였습니다. 초야를 치른 뒤, 단잠에 빠져 계셔야 할 아씨께서 이 새벽에 문을 두드리고 계셨습니다. 벌떡 일어난 저는 얼른 문을 열었지요. 연둣빛 저고리에 강색 치마를 입은 새색시가 전아한 모습으로 서 있었답니다.

"아씨, 무슨 일이십니까? 고단하실 텐데 좀 더 주무시지 않으시고요."

"잠깐 나오겠느냐? 나 혼자 하려니 힘이 드는구나."

얼른 저고리와 치마를 주워 입고 밖으로 나왔습니다. 다스한 봄이었지만 새벽바람은 목 언저리를 움츠리게 하더군요. 아씨의 손에는 종이 두루마기가 여러 개 들려 있었답니다. 아무 말씀도 하지 않으셨지만 전 그것이 무엇인지 알 수 있었답니다.

정주간에 들어가 아궁이에 제일 먼저 불을 지폈습니다. 그리고 아씨께서 편안하게 앉으실 수 있도록 멍석을 깔아드렸지요. 자리에 앉으신 아씨께서는 둘둘 말린 종이 두루마기를 하나하나 펴서 한 번 더 보신 뒤 아궁이에 집어넣으셨답니다.

그것들은 모두 정표로 기현 도령과 주고받았던 그림들이었습니다.

특히, 난 그림이 많더군요. 아까도 말씀드렸지만 도령은 난 그림을 기가 막히게 그렸지요. 물론 화조도도 화려하게 잘 그렸지만 난 그림은 아씨께서도 따라할 수 없을 정도라고 늘 칭찬을 하셨으니까요.

전 분명히 보았습니다. 불구덩이에 던져 넣을 때 아씨의 손이 떨리는 것을요. 그리고 아씨의 눈물도요. 활활 타오르는 선홍빛 불길은 초강초강한 아씨의 얼굴을 수홍빛으로 물들였답니다.

"아씨……. 그냥 갖고 계셔도 되지 않을까요? 후회하지 않으시겠어요?"

"간밤에 난 한 사내의 내자가 되었다. 이제 그분의 온전한 여인으로 살아가야 하는데 다른 사내를 마음에 품어도 되겠느냐?"

"하오나……. 그저 몇 개라도 지니고 계시면 앞으로 아씨께서 힘드실 때 위안이 되지 않을까요? 그 깊은 마음을 이리 태워 버리시다니요. 제가 너무 서운합니다."

아씨께서는 빙그레 웃으시며 계속 그림들을 아궁이에 집어넣으셨답니다. 불붙은 종이들도 두 사람의 깨어진 첫정이 아쉬운 듯 탁탁거리며 뭐라고 말하고 있는 듯했습니다. 이 년간의 아름답고 절절한 사랑이 한낱 잿더미로 바뀌어 사그라들고 있었지요. 한 장 한 장이 도령의 깊고 지고지순한 마음이라 생각하니 괜스레 마음이 무거워졌답니다.

아직도 제가 왜 그랬는지 모르겠지만 저는 도령의 그림 하나를 아씨 몰래 빼어서 뒤로 감추어 두었답니다. 그러고는 아씨 몰래 그 그림을 화첩에 감추어 두었지요. 나중에 몇 년 뒤, 그 그림을 발견하시고는 의아하게 생각하셨지만 저는 분명히 보았습니다. 아씨께서 환하게 웃으시며 도령이 그린 하나뿐인 정표를 쓰다듬고 있으신 걸요.

동녘 하늘이 붉게 물들면서 돋을볕이 조금씩 비추기 시작했답니다. 그러면서 정주간도 분주해지기 시작했지요. 아침상을 준비하는 내내 전 아궁이만 들여다보았답니다. 두 분의 아름답고 풍요로웠던 이 년간의 이야기가 모두 그 안에 숨어 있는 것 같았으니까요. 그리고 보면 사람의 인생은 참 징그럽게도 검질깁니다. 한순간에 다 끝나 버린 듯 나락으로 떨어져도, 또 언제 그랬냐는 듯 멀쩡하게 또다시 앞을 쳐다보는 걸 보면 말입니다.

4장 국(菊)

차디찬 서리 속에서도
절망하지 않는 강인한 절개

🌸 어긋난 두 인연

"뭐하는 것인가? 왜 그리 혼자 웃고 있지?"

오랜만에 광통교에 와서 옛 기억에 푹 빠진 저를 매창 아씨께서 끌어당기시네요. 제 마음속에 꼭꼭 틀어박힌 슬픈 배젊은 이들의 사랑 이야기에 취해서 넋이 나가 있었나 봅니다. 자꾸 정신을 놓고 길가에 서 있는 것을 보니 저도 총기가 다 흐려진 것 같습니다.

사람을 달굴 듯이 뜨거운 낮이 가고 저녁이 다 되어 가니 땅을 데우던 물큰한 더위도 조금씩 사그라지는군요. 광통교를 거쳐 시전 거리로 나온 아씨와 저는 여기저기 진귀한 물건들을 구경하며 돌아다니고 있습니다. 매창 아씨와 이리 같이 있으니 자꾸 인선 아씨가 그리워집니다.

"자, 한번 보세요. 때깔이 얼마나 고운지 모릅니다."

입담 좋은 여리꾼이 순진한 우리 아씨를 청포전으로 이끕니다. 평소 같으면 귀찮게 하지 말라고 박대를 하겠지만 오늘은 저도 마음 넉넉히 눈요기나 실컷 하고 갈랍니다.

욜랑욜랑하게 한댕거리는 염색한 고운 천들을 보니 예전에 한양 수선방에 있을 때 인선 아씨와 청포전에 자주 들러 천과 바늘을 산 기억이 납니다. 손끝이 야무진 아씨께서는 못 하는 일이 전혀 없으셨지요. 참으로 그 원수 같은 나으리는 지어미를 잘 만난 겁니다. 에효, 불쌍한 우리 아씨…….

"천들을 보니 어머니 생각이 나네. 참 그러고 보면 어머니께서 집 안 살림을 거의 도맡아 이끌어 가셨지. 아버지께서 지금의 관직을 얻으실 때까지 무척이나 고생하셨어."

"그 관직도 어렵게 아주 어렵게 얻으신 거라지요?"

우리 아씨 속 썩인 나으리 이야기만 나와도 저절로 부아가 치밀어 한마디 툭 내뱉었습니다. 물론 아기씨께서는 아버님이라 각별한 정이 있으시겠지만 저는 인선 아씨 곁에서 볼 꼴, 못 볼 꼴 다 지켜본 처지라 곱게 말이 나오지 않습니다요.

"아지도 참! 어머니께서 외조부님 시묘살이를 하셨다고 하는데 정말이야? 어떻게 딸이 아버지의 삼년상을 치를 수 있지?"

"그것도 참 말이 많았지요. 그래도 마님께서 어떤 분이십니까? 아들잡이인 사위가 죽어도 못하겠다고 하니 마님께서 하실 수밖에요."

아씨께서는 혼례를 치른 뒤 계속 북평에 계셨습니다. 집안의 전통대로 아들잡이 노릇을 하는 사위와 딸이 부모를 모셔야 했지요. 사실 가문으로 보아도 아씨의 미색과 재주를 보아도 새신랑은 그 발바닥에도 못 미칠 정도였습니다만, 어쩔 수 없는 진사 나으리의 선택이었다고 생각합니다. 마땅한 혼처를 찾지 못하신 진사 나으리께서 다섯 딸 중 그나마 가장 명석한 인선 아씨께서 마님을 끝까지 모시는 것이 낫다고 여기셨을 겁니다. 그래서 극빈한 사위 집안을 도와주며 아들잡이를 부탁하신 듯합니다.

시난고난 쪼들리는 없는 집안에 태어나 유복한 처를 맞아들였으니 반대할 리가 없겠지요. 하긴 뭐 하나 볼 게 뭐가 있습니까? 육촌 팔촌이 정승이면 뭐합니까? 능력이 있어야 한직이라도 등용이 되지요. 거기다가 몰락한 양반 집안이라 똥구멍이 찢어질 정도로 가난해서 처음 북평에 올 적에도 진사 나으리께서 인선 아씨께서 싫어하실 듯하여 번드르르한 비단옷을 해 주셨다고 들었습니다. 능력도 없고, 인물도 없고, 집안도 별 볼 일 없지만 그나마 사람 하나 좋다는 말에 진사 나으리와 마님께서는 눈에 넣어도 아프지 않을 귀동딸을 맡기신 것이지요.

허나 사람 마음은 가늠하기 힘들다고 했지요? 나중에 이 솔봉이 같은 작자가 우리 아씨 속을 있는 대로 긁었으니, 사람은 베풀면 베풀수록 더 욕심을 부리는 머리 검은 못된 짐승이라는 말이 맞답니다.

뭐, 어찌 되었든 아씨께서 혼례를 올리시자 나으리께서는 마음을 너무 놓으셨는지 여름부터 시름시름 몸져누우셨답니다. 자신을 외면하는 딸 때문에 적잖이 마음을 다치신 거지요. 식솔들 모두가 나으리를 살뜰히 살폈지만 차도가 없었답니다. 마음의 병이니 어찌 약으로 다스리겠습니까?

아씨께서도 마님을 도와 나으리를 살펴 드렸지만 한 번도 눈을 마주치지 않으셨답니다. 그저 약을 드리고 얼굴과 손발을 닦아 드릴 뿐, 필요한 말 외에는 하지 않으셨지요.

저는 분명히 보았습니다. 나으리께서 얼마나 아씨와 눈을 마주하고 싶어 하시는지를요. 먼발치에서 보고 있으니 안타깝고 원통하기 그지없더군요. 그러나 제가 나서서 뭐라고 말씀드릴 수가 없었답니다. 모질게 진정을 잃은 아씨의 마음을 잘 아는 저이기에 강권할 수는 없었지요. 소원해진 부녀 사이를 바라보며 참으로 마음이 아프고 또 아팠답니다.

어정칠월이라고 했지만 집 안은 마치 한겨울처럼 차디차고 고요했답니다. 그 누구도 함부로 웃을 수 없었고 흥얼거리는 콧노래도 부를 수 없을 정도로 숙연했지요. 칠석이 지나자 진사 나으리의 병환이 더욱 깊어졌답니다. 미음도 겨우 넘기실 정도로 힘들어하셨지요. 갈수록 여위어 가는 아버지를 보며 아씨의 안색 또한 좋지 않았지만 예전처럼 살갑게 말씀을 나누시지 않았습니다. 이미 부녀 사이에 생긴 커다란 틈새가 건널 수 없을 만큼 깊어져 있었기 때문이지요.

처서가 지나 늦더위가 기승을 부리던 때였습니다. 점심상을 물리고 나서 잠시 숨을 돌리고 있는데 마님의 다급한 소리가 들려 왔지요.

"어서, 어서 의원을 불러 오거라. 나으리께서 제대로 숨을 쉬지 못하시는구나!"

의원을 부르러 비자가 뛰쳐나간 뒤 집 안에서는 모두들 이리저리 바쁘고 수선스럽게 움직였답니다. 물수건을 준비하고 꿀물을 준비하였고 마님을 비롯하여 모든 아씨들이 안방으로 모여들었지요. 손발을 주무르고 마님께서 찬물로 몇 번을 닦아 내시자 나으리께서는 겨우 정신을 차리셨답니다.

"이제야 정신이 드셨습니까? 십년감수하는 줄 알았답니다."

"인선이……. 우리 인선이 어디에 있더냐?"

아씨께서 눈물이 고인 채로 진사 나으리를 바라보셨습니다. 나으리께서는 안간힘을 쓰시며 몸을 일으키셨지요. 인선 아씨께서 다가가자 진사 나으리께서는 손을 뻗어 아씨의 손을 움켜잡으셨지요.

"이, 이 애비의 마지막 소원이니 들어줄 수 있겠느냐?"

"말씀하십시오."

"그, 그림을 그려다오. 내 가기 전에 네가 다시 붓을 잡는 모습을 보고 싶구나……."

아씨께서는 아랫입술을 깨물며 두 눈을 질끈 감으셨습니다. 계속해서 눈물이 그 작은 얼굴 위로 흘러내렸지요. 나으리께서는 더욱 큰 목소리로 말씀하셨습니다.

"미안하구나, 이 애비가 미안하다……. 네 곱디고운 마음에 그리 생채기를 내면 안 되는 거였는데. 네 마음을 다 알면서도 그리 모질게 하여 참으로 미안하다……. 이 애비를 용서할 수 있겠느냐?"

"아버님!"

인선 아씨께서는 그만 엎드려 울부짖으셨답니다. 가장 가까웠던 두 사람 사이의 크나큰 돌담이 와르르 무너져 버렸지요. 나으리께서도 아씨의 마음을 잘 알고 계셨던 겁니다. 하긴 제일 아낀 딸이니 그 아픔이 오죽하셨을까요? 양반들의 그 잘난 자재한 처신 때문에 사랑하는 딸의 연정을 그악하게 잘라냈으니 두고두고 후회하시고 아파하셨겠지요.

"예, 그리겠습니다. 아버님을 위해 그리겠습니다!"

아씨의 말에 저는 얼른 지필묵을 준비했답니다. 참으로 몇 년 만에 먹을 가는 것인지 모르겠더군요. 오랜만에 맡는 먹물 향에 절로 모든 것이 제자리로 되돌아온 듯 한없이 기뻤답니다.

아씨께서는 국화를 그리셨답니다. 늘 매화를 즐겨 그리시던 아씨께서 왜 국화를 그리시는지 처음에는 알 수 없었답니다. 그것도 축 늘어져 간신히 꽃대를 꼿꼿하게 세우며 버티는 꽃잎이 얼마 남지 않은 황국을 그리셨지요. 데데한 미색으로 길찬 꽃대를 앙버티는 그 모습은 결코 아름답지 않았지만 굳은 심지가 느껴졌답니다.

나중에 여쭙지도 않았지만 아씨께서 왜 다 시든 국화 그림을 그렸는지 전 알 것 같았습니다. 물론 곧 떠나실 아버지께서 보지 못할 가을의 국화를 미리 보여 드리고 싶었겠지만, 무엇보다 최선을 다해 잘 살아가겠노라는 아씨의 다부진 결의를 그림으로 말씀드린 것이지요.

　나으리께서는 흐뭇하게 웃으시며 고개를 끄덕이셨답니다. 딸의 재주를 아끼는 아버지가 한동안 붓을 놓은 딸을 보며 얼마나 마음 아프고 안타까우셨겠습니까? 한 획, 한 획 정성스럽게 붓질을 하는 아씨를 보며 어느새 나으리의 주름진 눈가에는 눈물이 흥건히 고여 있었답니다.

　의원이 도착해서 진맥을 했지만 모두들 묻지 않고 입을 다물고 있었습니다. 의원뿐만 아니라 마님도 아씨도, 그리고 모두가 나으리의 마지막임을 잘 알고 있었으니까요.

　그렇게 나으리께서는 기쁘게 돌아가셨답니다. 늦더위에 매미 소리가 귀를 울릴 정도로 더운 여름날에 다가올 가을의 국화를 미리 보시며 천천히 눈을 감으셨답니다. 그 누구도 소리 높여 곡을 하거나 나부라져 울지 않았습니다. 고요히 가신 것처럼 조용히 그분의 마지막을 받아들였답니다.

장례를 치르고 나자 온몸이 몸살을 한 듯 쑤시고 아팠답니다. 빈소를 지키는 아씨의 곁에서 저도 며칠 동안 제대로 잠을 이루지 못했기 때문이었지요. 강하신 인선 아씨께서는 한 번도 힘들거나 싫은 내색 없이 똑같은 모습으로 자리를 지키셨답니다.

아이고, 너무도 꼴 보기 싫은 화상이 하나 있어 제가 이리 부아가 치밀어 온몸이 아팠는지 모르겠습니다. 아들이 없는 처가의 아들잡이 노릇을 하려면 제대로 하던지 의연한 아씨와는 달리 오만상을 찌푸리며 죽장을 짚고 서 있더군요. 장가오면서 처가의 덕을 톡톡히 봤으면 마음이 불편해서라도 똑 부러지게 하던지 반거들충이처럼 민퉁하게 선 꼬락서니가 참으로 보기 싫더라구요.

어찌되었든 진사 나으리를 잘 보내 드리고 아씨께서는 모두를 모아 놓고 큰 결심을 말씀하셨답니다. 그것은 저보다도 그 솔봉이 같은 작자가 깜짝 놀라 나부라질 이야기였답니다.

"아버님의 삼 년 시묘살이를 제가 치르겠습니다."

갓 혼례를 올린 새색시가 삼년상을 하겠다고 하니 어느 지아비가 좋아라 하겠습니까? 홍안이 된 새신랑은 벌떡 일어서며 질색을 하더군요.

"그건 아니 되오. 아무리 내가 아들잡이라고 하지만 이건 너무한 처사가 아니오?"

"서방님께 시묘살이를 하라고 제가 청을 한 것도 아닌데, 어찌 그러십니까? 허면 서방님 먼저 본가에 가십시오. 저는 어머니를 모셔야 하고 한동안 집안을 보살펴야 할 책임이 있습니다."

"그렇지만 다른 집안의 어른들께서 얼마나 날 야단치시겠소? 시묘살이는 오로지 아들……."

"맞습니다. 아들만이 할 수 있지요. 그러나 저희 집안에는 딸만 있을 뿐이라 어쩔 수 없지 않습니까? 제가 어머니를 모시기로 정해졌으니 아들 노릇을 제대로 해야 합니다. 어차피 나으리께서는 본가의 어머님도 모셔야 하니 먼저 한양으로 올라가십시오. 저는 여기서 삼년상을 치르고 가겠습니다."

이름도 원수라더니 원수 같은 지아비가 이를 악 다물고 아씨를 노려보고 있었답니다. 보다 못한 마님께서 아씨를 말리셨지만 소용이 없었답니다.

"어머니께서는 심려치 마십시오. 아버님께서 제게 어머님을 부탁하셨으니 알아서 모실 겁니다."

쯧쯧……. 장가올 때 부유한 처가 덕을 봤으면 그리하면 안 되지요. 처부모도 내 부모나 마찬가지일진데 어찌 저리 강퍅하게 구는 것인지 아무리 예쁘게 보려고 해도 한 대 쥐어박고 싶을 정도로 밉살스럽더군요. 결국 그 솔봉이 같은 위인은 도로 한양으로 휙 돌아가 버리고 아씨 홀로 나으리의 묘소를 삼 년 동안 지켰답니다. 마님께서도 내색은 않으셨지만 든든한 딸이 곁을 지키니 나으리의 빈자리에 힘들어하지 않으셨지요.

셋째 도련님께서 시묘살이를 마치셨어도 아직 본가에 내려오시지 않았다고 들었습니다. 하긴 술주정뱅이 서모가 아침마다 소리를 지르는 그 집에 왜 들어가고 싶으시겠습니까? 아마도 올곧은 성정의 효자인 도련님께서는 못난 아버지보다 지극한 효녀이신 어머니를 그대로 닮으신 것이지요. 아씨의 자제분들 중 큰 도련님만 빼고는 모두 성정과 재주를 그대로 어머니를 빼닮은 듯합니다.

지금 아무리 생각해 보아도 진사 나으리께서 잘못된 선택을 하신 듯합니다. 차라리 아씨를 홀로 두었다면 그리 힘든 세월을 보내지 않으셨을 터인데 말이지요. 저야 서방 없이 아씨 곁을 따라다니며 살았지만 자식 없는 노년이 외로울지언정 못난 지아비 때문에 화병 걸릴 일이 없으니 내 팔자만큼 잘난 팔자는 없다고 생각합니다.

🍀 자신만의 길을 가다

매창 아씨께서는 쓸쓸한 미소만 지으시며 염색천을 이리저리 살피고 계시네요. 하긴 아버지에 대한 흉을 듣는 것 같으니 기분이 좋으시진 않겠지요. 하지만 어쩝니까, 제가 보고 들은 대로 말씀드릴 수밖에요.

"그래도 아버님께서는 어머님의 재주를 인정하고 늘 뒤에서 말없이 격려해 주시지 않았나? 벗들에게도 어머님의 그림을 자랑하셨던 기억이 나는데?"

"아이고, 그렇습니까? 덕분에 공짜 술 많이 얻어 드셨다지요? 제대로 뒤뿔치셨다면 모르겠지만 글쎄요, 나으리께서 그렇게 마님을 도와주셨는지는 잘 기억이 나질 않네요."

"아이참, 아지도. 그리 아버님이 미운 거야?"

"밉다마다요, 그렇게 마님 속을 썩혀 드렸는데 제가 다 보고 들었지 않습니까? 하긴 아기씨에게는 하나뿐인 아버님이시라 이런 말씀을 들으시는 것이 힘드실 겁니다. 그만하겠습니다."

청포전에 맛깔스러운 강엿이 있어 냉큼 몇 개 들어 값을 치렀습니다. 단 주전부리를 좋아해서 그것 때문에 이빨이 썩는데도 전 꼭 사먹고 말지요. 아씨께도 드리니 스스럽게 입 안에 넣으십니다.

남녀의 사랑이 이리 강엿처럼 달짝지근하기만 하다면 얼마나 좋겠습니까? 가끔 기현 도령과 아씨께서 백년가약을 맺으셨다면 어찌 사셨을지를 생각해 봅니다. 아무래도 그 화상처럼 속 썩이고 힘들게 하지는 않았겠지요. 기현 도령과의 사랑이 강엿이라면, 아마 이원수 나으리와의 인연은 인선 아씨에게는 쓰디쓴 익모초와 같았을 겁니다.

삼 년 시묘살이를 마치시고도 인선 아씨께서는 본가와 친정을 오가며 마님을 살뜰히 모셨답니다. 물론 이원수 나으리와 아씨의 시어머니이신 홍씨 마님께서는 싫어하셨지요. 그러나 아씨께서는 묵묵히 그어떤 말을 들으셔도 돌아가실 때까지 북평의 마님을 모시며 진사 나으리와의 약조를 지키셨답니다.

본가와 친정을 계속 오가며 파평현과 북평에 계신 두 어머니를 모셔야 했기에 아씨께서도 벅차신지 나중에는 친정 가까운 기풍면에 집을 얻으시기도 하셨답니다. 여인의 몸으로 지아비와 자식들을 살피며 시모와 친모 모두를 모셨으니 이만한 효부와 효녀가 어디에 있겠습니까? 처음에는 시어머니 홍씨 마님께서는 못마땅해하셨지만 나중에는 큰일이든 잔일이든 선일이든 앉은일이든 혼잣손을 다잡고 척척해내는 아씨를 가장 예뻐하셨지요. 하긴 우리 아씨를 한번이라도 겪어 본 이들은 다 아씨를 좋아하고 존경했지요, 단 한 사람만 빼고 말입니다.

양가의 부모님을 모셔야 했고 또 도련님들과 아씨들도 살펴야 했기에 인선 아씨께서는 지아비이신 이원수 나으리를 살뜰히 살필 마음의 여력이 그리 많지는 않으셨답니다. 물론 처음에는 당연히 나으리의 과

거 공부를 위해 어지간히 애를 쓰셨지만 성마른 성정과 타고난 글눈이 어두워서인지 절에 보내보고 좋은 서책을 구해 주었건만, 희한하게도 이십 년이 넘는 세월 동안 초시에도 걸리지 않으셨답니다. 결국 아씨께서 돌아가시기 전에 겨우 한직을 얻어 녹봉을 받게 되셨으니 알 만하시지요?

어찌 되었든 내자가 이리 뛰고 저리 뛰며 집안을 이끌어 가면 당연히 지아비는 열심히 과거 공부를 하거나 집안을 일으킬 방도를 모색해야 하는데 이원수 나으리는 항상 집 안에 손님을 데리고 와 술을 마시거나 느적거리며 북촌의 잘사는 한량들처럼 돌아다니기만 하셨지요. 처덕을 봐서 아씨의 좋은 그림 솜씨를 보여 주고 공짜 술을 엄청 얻어 마시기도 하셨답니다.

그것까지는 봐줄 수 있다 그겁니다. 문제는 바로 간간히 다른 여인에게 한눈을 파셨다는 거지요. 유들유들하고 사람이 좋아서 그런지 아니면 쓸데없이 타고난 입담이 기가 막혀서 그래서인지 여인들, 특히 주막집 여편네들이나 기방의 종년들과 정분이 많이 났었답니다. 아이고, 정말 남부끄러워서 제가 다른 집 종년들에게 고개를 들 수가 없을 정도였지요.

우리 아씨가 어디가 못났습니까? 집안도 좋고, 인물 좋아, 거기다 영특하고 재주 많아. 대체 뭐가 모자라서 그런 못나고 천한 것들에게 마음을 빼앗겨 착한 인선 아씨의 눈에 피눈물이 맺히게 한답니까? 처가에서 보내 준 재물로 편히 살 수 있게 된 것 만으로도 우리 아씨를 매일 업고 다녀도 모자란 판국에 감히 계집질을 하단요? 그나마 낯빛 반반한 기녀들 치마폭에 휘감겼다면 또 모를까, 세상에 천한 여인네들과, 그것도 어떻게 어디서 굴러먹다 살아 온지도 모르는 것들과 붙어서 아씨를 욕보이다니요? 정말 지금도 이원수 나리, 아니 그 원수를 생각하면 이가 부득부득 갈리고 부아가 치밀어 오릅니다.

아마 아씨에게 자격지심을 느끼다 못해 그리 못난 짓을 하지 않았을까도 싶습니다. 어금지금한 것도 아니고 자신보다 잘나도 너무 잘난 내자를 얻어 항상 자식들에게서조차 대놓고 비교를 당하니 얼마나 스스로가 부끄럽고 싫었겠습니까만, 그래도 처가 덕을 보고 사는 사람이라면 우리 아씨 가슴에 대못을 박을 일은 하지 말았어야지요.

물론 아씨 성격에 가만히 계실 분이 아니셨지요. 그러나 항상 자식들 앞에서 지아비의 모자란 면을 질책하시지는 않으셨답니다. 도련님과 아씨들이 다 잠자리에 드시고 난 뒤, 두 분이서 조용히 이야기를 하셨지요. 물론 그때만 다시는 안 그러겠다고 말해 놓고도 다음에 또 염장을 질렀지만 말입니다. 아이고, 정말 화상도 그런 몹쓸 화상이 없었답니다.

인선 아씨께서는 지아비에 대한 서운함과 집안을 이끌고 가야 할 고된 마음을 붓을 잡으시면서 스스로를 위로하셨지요. 만약 아씨에게 그런 재주가 없었다면 어떻게 그 허망한 세월을 다 인고하셨을지 궁금합니다. 마음 기대지 못할 능력 없는 지아비에, 자신만 바라보는 시어머니. 그나마 도련님들과 아씨들께서 어여삐 자라시는 그 보람이 같이 하기에 아씨께서는 힘을 내신 듯합니다.

아씨의 그림은 날로 풍성해지고 깊어졌답니다. 예전보다 붓질도 유연해지고 더욱 섬세해지셨지요. 물론 산수도를 즐겨 그리셨지만 간간히 포도 그림과 벌레 그림도 그리셔서 저도 볼 때마다 진짜인 줄 알고 깜짝 놀란 적이 많답니다.

아씨의 그림 솜씨는 금방 소문이 퍼졌답니다. 그래서 많은 이들이 인선 아씨의 그림을 보기 위해 모여들기도 하고 구하기 위해 애를 쓰기도 하였지요. 또, 놀라운 그림과 더불어 재미난 소문도 많이 생겨났답니다. 벌레 그림을 말리는 사이 닭이 다가와서 진짜 벌레인 줄 알고 쪼아 먹었다느니, 간장을 쏟아 엉망이 된 비단 치마에 포도를 그려 새 치마를 살 수 있도록 해 주었다느니 등 온갖 풍설이 나돌았지요. 물론 사실인 것도 있고 아닌 것도 있지만 중요한 것은 아씨의 재주는 어디를 가도 높이 찬사를 받고 존경을 받았다는 것입니다.

이건 제 주인이라 괜히 하는 빈말이 아닙니다. 사람들에게 물어보십시오. '사임당 신씨'라고 하면 산수도를 잘 그리는 반가의 여인이라고 소문이 쫙 나 있을 겁니다.

파주의 파평현에 살 때 일입니다. 어느 날, 이원수 나으리께서 조정의 실세이셨던 친척이신 이행과 이기 나으리를 집으로 모시고 오셨지요. 그 누추한 집에 왜 잘나가는 정승분들을 모셔 왔겠습니까? 당연히 처 자랑을 하고 싶어서겠지요. 내가 너희보다 못살지만 내자 하나만은 기가 막히게 얻었다 뭐 이런 심보가 아니었을까요?

어찌 되었든 인선 아씨께서는 지아비의 간절한 청에 마지못해 그간 그리신 그림들을 그분들께 보여 드렸지요. 처음에는 입을 삐죽거리며 수염을 쓰다듬던 오만방자한 이들이 아씨의 그림을 보자마자 눈이 휘둥그레졌답니다. 문기가 깃든 수작이라든가, 도화서 화공 못지않은 실력이라고 입이 마르도록 칭찬을 해댔지요. 아씨께서는 스스러워하셨지만 그 못난 화상께서는 좋아서 실실거리며 입을 다물 줄을 모르셨답니다.

사실 아씨의 그림이 세상에 알려지게 된 것도 그 두 분들 덕분이지요. 조정에 실세이니 당연히 한양의 북촌에 계신 잘나신 양반님네들께서는 인선 아씨의 산수도를 얻기 위해 뻔질나게 집 안을 드나들었답니다. 그림을 그린 당자는 아무 말이 없는데 오히려 지아비인 이원수 나으리께서 거들먹거리시며 흥정을 하셨지요. 아이고, 내자가 그린 그림을 팔아 그 돈을 살림에 보탰으면 제가 아무 말도 하지 않습니다. 두둑하게 그림값을 받고 나면 댓걸음으로 주막으로 달려가 주모를 끌어안고 술을 푸기 시작했으니까요. 어찌 인두겁을 쓰고 그럴 수 있는지 아직도 모르겠습니다.

아무리 일이 고되고 힘들어도 아씨께서는 붓을 놓지 않으셨답니다. 마치 진사 나으리의 유언을 지키고자 최선을 다하시는 것으로도 보였지요. 나으리의 마지막 유언이 아씨의 그림 그리는 모습을 보는 거였지 않습니까? 아씨의 이런 재주는 맏딸이신 매창 아씨와 막내 도련님께서 고스란히 물려받으셨답니다. 막내 도련님께서도 포도 그림을 기가 막히게 그리시지요.

모든 것을 잊고 싶을 만큼 힘든 인생을 사시며, 아씨께서는 그림으로 모든 것을 이겨내셨습니다. 아, 물론 자식을 올바르게 훈육하는 것도 아주 큰 보람이었지만 말입니다. 기대지 못할 지아비와 어려운 살림살이를 이끄시면서도 불평 한마디 안 하시는 아씨가 정말 자랑스럽고 존경스러웠답니다.

간혹 전 궁금했답니다. 아씨께서 혼례를 올리신 다음 날 제가 화첩 사이에 몰래 꽂아 둔 기현 도령의 난 그림을 간직하고 계신지 아닌지를요. 아무리 완벽한 이라 할지라도 남몰래 기대는 누군가가 있기는 마련이지요. 남들은 잘 키운 자식들이 있어 무척이나 부러워했지만 인선 아씨께서 어린 도련님들과 아씨들께 온전히 기댈 수는 없었지요.

내색은 하지 않으셨지만 늘 마음속에 고이 간직하며 힘들 때마다 떠올리는 첫정이 있었기에 아씨께서 심산한 세상살이에서 꿋꿋이 검질기게 버티신 것이 아닐까 저는 생각한답니다. 왜 그러냐구요? 매창 아씨 몰래 말씀드려야겠네요.

🌸 슬픈 재회

아씨의 그림은 세월이 흐를수록 더욱 사람들이 아끼고 사랑했답니다. 심지어는 아씨가 그리신 그림의 모사품이 돌아다닐 정도로 많은 이들이 찾았으니까요. '사임당 신씨'나 '파평현 신씨'라고 하면 모르는 사람이 없었답니다. 남녀를 구분 않고 인선 아씨의 그림은 호평을 받았으니까요.

재주 많은 내자의 그림을 팔아 공짜 술도 마시고, 집 안에 선물을 들고 찾아오는 이들도 있어 한동안은 이원수 나으리의 어깨가 넘실거렸답니다. 자신이 그림을 그린 양 아씨의 그림들을 들고 다니며 자랑질을 하고 다녔으니 말입니다. 처음에 아씨께서도 그리하지 말라고 하셨지만 나으리께서는 막무가내셨지요.

그러나 사내의 투기가 여인보다 더 검질기고 독하다고 하지요? 아씨의 명망이 높아질수록 내자를 더욱 어려워하고 심지어는 눈도 마주치려 하지 않았답니다. 점점 자신에게 소원해지는 지아비를 인선 아씨께서는 마음 아파하셨고 한동안은 그림을 그리지 않기도 하셨답니다.

그러나 그림을 팔아 번 돈으로 주막이나 기방으로 쫓아가 천하디천한 것들과 엉겨 붙으며 술만 마셔 댔지 한 번도 아씨를 위해 도자전의 고운 가락지나 은비녀 하나 사 오지도 않았답니다.

아이고, 못나도 어찌 이리 못날까요? 그 전날 아침상을 물리자마자 나가서 다음 날 돈을별이 비칠 때쯤이야 돌아오는 꼬락서니를 보면 절로 화가 치밀 정도였답니다. 종년인 제가 봐도 한심한데 아씨께서는 오죽하셨겠습니까? 그러나 착한 우리 아씨께서는 그 분을 삭히고 또 삭히시면서 오로지 도련님들과 아씨들의 훈육과 두 어머니의 봉양에만 지극 정성을 쏟으셨답니다. 세상에 임금님께서 우리 아씨께 열녀문을 하사하시지 않고 뭘 하나 싶었다니까요?

참으로 다행스럽게도 그대로 이원수 나으리를 빼다 박은 큰 도련님 빼놓고는 다른 도련님들과 아씨들께서는 인선 아씨의 영특함과 재주를 골고루 물려받으셨답니다. 못난 아버지로 인해 머즌 일을 마다 않는 어머니를 특히 셋째이신 이이 도련님께서 가엾이 여기셨지요. 지금도 시묘살이를 마치시고도 묘소를 지키고 계시지만 가장 영특했던 도련님이셔서 아씨께서는 지아비로 인해 아픈 가슴을 위로받으시곤 하셨답니다.

셋째 도련님 외에 맏딸이신 지금 제 곁에 서 계신 매창 아씨께서도 든든한 인선 아씨의 벗이었답니다. 왜 아씨를 매창이라고 하셨는지 잘 아시겠지요? 매화를 좋아하신 인선 아씨께서 직접 지으신 고운 이름이랍니다. 그래서인지 아기씨께서도 어머니를 닮아 손끝이 아주 오달지시고 그림을 기가 막히게 잘 그리시지요. 특히 아기씨께서도 매화 그림을 잘 그리시는데 화조도도 멋들어지게 그리신답니다. 쭉쭉 뻗은 가지에서는 어머니에게서 물려받은 여장부로서의 기상이 그대로 느껴지지요.

매창 아씨 외에도 이우 도련님께서도 그림을 잘 그리시는데 아마 인선 아씨께서 포도 그림을 자주 그리셔서인지 포도도를 즐겨 그리신답니다. 말하자면 재주는 매창 아씨와 이우 도련님께서, 영특한 총기는 이이 도련님께서 그대로 이어받으신 거지요. 가리사니 없고 괘다리적은 큰 도련님께서는 영락없이 이원수 나으리를 닮으셨답니다, 에그!

어찌 되었든 아씨께서는 여인으로서의 행복을 놓치셨지만 자식복은 있으신 분이셨습니다. 아니지, 아씨께서 자식을 잘 키우신 것이지요. 지아비가 채워 주지 못하는 크나큰 빈자리를 자식들과 그림으로 스스로 채워 가셨으니 이 얼마나 가련하고 불쌍한 여인입니까? 에그, 독수공방하시며 계속 문지방 너머만 지켜보셨던 아씨의 애달픈 얼굴이 생각나 절로 눈물이 납니다그려.

참, 다른 이야기를 하다 보니 제가 엉뚱해도 한참 엉뚱한 곳으로 가버렸네요. 제가 몰래 감추었던 기현 도련님의 난 그림을 이야기하다 여기까지 와 버렸습니다. 사람이 늙으면 아둔해진다고 하더니 저를 보니 그 말이 맞군요.

본가와 친정을 오가며 힘들게 봉양을 하시던 딸이 가여웠는지 아씨의 어머니이신 이씨 마님께서는 미리 셋째 도련님 앞으로 재산을 물려주셔서 한양의 수진방에 안착할 수 있도록 도와주셨답니다. 처가에 올 때마다 입이 사발만큼 튀어나온 사위 때문에 마음이 불편하셔서 그러신 거지요.

어딜 가든 아씨가 가는 곳에서는 직접 그리신 그림을 찾는 사람들이 많기로 유명하셨답니다. 파평현에 계실 때도 한양의 서화사에 아씨의 그림 모사품이 돌아다닐 정도였는데, 한양에 오셨으니 얼마나 많은 이들이 반겼는지 모릅니다.

북촌의 명망 높은 집안의 마님들께서도 아씨를 찾아오시거나 초대하셔서 직접 아씨의 그림을 보고 감탄을 하셨지요. 한양의 콧대 높은 반가의 여인들이 그리 찬사를 퍼붓는 것을 보니 절로 제 어깨가 으쓱할 정도였답니다.

한양 본가에 오니 이원수 나으리의 출타는 더욱 잦아졌답니다. 어떨 때는 거의 집에 오지도 않으실 때가 많으셨지요. 저도 첩살림을 차렸을 거라고 눈치를 챌 정도인데 아씨께서는 마음이 어떠셨겠습니까?

잘 살라고 북평의 마님께서 미리 재산을 떼어 주실 정도인데 이런 망발을 일삼으니 제가 장모라면 당장 쫓아가 물고를 내고 말 것입니다.

아씨의 가슴병이 아마 한양 수진방에 오면서부터 시작되었던 것 같습니다. 이원수 나으리께서 수운판관이 되셨을 때 병이 심해져서 앓아누우셨지만 이미 지병처럼 시난고난 아프셨던 것이지요.

그런데 조용히 살아가시던 아씨에게 또 한 번 크게 힘든 일이 일어났답니다. 아마 수진방에 이사 온 지 한 이 년 정도 되었을 때일 겁니다. 한가위가 한참 지나 평상에 고추를 말리던 가을날로 기억이 되네요. 바람은 거벼워서 절로 마음이 흥겨워지고 햇살은 따갑지만 다사로웠던 어느 오후입니다. 어찌나 하늘이 곱고 맑은 천청빛이던지 천상바라기처럼 아무리 고개를 젖혀 올려다보아도 좋은 날이었답니다.

도련님들께서는 서당에 가시고 아기씨들께서는 아씨의 시어머니이신 홍씨 마님과 잠시 저자에 나가셨지요. 인선 아씨께서는 평상에 앉아 그림을 그리고 계셨고 저는 그 옆에서 바느질을 하며 아씨와 도란도란 망중한을 즐기고 있었답니다.

"계십니까?"

대문 밖에 웬 중후한 사내가 서 있었습니다. 목소리는 약간 나지막한데 왠지 귀에 익은 목소리더군요. 아씨께서 그리는 그림 속의 원추리 꽃잎이 멈춘 붓질로 인해 번져 망가지고 있더군요. 왜 저러시나 싶어서 일어서며 대문으로 향했습니다. 가는 내내 어디서 들은 목소리였는지 계속 머릿속에서 떠올리고 또 떠올려 보았지만 정확하게 기억이 나질 않더군요.

"뉘십니……. 아이구머니나!"

세상에 그분이셨답니다. 눈가에 장난기가 사라져 진중해지고 얼굴에 살집이 생긴데다 수염 또한 멋들어지게 길게 길렀지만 그 거쿨진 풍채와 맨드리는 여전하더군요.

"어, 어 마님……."

무슨 말을 해야 할지 몰라 얼버무리고 있었는데 그분께서 빙그레 웃으시며 먼저 입을 여셨답니다.

"오랜만이구만. 자네도 세월을 피하지는 못했네그려. 신씨 부인께서는 계신가?"

"아, 네, 저……."

황망하고 입이 바짝 말라 목구멍에 탁 걸린 듯 말이 나오지 않더군요. 저 손을 들여야 할지 말아야 할지 머리가 빙빙 돌고 아무런 생각이 나지 않았답니다. 머뭇거리며 대문만 붙잡고 있는데 뒤에서 차분하고도 떨리는 아씨의 목소리가 들려왔지요.

"오랜만입니다. 제 그림 때문에 오신 겁니까?"

뒤돌아보니 아씨께서 서 계셨습니다. 억지로 태연하게 웃으셨지만 그 눈매에 가득한 아련하고도 깊은 슬픔을 전 보았답니다. 오랜 세월의 강을 건너 만난 두 정인은 그저 그렇게 웃으며 바라보고 있더군요.

"계속 대문 밖에 서 있어야 합니까?"

"이런, 어서 들어오십시오. 아지야, 찬간에 가서 찻물을 다려 오너라."

아씨께서는 앞장서시며 걸어가셨습니다. 이상하게도 저는 아씨와 기현 도령이 만난 날은 두 사람이 입고 있던 옷의 색깔을 똑똑히 기억합니다. 아씨께서는 그날 번루빛 저고리에 녹청색 치마를 입고 계셨고, 기현 도령은 목홍색 도포를 걸치고 계셨답니다. 두 사람 다 아무렇지도 않은 듯 의미 없는 안부를 나누며 대청으로 걸어가고 있었지만 보일 듯 말 듯 떨리는 손을 보았답니다.

차를 따르는 아씨께서는 계속 아무 말씀이 없으셨답니다. 기현 도령도 입을 열지 않았지요. 오로지 서로를 몰래 훔쳐볼 뿐이었답니다. 너무도 긴 세월 동안 그 모진 인연을 그리워했지만 정작 그 세월의 넓디넓은 장막을 벗겨 보니 두 사람은 너무도 멀리 와 있었답니다. 하고픈 말이 많아서 그렇게 머뭇거리고 있는 건지 아니면 딱히 할 말이 생각나지 않아 입을 다물고 있는 건지 알 수 없었답니다.

한참 동안 차를 마시던 두 사람 중 먼저 입을 연 것은 기현 도령이었습니다. 아씨가 보고 싶어 찾아왔는지는 모르지만 궁금한 건 그분이셨겠지요.

"부인의 그림을 하나도 빠짐없이 모았답니다. 물론 모사품들도 많았

지만 그 섬세하고도 날카로운 붓질은 아는 사람은 다 알지요. 참으로
좋은 그림들입니다."

"과찬이십니다. 망중한을 보내기 위해 그린 그림들을 이리 찬해 주
시니 몸 둘 바를 모르겠습니다."

또 한 번의 긴 침묵이 지나갔답니다. 보는 저도 답답해서 도령에게
어떻게 이곳에 왔는지 대놓고 묻고 싶을 정도였으니까요. 몇 번이나
들숨과 날숨을 내쉬었는지 모르겠습니다. 왜 사내들은 저리도 본심을
감추고 시치미를 뚝 떼는지 답답하기만 합니다.

"부인께서 직접 그려 주시는 그림을 가지고 싶은데 청해도 되올는
지요?"

"보통 제 그림은 바깥 분께서 알아서 하십니다. 허나 이리 먼 길을
오셨으니 오늘은 특별히 제가 그려 드리겠습니다. 아지야, 지필묵을 대
령하거라."

이십 년이 다 되어 만난 두 사람은 여전히 그림으로 서로를 연결하
고 있었답니다. 처음 만났을 때도 그림 때문이었으니까요. 아씨 옆에
서 말없이 먹을 갈며 저는 계속 도령을 훔쳐보았답니다.

역시 제 생각대로 기현 도령은 멋들어진 사내였습니다. 아, 저분과
혼례를 올렸다면 우리 아씨께서 이리 혼잣손으로 고생하시며 독수공
방하고 계시진 않으셨겠지요. 매일 그림을 두고 담소를 나누며 기쁘게
하루를 마무리하셨을 겁니다. 정말 운명의 장난질이 너무도 얄망궂고

232

밉살스럽습니다.

아씨께서는 아주 오랜만에 달빛 아래 청매를 그리셨답니다. 암향이 풍기는 듯한 꽃잎에서는 청초한 모습들이 피어났지요. 어둑시근한 그믐달은 수줍은 꽃잎을 가려주듯 비추고 있었지요. 약간은 성마른 샛바람이 거우듬한 가지를 흔들고 있었지만 봄밤의 운치는 극에 달해 있는 실박하고도 소곳한 그림이었답니다.

전 분명히 보았답니다. 그리고 알 수 있었답니다. 기현 도령은 아씨가 그리워 직접 온 것이었지요. 기현 도령은 그림이 아니라 아씨를 내내 바라보고 있었답니다. 타인에 의해 모질게 잘려 나간 고릿적 도타웠던 연정이 그대로 도령의 눈에 담겨 있어 가슴 한편이 저려 왔습니다.

아씨께서도 도령의 눈길을 느끼셨는지 아니면 그 마음을 아셨는지 모르겠지만 붓질을 하는 손이 떨리고 있었지요. 돌이킬 수 없을 만큼 멀리 와 버린 두 사람이 가련하고도 가여워 절로 한숨이 나옵디다.

"너무도 보고 싶었소. 내가 북평의 그 집을 나올 때부터 지금까지 한 번도 그대를 생각하지 않은 날이 없었소."

"……"

"그대에게 가고 싶었으나 이미 아버님께서 모든 것을 알고 나셔서 나는 발이 묶여 갈 수 없었다오. 나의 부질없는 용기를 이 못난 치기를 용서해 주시오."

"다 되었습니다."

아씨께서는 붓을 벼루에 올려놓으시고는 고개를 드셨습니다. 그러고는 계속 눈을 드시지 않고 그림만 바라보셨지요. 가린스럽게 말을 자르는 아씨를 바라보며 기현 도령의 목소리는 더욱 떨리고 있었답니다.

"그대가 보고파 그대가 그린 그림들을 모두 사들였소. 그러나 내 마음이 채워지지 않았소. 그대의 분신이라고 여기고 매일 그림을 보아도 항상 허전했다오."

"이미 다 지난 일입니다."

한겨울 경강의 바람처럼 매서운 말에 기현 도령은 그만 얼어붙었답니다. 아씨의 차분한 뒷모습을 보고 있으니 제 두서구니가 서늘할 정도였지요. 어렵게 찾아온 옛 정인을 저리 그악스럽게 내치시는 아씨가 이해가 되었지만 말입니다, 풀이 죽은 도령을 보니 가슴이 찢어지더군요.

"이제야 돌이켜 무얼 합니까? 서로가 맺어질 수 없는 인연이기에 이리 다른 길을 걸어왔겠지요. 그러나 저는 나으리와 첫정을 나눈 것을 감사하게 생각하고 마음에 새기고 살았습니다. 강퍅했던 그 세월 동안 어찌 그 춘몽 같았던 시절을 잊을 수 있었겠습니까? 가린스러운 인생살이에서 잠시라도 그 기억을 떠올리며 웃을 수 있었기에 행복했습니다."

"낭자……."

아씨께서는 돌아앉으셨습니다. 초강초강하고 고운 열여섯의 숫처녀가 아니라 세월의 흔적이 지나간 깊은 주름이 함께 한 얼굴이었지만 여전히 아름다우셨지요. 아씨의 눈매에는 무언가가 반짝거렸습니다. 억지로 부여잡는 마음이 아씨의 떨리는 목소리에 그대로 깃들어 있었지요.

"잊으십시오. 이렇게 저를 찾아오셨으니 이걸로 다 잊으십시오. 저 또한 오늘 이후부터 나으리를 떠올리지 않을 것입니다. 이미 나으리께서 정표로 주신 그림들도 한 사내의 지어미가 되며 다 태워 버렸습니다."

"낭자, 어찌……. 어찌 그리 매정하게 나를 보낼 수 있단 말이오? 정녕 나를 잊으시다니요. 가끔씩, 가끔씩 이렇게 찾아와 그림을 청하기만 해도 안 되겠소? 이리 그대를 만난 이상 다시는 놓치고 싶지 않소."

"아니 됩니다. 절대 아니 될 일입니다. 나으리의 부인께 누가 될 일입니다. 저 또한 제 지아비를 기만하고 싶지 않습니다."

"내 다 들었소. 그대의 부군께서 어찌 사시는지. 이리 고운 내자를 두고 독수공방하도록 버려두다니. 내 그 말을 듣고 얼마나 가슴이 미어졌는지 아시오?"

기현 도령은 바짝 다가가 아씨의 두 손을 부여잡았습니다. 아씨께서는 화들짝 놀라 뿌리치려고 하셨지만 돌아 돌아 이리 만난 진정을 놓칠 도령이 아니었지요. 아이고, 그때 집 안에 비복들이 없어서 망정이지 얼마나 제 간이 여기저기 돌아다니며 붙었는지 아십니까?

아씨께서는 그악스러울 만큼 뿌리치시고 자리에서 벌떡 일어나셨습니다. 그러고는 허공을 향해 외치듯 말씀하셨지요. 전 그것이 스스로에게 하는 말인지 도령에게 하는 말인지 아직도 헷갈립니다.

"다시는 마음에 두지 않을 것입니다. 허니 나으리께서도 저를 마음에서 쫓으십시오. 나으리의 평생의 여인은 나으리의 부인이십니다. 곧 시어머님께서 아이들과 돌아오실 터이니 이만 돌아가 주십시오. 아지야, 나으리께서 가시니 대문까지 모셔 드리거라."

아씨께서는 망연자실한 듯 무릎을 꿇고 앉아 있는 도령을 뒤로하고 마당으로 나오셨답니다. 기현 도령은 한참 동안 그렇게 앉아 계셨습니다. 저 또한 어찌해야 할지 몰라 망설이다가 도령 곁으로 가서 속삭였지요.

"곧 도련님들과 아씨들께서 오실 겁니다. 마님께서 곤란해지실 터이니 이만 돌아가셔야지요?"

제 말에 기현 도령은 천천히 아씨께서 그린 매화도를 고이 접어 품에 넣더니 비틀거리듯 일어나셨답니다. 훤칠한 풍채의 도령이 허우적거리니 태산이 흔들리는 듯 어지럽더군요. 천천히 대문으로 향하던 옛 정인은 다시 한 번 뒤돌아 담벼락 너머를 바라보고 있는 아씨를 오련하게 눈에 담더군요.

"그림을 그려 주시어 고맙습니다. 잘 계십시오."

터벅터벅 대문으로 걸어가는 도령의 모습은 어미 잃은 새끼 새마냥 측은하기 그지없었답니다. 대문이 닫힐 때까지 아씨께서는 그렇게 기현 도령을 쳐다보지도 않고 서 계셨지요.

"잘 지내게. 그리고 아씨를 부탁하겠네."

"걱정 마십시오. 아씨께서는 항상 여장부처럼 씩씩하시지 않습니까?"

"그렇지, 늘 그랬지……."

차마 떨어지지 않는 발걸음을 떼는 사내의 모습이 안쓰러웠답니다. 옛 정인을 오래도록 그리며 이렇게 찾아왔는데 그악스럽게 물러서는 그 모습에서 얼마나 마음이 아팠을까요? 한길 모퉁이로 멋들어진 도포 자락이 보이지 않을 때까지 저는 그렇게 망부석처럼 바라보고만 있었답니다.

대문을 닫고 뒤돌아서니 아씨께서 마루에 앉아 계셨습니다. 그토록 그리워하던 정인을 잘라 내야 하는 그 마음을 모르는 것은 아니지만 저는 도령이 너무도 가여워 아씨의 그런 모진 모습이 원망스럽더군요. 터벅터벅 아씨의 곁으로 걸어가 퉁명스럽게 내뱉었죠.

"대체 왜 그리하셨습니까? 보아하니 아씨를 한 번도 잊으신 적이 없는 것 같은데 말입니다."

"……."

아씨께서는 아무 말씀이 없으셨습니다. 대신 떨군 얼굴에서 눈물이 뚝뚝 마루 위로 떨어졌지요. 아, 이 눈치 없는 제가 무녀리 같은 짓을 하고 말았네요. 떠나는 사람보다 보내는 이의 마음이 더 힘들다는 것을 잊고 있었던 것이지요.

"아씨…… 이 일을 어쩌면 좋아."

"아무 말 말거라. 그저 아무 일 없었듯이 지내면 된다. 그러면 되는 것이다."

인선 아씨께서는 한참을 그렇게 앉아 기현 도령께서 마셨던 찻잔을 바라보고 계셨답니다. 저 또한 더는 입을 열지 않고 아씨 곁에 가만히 서 있었지요. 눈치 없는 바람만이 자꾸 아씨의 귀밑거리를 흔들며 간질여 댔지요.

그날따라 참 하늘이 맑고 고와 미웠답니다. 하늘은 저리 푸르고 변치 않은데 진정 하나 못 지키도록 장난질하는 이 세상에 살고 있다는 것이 참 싫었지요. 원하는 대로 살 수 있는 인생길이라면 얼마나 좋겠습니까? 한치 앞도 모르는 세상살이, 내 마음대로 걸어갈 수 없는 이치가 너무도 가린스러워 한숨 쉬어봅니다.

며칠 동안 아씨께서는 아무렇지 않으신 듯했지만 이상하게도 수척해지셨지요. 염려가 되었지만 저는 그저 모른 척했답니다. 그게 오히려 아씨를 도와드리는 일이라고 생각이 되었지요.

가을이 지나고 초겨울이 다가왔습니다. 한양의 겨울은 늘 그렇지만 쌀쌀맞고 심술궂어 정이 뚝 떨어지지요. 대설이 지나 포슬눈이 내린 어느 날 저녁이었답니다. 해가 점점 짧아져서 저녁이 되니 하늘은 짙은 아청빛으로 물들고 금방 어스름이 깔렸지요.

저녁상을 준비하기 전에 서당에서 돌아오실 도련님께서 행여나 넘어지실까 싶어 싸리비를 들고 대문 앞을 쓸기 위해 나왔습니다. 얇게 내린 눈이라 두어 번 비질을 하니 금방 녹아 없어지더군요.

"혹시 여기가 신씨 부인 댁입니까?"

다갈색 두루마기를 입은 한 자그마한 사내가 저를 바라보고 있더군요.

"그렇습니다만……. 뉘시오?"

"저는 남기현 대감 댁에서 온 사람입니다. 오늘 아침에 대감께서 돌아가셨습니다. 돌아가시기 전, 저에게 이 서찰을 신씨 부인께 전해 드리라고 하셨지요."

저는 싸리비를 툭 떨어뜨렸습니다. 심부름 온 비자 앞에서 어찌 말을 해야 할지 몰라 그냥 서 있는데 사내는 소매부리로 눈물을 훔치며 훌쩍거렸습니다.

"이 말은 전해 드리지 않으려고 했는데 말입니다. 돌아가시기 전까지 신씨 부인께서 그리셨던 그림들을 보고 계셨지요. 이렇게 좋은 그림들을 보고 갈 수 있어 행복하다고 하셨습니다. 그럼 이만."

계속 소매로 눈물을 찍어 내며 달음박질치듯 걸어가는 비복을 보며 서찰을 든 제 손이 벌벌 떨렸습니다. 아, 어쩌면 이리도 운명은 사람의 마음을 간사하게 가지고 노는 것일까요? 가을날 오셨을 때 기현 도령의 마지막임을 알았더라면 저 또한 뭐라고 따듯한 말 한마디라도 해서 보내 드릴 것을. 너무도 후회되고 통탄스러웠습니다.

　그저 진한 쪽빛으로 번져 가는 저녁 하늘만을 천상바라기처럼 올려다보고 있었습니다. 그리고 제 눈꼬리에서는 눈물이 흘러내렸지요. 가련한 두 연정이 모질게 끊어지다 못해 서로 이별의 인사도 나누지 못하고 떠나간 겁니다.

　저는 저녁 내내 아씨께 서찰을 어찌 전해 드려야 할지 몰라 힘들었습니다. 얼마나 슬퍼하실지, 그리고 또 얼마나 가슴을 치실지 잘 알기에 품에 든 서찰을 수십 번 만지작거리며 망설였지요.

　술시가 지나고 아씨께서 안방에서 홀로 서책을 필사하고 계셨습니다. 셋째 도련님께서 요즘 학문의 깊이가 높이 다다라 가르치는 보람으로 사시는 인선 아씨셨지요. 책을 베끼며 아들 생각에 웃고 계신 아씨를 보며 저는 숨 한번 크게 들이시고는 품에서 서찰을 꺼내 책상 위에 올려놓았습니다.

　"이게 무엇이더냐?"

　"오늘 아침에 남기현 대감께서 돌아가셨다고 합니다. 아까 저녁에 눈을 치우려고 나갔다가 그 댁에서 온 비자가 전해 주고 간 서찰입니다. 돌아가시기 전까지 아씨의 그림을 보셨다고 합니다."

모든 것이 멈춘 것 같았습니다. 아씨의 손에서 붓이 떨어져 방바닥에 구르고 말았지요. 입을 벌리고 숨을 몰아쉬시는 인선 아씨께서는 혼이 빠진 사람처럼 다시 되물으셨답니다.

"오늘 아침에 유명을 달리하셨단 말이더냐?"

"예……."

아씨의 두 손이 털썩 무릎 위로 떨어졌습니다. 계속 숨을 몰아쉬시던 아씨의 두 눈에서 천천히 눈물이 바닷물이 넘치듯 끊임없이 흘러내렸지요. 소리를 내지 않고 그렇게 한참을 눈물 흘리시며 그저 앞만 바라보셨답니다.

아씨께서 어떤 심정이었는지는 잘 모르겠습니다. 부모가 돌아가시면 하늘이 무너지는 심정이라고는 하는데 배젊은 적의 옛 정인이 죽었단 소식이 아씨께는 어떤 슬픔으로 다가왔는지 모르겠습니다.

전 차라리 기현 도령이 찾아오지 않았으면 좋았을 거라는 생각을 했습니다. 무소식이 희소식이라고 차라리 서로 잘 지내기를 바라며 마음으로만 그리는 것이 더욱 아씨께 좋았을 겁니다. 그러면 이리 슬프게 우시지도 않으셨겠지요. 전 아씨께서 눈물을 흘리시는 것이 너무도 싫답니다.

"전 그만 나가 보겠습니다."

"오늘 밤, 오늘 밤만이라도 있어 주겠느냐? 나 혼자 이리 있으니 힘들구나."

울고 계셨지만 아씨께서 미소 짓고 계셨습니다. 저는 기꺼운 마음으로 아씨의 곁으로 가 손수건으로 눈물을 닦아 드렸지요. 아무리 강한 인선 아씨셨지만 그날 밤은 홀로 버티시기 버거우셨나 봅니다.

아씨께서는 문갑을 열어 화첩 하나를 꺼내셨습니다. 갑자기 제 눈이 커지고 숨이 가빠 왔지요. 그 화첩은 아씨께서 초야를 치르고 난 다음 날 옛 정인의 정표를 태울 때 제가 몰래 하나를 감추어둔 화첩이었습니다.

"이상하게 말이다. 다 태웠다고 생각했는데 그분께서 주신 난 그림 하나가 여기에 끼워져 있더구나. 난 아무리 생각해도 여기에 끼운 적이 없는데 말이다."

"그, 그렇습니까?"

날 보고 웃으시는 아씨와 눈을 마주칠 수가 없었습니다. 도둑이 제 발 저리다고 행여나 꾸중을 들을까 두려워 계속 방바닥만 쳐다보고 있었지요.

"이것이 있어 난 험한 세월을 버틸 수 있었다. 어떻게 내가 이것을 태우지 않았는지 모르겠지만 참 고맙고 고마운 일이었다. 내게 정을 주지 않는 지아비를 기다리며 난 항상 이 그림을 바라보며 마음을 달래었지. 그래, 나에게도 이런 곱디고운 진정이 있었다는 사실에 참으로 고마웠단다."

"아씨……."

눈물이 그냥 흘러나왔습니다. 제 발칙한 행동이 아씨께 큰 버팀목
이 되었다는 사실에 너무도 기뻐서 운 것이지요. 지금 생각해 보아도
제가 살면서 참으로 잘한 일 중에 하나라고 생각합니다. 그것이 없었
다면 불쌍한 우리 아씨, 어찌 사셨을까요?

아씨께서는 서찰을 펼치셨습니다. 가끔 고개를 끄덕이시고 또 우시
며 그렇게 읽으셨지요. 글을 모르는 제가 어떤 글이 적혀 있었는지는
보고 듣지 못했으나 분명 아씨와 같은 마음이 적혀 있었을 겁니다.

이부자리를 보아드리고 툇마루로 나왔습니다. 백설을 눈부시도록
뽀얗게 비추는 통통한 반달이 저를 내려다보고 있더군요. 왠지 저는
그 달이 기현 도령 같다는 생각이 들었습니다. 죽을 때까지 잊지 못하
고 그리워한 정인을 보기 위해 달로 환생한 도령 말이지요. 하하, 말
이 안 되지요? 저도 말이 안 되는 헛소리인 걸 잘 압니다만, 그렇게 믿
고 싶었고 또 그리 믿고 싶습니다.

참으로 그 겨울도 긴 겨울이었습니다. 다른 겨울보다 눈도 많이 보고 바람도 너무도 사납게 부는 그런 해였지요. 거의 매일 대문 앞 눈을 쓸었던 기억이 많으니 아마 평생 볼 눈을 그때 다 본 것 같네요.

그러나 동장군도 때가 되면 물러가야 하는 법, 꽁꽁 언 한양의 수전방에도 봄기운이 스멀스멀 깃들기 시작했습니다. 볕이 좋은 곳에서는 이미 해토머리가 시작되고 있었고 앙상한 회색의 가지에서는 조금씩 봄눈이 움텄답니다.

자고로 봄이 다가오고 있었습니다. 저도 이리 반가울진대 힘든 마음을 부여잡고 검질기게 버티신 아씨께서는 얼마나 반가우셨을까요? 말씀은 하지 않으셨지만 간간히 저는 깊은 밤 문지방을 넘어 흐느끼는 울음소리를 몇 번 듣고는 했답니다. 다른 여인네 치마폭에 감겨 있는 지아비를 그리워해서가 아니라 차마 살갑게 옛 정인을 떠나보내지 못한 회한의 눈물이었지요.

입춘이 지난 어느 아침이었습니다. 정월 대보름에 쓸 먹을거리를 준비하느라 분주하게 일하는 제게 아씨께서 갑자기 같이 출타를 하자고 하셨습니다. 어디 가냐고 몇 번이고 여쭈었지만 아씨께서는 그저 빨리 준비해서 나오라고만 하셨지요.

대문 밖을 나서며 계속 여쭈었지만 인선 아씨께서는 대답을 하지 않으셨답니다. 물어보다 지친 저는 얼어붙은 손을 소매부리에 넣고 아씨의 뒤만 졸랑졸랑 따라갔지요.

어, 그런데 자꾸 낯익은 곳으로 향하셨습니다. 시전 거리를 지나시나 싶었더니 광통교로 향하시는 것이 아니겠습니까? 깜짝 놀란 저는 몇 번이고 아씨를 바라보았는데 그저 살포시 저를 향해 미소만 짓고 계셨답니다.

광통교를 지나자 묵향이 가득한 거리에는 사람들이 장강대하를 이루어 예전처럼 번잡하고 수선스러웠습니다. 욜랑욜랑하게 걸린 그림들이며 흥정을 하는 사람들이며 예전과 하나도 변한 것이 없었지요.

"참으로 오랜만이다. 구경이나 한번 하고 갈까?"

아씨께서는 천천히 기현 도령과 늘 만나시던 서화사 앞으로 걸어가셨답니다. 이십 년이 지났지만 그 자리에 그대로 있는 것이 참으로 신기할 정도였지요. 가게 주인은 이미 잔설이 내려앉아 허연 백발의 노인이 되어 구부정했지만 꾀자기 같은 눈으로 쉴 틈 없이 이야기하는 그 모습은 예전과 똑같더군요.

그곳뿐만이 아니었답니다. 다른 지전과 서화사들도 그곳 그대로 다 있더군요. 간혹 경성드믓하게 가게 주인이 바뀐 경우도 있었지만 변하지 않아 절로 두담두어 보게 되었습니다.

아씨께서도 연연한 눈길로 하나하나를 다 살피시더군요. 숫보기일

때 보았던 그 정겨운 것들이 그대로 다 있음에 기뻐하시는 듯했습니다. 저도 오랜만에 아씨와 함께 그곳을 구경하니 참으로 좋았구요.

한참을 돌아보시던 아씨께서는 다시 광통교에 오르셨습니다. 다리를 한 반 정도 건너가시던 아씨께서는 품에서 무언가를 꺼내셨지요. 하얀 종이 두 개였는데 그것은 기현 도령이 마지막 남긴 서찰과 오래도록 간직하셨던 정표였습니다.

"겨우내 그분을 제대로 보내 드리지 못해 많이 힘겹고 버거웠다. 이리 좋은 날 가뿐한 마음으로 보내 드릴 수 있어 참 좋구나."

"아씨……."

"그분께서도 이제 다 잊고 편히 쉬셔야지. 한평생을 이룰 수 없는 인연에 고통스러워하셨는데 가시는 길이라도 편하셔야 되지 않겠더냐."

아씨께서는 먼저 서찰을 개천 위에 떨어뜨리셨습니다. 조금씩 녹기 시작한 개천 물에 닿자 종이는 금방 무겁게 가라앉으며 흘러가더군요. 왠지 서운한 마음에 저는 쓸쓸한 미소를 지었습니다.

"그분께서 남긴 정표에 시 한 수를 적었다. 가는 길 편히 가시라고 말이다. 또한 지난번 그리 매정하게 보내 드린 것에 대한 용서를 청하는 글이기도 하지."

인선 아씨께서는 도령의 그림을 펼쳐 제게 그 밑에 적으신 아씨의 시를 보여 주셨습니다. 글을 몰라 무슨 내용인지는 전혀 모르나 아마 구구절절한 마음이 담겨 있었겠지요. 아씨께서는 그것 또한 고이 접어 개천 물 위에 흘러 보내셨답니다.

"다 지나간 것들이다. 이제 오랫동안 아프고 흔적만 남아 아무것도 느껴지지 않겠지. 덧없고 허무하지만 또한 고맙고 또 고마운 일이다."

저는 그저 저 앞에 아쉽게 떠나가는 서찰과 정표를 물끄러미 바라보고만 있었습니다. 머리 위에는 해가 정남에 올라 따갑도록 정수리를 비추고 있었지요. 힘들고 지리한 겨울이 지나가면 봄은 오더라구요. 아무리 못 참아낼 것 같은 고통도 아씨께서는 그 굳은 심지로 다 맞서고 받아 내셨습니다. 하지만 가끔 안타깝기도 합니다. 기현 도령과 아씨께서 함께하셨더라면, 그래서 아씨께서 더욱 조금이라도 여인으로서 기쁨을 누리셨다면 제 마음도 이렇게 아쉽진 않겠지요?

🍀 꽃이 지다

"아지, 이것 좀 봐. 면포전에 나온 천이 참 곱네."

매창 아씨께서 면포전에 갓 나온 무명을 들고 웃고 계십니다. 어쩜 저리도 웃는 모습까지 인선 아씨와 똑같을까요? 오늘은 참 이래저래 아씨 생각을 하루 종일 많이도 하는 날입니다.

"그러네요. 손끝이 야무진 사람이 짠 거라 그런지 올이 곱군요."

"어머니께서도 늘 이 무명으로 옷을 지어 입으셨지. 늘 검소하게 집안 살림을 일구셔서 우리들도 무명옷을 많이 입었다네."

"예, 그렇지요. 근데 지금 안방에 계신 화상께서는 맨날 비단으로만 휘감고 계시다지요?"

"아지도 참……."

지금 안방을 차지한 권씨라는 여인네는 생각만 해도 부아가 치밉니다. 어찌 보면 그 여인 때문에 인선 아씨께서 그리 일찍 가신 거나 마찬가지지요. 반가의 자제로 태어나 입신양명하여 기울어진 집안을 일으킬 생각은 않고 여색을 밝혀도 어찌 저리 이 사내 저 사내 다 겪은 노류장화에게 빠졌는지 알 수가 없었습니다.

조선이라는 나라가 여인에게 참으로 모질고 독한 곳이지요. 지아비가 다른 여인을 탐해도 군소리 한마디 못 하고 벙어리로 살아야 하고, 이유 없이 괄시를 받아도 못들은 척하며 있는 구박 없는 구박 다 받고 살아야 했죠.

더군다나 아들잡이로 기대에 못 미쳐도 한참 못 미치는 이원수 나으리를 집 안으로 들였는데 귀한 딸자식 고생할까 얼마나 많은 재물을 쥐어 주었는지 아십니까? 가끔 생각하면 돌아가신 진사 나으리께서 너무 체면을 생각하시어 아씨를 힘든 길로 이끄신 게 아닌가 싶습니다.

그나마 아씨께서 강건한 성정을 타고나셔서 쓱쓱 모든 세파를 넘고 넘으신 것이지요, 여느 여인네 같았다면 벌써 화병이 들어 죽어도 벌써 죽었을 겁니다. 다부지게 집안을 잘 살피고 자식들 그만큼 잘 키우지, 이만한 내자가 세상천지 어디에 있다는 말입니까?

무엇보다 못마땅한 것은 아씨께서 돌아가시자마자 첩장가를 들으셨다는 것입니다. 그 못나고 괘다리적은 가납사니를 집으로 들이시려고 얼마나 기회를 엿보았을까요? 정말 세상에 이런 법은 없습니다. 보십시오, 시묘살이가 끝난 착하고 올곧은 셋째 도련님께서도 저 험한 곳에서 내려오시지도 못하고 이 더운 여름에 고생하고 계시지 않습니까?

사내가 살 만하면 딴 짓거리를 한다고 하지요. 아쉬운 말이지만 이것은 우리 아씨에게도 들어맞는 세상 진리였답니다. 원래부터 몰래몰래 주색을 밝히며 많은 여인네들의 품을 전전하며 마음껏 그 못난 기상을 펼치신 이원수 나으리였지만, 한양 수진방에 이사 오고 나서 나으리의 오입질은 더욱 심해졌답니다.

이건 뭐 며칠 동안 집에 들어오지 않는 것은 당연하고 어떤 때는 보름 이상을 집을 비우기도 하셨지요. 한번은 나으리께서 간만에 들어오셨는데 그때 아씨께서는 도저히 참기가 힘드셨는지 다그치셨지요.

아이고, 근데 말입니다. 이 화상 같은 위인께서 하시는 말씀이 참으로 가관입디다. 한번 들어보시겠습니까?

"자네가 늘 지아비 머리 꼭대기 위에서 놀려고 하니 자식들이 나를 시쁘게 보는 것이 아닌가? 그 잘난 재주를 좀 숨기고 다른 여인네들처럼 다소곳하게 조용히 살았다면 내가 왜 이리 밖으로 나다니겠는가?"

아니, 언제는 마누라 재주 팔아 공짜 술 얻어먹고 다니더니 이제는 너무 잘나서 집 안에 들어오기가 싫다니요? 그리고 아버지가 되어 과거를 보지 않더라도 늘 서책을 가까이 하고 집안 대소사에 관심을 가졌다면 그리 도련님들과 아가씨들께서 어머니만 존경했겠습니까? 다 자업자득입니다. 이건 뭐 방귀 뀐 놈이 성낸다고 어디서 뻔뻔한 망발을 일삼는지 모르겠더라구요.

그렇다고 가만히 계실 우리 아씨가 아니시지요. 아씨께서는 끝까지 듣고 계시더니 조용히 입을 여셨습니다.

"제가 겸손하지 못하고 다른 여인네들처럼 흐르는 물처럼 고요히 있지 못해 송구하옵니다. 허나 저도 조용히 살고 싶습니다. 전들 다른 반가의 내자들처럼 지아비의 그늘 밑에서 지아비와 자식들의 뒷바라지나 하며 살고 싶지 않겠습니까? 그리고 제 재주 때문에 속이 상하신다면 앞으로 제 그림을 누구에게도 팔거나 보여 주지 마십시오. 그저 맘결을 다듬기 위해 시작한 것인데 서방님께서 친척이며 벗이며 만나는 이들마다 보여 주시며 그림을 팔지 않으셨습니까?"

"그것 보시오. 이리 바락바락 대거리를 하니 어찌 자식들이 아버지를 하늘같이 받들겠소? 지아비는 하늘이고 지어미는 땅이라고 했소. 땅이 이리 경천동지를 하니 어찌 하늘이 불안하여 땅을 덮을 수 있다는 말인가?"

"말씀 잘 하셨습니다. 지아비는 하늘이고 지어미는 땅이지요. 허나 허구한 날 하늘에서 적당한 볕과 비를 내리지 않고 저 내키는 대로 볕을 쪼이고 땅을 보아 가며 비를 내리지 않으면 그 땅은 쓸모없게 변하고 맙니다. 땅은 자고로 하늘이 하기에 따라 변하거늘 어찌 하늘만 바라보고 사는 땅이 하늘을 다스릴 수 있단 말입니까?"

"자꾸 대거리를 하실 거요? 어찌 이리 나랑 수십 년을 살아도 한 번도 나를 제대로 받드는 법이 없소? 대체 친정에서 무엇을 배우고 온 것이오? 장인어른께서 딸들에게 지아비를 다스리라고 가르치신 거요?"

아니, 저 화상이 미쳐도 단단히 미친 게 아닙니까? 어디 감히 하해와 같은 은혜를 베푸신 진사 나으리를 욕보이는 겁니까? 성질 같아서는 대청으로 뛰어올라 흐트러진 상투를 잡고 이리 휘딱 저리 휘딱 돌려버리고 싶었지만 웃전이기에 어금니 꽉 깨물고 참고 있었습니다. 사람이 아무리 화가 나도 할 말 안 할 말 구분을 해야 하지요. 저런 무지렁이 같은 인사는 절대 은혜를 베풀어서는 아니 되는 법입니다. 진사 나으리께서 사람을 잘못 보셔도 한참을 잘못 보신 겁니다. 암요, 그렇고말고요.

"서방님께서 그리 말씀하시면 천벌을 받으십니다. 돌아가신 친정아
버님께서 다 쓰러져 가는 초가삼간에서 홀어머니와 함께 사시는 서방
님께 어찌 해 주셨습니까? 집 같은 집을 지어 주시고 작은 전답도 주
셔서 그나마 먹고 살 수 있도록 해 주셨지요. 그뿐입니까? 친정어머니
께서는 돌아가시지도 않으셨는데 셋째 앞으로 된 재산도 떼어 주셨습
니다. 그리 받으시고도 친정아버님의 삼년상을 치르겠다고 하니 뭐라
고 하셨습니까? 어찌 사람이 되어 그리 말할 수 있습니까? 그러니 자
식들이 아버지 보기를 하늘처럼 보지 않는 법이지요."

아이고, 속이 후련합니다. 원래 말로 안 되는 위인은 매가 우선이라
고 했지요. 콕콕 박히는 모진 말로 해야 알아듣는 어리석은 아둔패기
들은 항상 저래서 욕을 먹지요. 혼인하신 지 이십 년이 넘어서야 아씨
께서 제대로 된 말씀을 하시네요.

"그래요, 그래! 어디 한번 잘해 보시구려. 이래서 내가 자네에게 마
음을 둘 수 없는 거요. 여인이 소곳하고 음전한 자태가 느껴져야지, 이
건 뭐 사내들이 저리 가라 할 정도로 고개 빳빳이 쳐들고 바락바락
대거리를 하니 어느 사내가 품고 싶겠소? 에잇, 비키시오. 난 가겠소!"

아씨께서는 나가시려는 이원수 나으리 앞에 서셨습니다. 그러고는
단호히 말씀하셨지요.

"저는 상관없습니다. 아이들에게는 뭐라고 하실 겁니까? 이미 다 커

서 가리사니가 분명한 자식들이란 말입니다. 어른이 다 된 자식들 앞에서 어찌 이리 못난 것만 보여 주시는 겁니까? 하루라도 집 안에 계시며 자식들의 글공부를 살피시며 그 아이들의 앞날을 같이 걱정해야 하는 것이 아니냐는 말입니다!"

"비키시오! 난 원래 못난 인간이니 잘난 자네가 다 하시오. 어차피 자식들이 다 날 따르지 않는데 내가 왜 그래야 하오? 어허, 비키지 못하시겠소? 내가 자네를 밀치고 가야 하는가?"

아씨의 주름진 눈가에 눈물이 맺혔습니다. 한참 동안 그리 서운하게 바라보고 계셨지요. 허나 어찌하겠습니까? 원래 됨됨이가 그리 작은 위인인데 억지로 크게 만들기는 어려운 법이지요. 인선 아씨께서 옆으로 비켜서시자 그 잘난 화상께서는 헛기침을 두어 번 하시더니 마당으로 나오셨답니다.

밖에는 셋째 도련님께서 큰 누이이신 매창 아씨와 함께 서 계셨지요. 매창 아씨께서는 안타깝게 바라보았지만 도련님께서는 잔뜩 노기 띤 얼굴로 아버지를 노려보셨답니다. 사실 셋째 도련님께서는 인선 아씨의 곧고 강한 성품을 그대로 이어받으신 분이시지요. 칼이 목에 들어와도 할 말은 다 하시는 분이셨으니까요.

"어머니께서 집에 계시라고 하시지 않으셨습니까? 밖이 어두워지니어서 방으로 드시지요."

"어찌 그러느냐? 너마저 이 애비가 가는 길을 막는 것이더냐?"

"막다니요? 그럴 리가요. 저는 그저 사람 된 도리를 다하시기를 바랄 뿐입니다."

"뭐라?"

이원수 나으리의 얼굴이 말고기자반처럼 시뻘개졌지요. 아이고, 저는 행여라도 도련님께서 뺨이라도 맞으실까 저어되어 도련님의 팔을 잡아당겼지만 도련님께서는 뿌리치셨습니다.

"유교의 이념을 배우는 선비로서 저는 말과 행동을 일치해야 한다고 배웠고 그리해야 한다고 생각합니다. 아버님께서는 비록 관직에 계시지는 않으나 조선의 선비가 아니십니까? 허니 어서 방으로 드십시오. 바람이 차가워 고뿔드십니다."

또박또박 차분하게 할 말을 다 하시는 셋째 도련님은 참으로 오달진 분이십니다. 서슬 퍼런 아들의 말에 겸연쩍으셨는지 이원수 나으리께서는 어쩔 수 없이 사랑방으로 향하셨지요. 집 안이 조용해지자 셋째 도련님께서는 안방 앞으로 다가가셨지요.

"어머니, 소자이옵니다. 들어가도 되겠사옵니까?"

방에서는 오로지 흐느끼는 소리만 조용히 들려왔습니다. 어머니의 울음소리를 듣는 도련님께서는 홍안이 되어 아랫입술을 꾹 깨무셨습니다. 잠시 뒤, 도련님께서는 억지로 웃으시며 다시 한 번 여쭈셨습니다.

"어머니, 허면 소자 물러가서 글공부나 하겠습니다. 쉬십시오."

마당으로 내려오며 도련님의 눈가에는 물기가 흥건했습니다. 어릴 적부터 총명해서 더욱 철이 빨리 드신 분이셨지요. 가장 어린 나이로 장원 급제를 하셨으니 동네에 신동이 났다고 다들 난리였답니다. 그래서 유일하게 아씨께서는 도련님을 가르치는 낙으로 환히 웃으실 수 있으셨지요.

셋째 도련님께서는 늘 아버지 대신 모든 집안의 대소사를 맡아 동분서주하시는 어머니를 측은하게 지켜보신 아드님이셨습니다. 다른 여인의 품에 취해 하나뿐인 조강지처를 홀대하는 아버지를 보며 도련님께서는 늘 분노하시고 힘들어하셨답니다.

결국 나으리께서는 딴살림을 차리셨답니다. 주막집 주모인 권씨란 천한 여인이었지요. 동네에서 술 잘 마시고 많은 사내들의 품에서 놀던 여인의 품에서 이원수 나으리는 양반의 체신머리도 다 던져 버리고 취해 계셨지요. 미색이 빼어난 것도 아니고 항상 술에 취해 얼굴이 벌건 채로 동네를 돌아다니는 주정뱅이였지요.

화가 난 아씨께서 그 여인네를 만나러 직접 가셨지요. 제가 몇 번이고 말렸지만 소용이 없었답니다. 그 권씨란 여인을 만나시자마자 인선 아씨께서 지었던 황망한 표정이 생각납니다. 마치 여인을 취해도 어찌 저런 여인을 취하는지 모르겠다는 얼굴이셨지요. 아마 눈 달린 이들이라면 다들 이렇게 생각하셨을 겁니다.

아침부터 무릎 위로 올라간 치맛단과 거의 다 풀어헤친 저고리 사이로 허연 앙가슴이 출렁거리더이다. 그뿐입니까? 대체 언제부터 술을 마셨는지 입에서는 술 냄새가 진동을 했지요. 옆에 있으니 머리가 다 어지러울 지경이었답니다.

아씨께서는 엽낭을 내놓으시며 돌리지 않고 말씀하셨습니다.

"나으리를 잘 모셔서 고맙네. 이곳에 너무 오래 계시면 나으리께서도 일을 제대로 보시지 못하니 너무 오래 붙들지 말고 보내 주시게."

"왜요? 제가 왜 그래야 합니까요?"

아니 이년이 말을 똥구멍으로 들었나? 다리를 쩍 벌리고 앉아 새끼손가락으로 코를 후비며 실실 웃는 꼬락서니를 보니 당장 물고를 내고 싶었답니다. 그러나 아씨께서는 꾹 참고 웃으시며 다시 말씀하셨지요.

"집안에 자제들이 다 성장해서 혼인도 시켜야 하고 할 일이 많으시네. 물론 가끔씩 오셔서 놀다 가시는 것은 내 모르겠으나 너무 오래 붙들지 마시게. 자네도 이젠 제대로 살아야 하니 이거 받으시고 이런 장사는 하지 마시게나."

"참, 마님도 너무 웃기십니다그려. 전 아무 불편한 것이 없는데 왜 자꾸 저더러 가라고 하십니까? 나으리께서 저만 보면 죽고 못 사신다고 하셔서 이리 찾아오시는데 절더러 어쩌라구요? 사실 나으리 말고도 저 좋다는 사내들 많습니다만, 저리 사정을 하시며 곁에 있게만 해 달라고 하시니 너무 딱하더라구요. 마님께서 거의 이십 년 넘게 같이 사셨으니 이제 저랑도 살아 보셔야지요?"

곁에서 듣고 있던 저는 도무지 참을 수가 없었답니다. 자리에서 일어선 저는 당장 그년에게 달려들어 머리채를 잡고 사정없이 흔들었지요. 갑작스러운 일에 그 권씨란 여인은 잠시 주춤했지만 이내 정신을 차리고 제 머리채도 잡고 같이 흔들어 댔습니다. 역시 평지풍파 다 겪은 여인이라 힘이 웬만한 사내들 저리 가라 할 정도로 장사더군요.

"네년이 어디 감히 우리 마님을 욕보여? 천하게 굴러먹었으면 굴러먹은 대로 살 것이지 감히 언감생심 누굴 넘봐?"

"종년이면 종년답게 굴지, 나으리가 네 서방이라도 된다고 하시더냐?"

"그래? 오늘 너 나한테 한번 죽어 봐라. 오늘 너 죽고 나 죽는다!"

방 안에서 머리채를 서로 휘어잡으며 악다구니를 쓰던 그 여인과 저는 방문을 왈칵 열고 밖으로 나와 마당에서 굴렀습니다. 평상에 앉아 술과 국밥을 먹던 객들은 이 엉뚱한 광경에 넋을 잃고 바라보았지요.

"권씨와 붙어 있던 저건 뭐야?"

"글쎄? 제 서방 빼앗겨서 눈이 뒤집혀 온 여편네인가?"

"엉덩짝 흔들며 이 사내 저 사내 홀릴 때부터 내 알아봤지. 우린 그냥 술이나 마시세나."

저는 정말 제정신이 아니었습니다. 어찌 보면 그 여인보다도 나으리에 대한 분노로 그리했을 겁니다. 그토록 많이 주었건만 어찌 조강지

처를 그리 버릴 수 있습니까? 너무도 불쌍한 우리 아씨, 전 제 목숨을 던져서라도 이 일을 막고 싶었답니다.

"그만하게, 아지. 제발 그만하게나!"

"마님께서는 나서지 마십시오. 제가 오늘 이 방자한 년 버르장머리를 고쳐 놓겠습니다!"

"제발 그만하라니까! 어찌 내 말을 듣지 않는 게야?"

아씨의 목소리에서 물기가 뚝뚝 흘러내렸습니다. 전 순간 멈칫하며 아씨를 올려다보았습니다. 가련한 우리 인선 아씨, 아씨께서는 울고 계셨습니다. 저 때문에 울고 계신 거였습니다. 저는 우악스럽게 그 여인의 머리를 두어 번 움켜쥐며 흔들다 땅에 패대기를 쳤습니다.

"에잇, 더러운 년! 그래 평생 그리 남의 서방들 피나 빨며 더럽게 살거라!!"

자리에서 일어난 제 몰골은 직접 보지 않았지만 아마 가관이었을 겁니다. 아씨께서 손수건으로 얼굴에 묻은 피를 닦아 주시고 옷을 털어 주셨지요. 평상에 앉아 술 마시던 사내들은 재미난 구경거리를 보는 듯 낄낄대며 웃어 댔습니다.

"뭘 봐요? 댁들도 정신 똑바로 차려요. 여기저기 굴러먹은 이런 노류장화한테 돈이나 던져 주며 마누라 눈물 빼지 말란 말입니다!"

"어이고, 네 서방 간수나 잘해라. 남이야 오입질을 하든 도둑질을 하든 무슨 상관이더냐?"

"뭐야? 댁들도 한번 내 손맛 좀 보겠소?"

아씨께서는 계속 저를 끌어당기셨습니다. 더 패악을 부리며 주막을 엉망으로 만들고 싶었지만 우리 착한 아씨를 보아서 꾹꾹 눌러 참았답니다. 그래도 반절이라도 화를 푼 것 같아 속은 좀 후련하더군요.

적반하장도 유분수지 그 천한 권씨라는 여인네는 땅을 치며 꺼이꺼이 울기 시작합디다.

"아이고, 내가 무슨 죄가 있어 이러고 살아야 하나? 나 좋다고 오는 놈 받아 줬더니 왜 이런 꼴을 당해야 하냐고!"

또다시 부아가 치밀어 뒤를 돌아보려는데 아씨께서 말리셨답니다. 당장 달려가서 저 입을 틀어막아야 속이 풀릴 것 같았지만 참았지요. 지금도 왜 한 대라도 때리지 못했나 후회가 들 정도입니다.

그 일이 있은 뒤로부터 이원수 나으리께서는 거의 댁에 오시지 않았답니다. 아예 그곳에 눌러 사시기로 한 것이지요. 아씨께서도 거의 단념하신 듯 그 권씨인가 뭔가 하는 여편네를 더는 만나지 않으셨답니다. 이미 마음이 떠나 버린 사람을 잡아 봐야 소용없다는 것을 아신 것이지요. 아씨에게는 돌봐야 할 어머니와 자식들이 계셨으니까요.

다른 댁 종년들이 아침마다 절 보면 나으리께서 어디 계시냐며 항상 비아냥거리며 놀려 댔답니다. 어찌나 얼굴이 화끈거리던지……. 그러나 제가 누굽니까? 사내와 붙어도 지지 않는 저 아지입니다. 주먹질을 해 대며 가납사니처럼 사납게 굴며 종년들의 싼 입을 막았지요.

인선 아씨께서는 나으리께서 딴살림을 차리시자 바로 쓰러지셨습니다. 가슴이 조이듯 아프다 하시더니 찬간에서 저녁상을 준비하시다 그리되셨지요. 의원이 좀 쉬면 된다고 하였지만 저는 알고 있었답니다. 그것은 마음의 병이 깊어진 것이었습니다. 오랫동안 아씨의 마음에 틀어박힌 대못이 몸으로 파고들어 와 그리 깊은 병을 만든 것이지요.

아씨께서 잘못하신 것은 하나도 없으셨습니다. 오로지 지아비 하나만 믿고 열심히 맡겨진 모든 일을 완벽하게 해내신 것밖에 없지요. 하늘도 무심하시지, 어찌 착하고 명석하신 우리 아씨에게 이런 자드락길을 주셨는지 모르겠습니다. 참으로 하늘이 원망스럽고 또 원망스러울 따름입니다.

삼청동으로 이사 온 뒤 이원수 나으리께서는 음서로 수운판관이라는 한직을 얻으셨답니다. 그해 초여름 공무 때문에 평안도로 길을 떠나게 되셨는데 아씨께서는 꿈자리가 흉흉하여 큰 도련님과 셋째 도련님께 일러 같이 보내셨지요. 하긴 차분하지 못하고 덜렁대는 성정을 타고난 이원수 나으리가 행여나 타지에서 또 무슨 일을 낼까 걱정이 되신 것이겠지요.

여전히 아씨께서는 가슴병 때문에 자리에 누워 계셨답니다. 단오가 지나 바람은 초여름이 다 되어 약간 미지근했지만 마음을 경쾌하게 해 주는 좋은 시절이었지요. 누워만 계시는 아씨를 위해 저와 매창 아씨는 방문을 열어 드렸답니다.

마당에 연둣빛에서 녹청빛으로 변해 가는 나뭇잎들과 풀들이 한눈에 들어오더군요. 아씨께서는 한결 기분이 좋아지셨는지 일으켜 달라고 하셨답니다. 아이고, 아씨를 부축하는데 절로 눈물이 나더군요. 비쩍 마르신 몸이 한 손으로도 가뿐하게 들 정도였으니까요. 이게 다 그 잘난 화상 때문에 이리 되신 것이지요.

"참 좋구나. 볕도 좋고 바람도 좋아."

"곧 여름이라 그런지 낮에는 조금만 움직여도 땀이 흥건하답니다. 식혜라도 대령하올까요?"

"아니다. 괜찮다."

아씨께서는 물끄러미 계속 밖을 바라보시더니 갑자기 하늘을 올려다보셨답니다. 점점 뜨거워지는 햇살로 가득한 한낮의 하늘은 푸르기보다 하얗게 보였지요. 높쌘구름이 몽실몽실하게 먼 산꼭대기에 걸려 있더군요. 보기만 해도 마음이 넉넉해지는 풍경이었답니다.

"매창아, 지필묵을 준비해 주겠느냐? 붓을 잡고 싶구나."

"하오나, 어머니. 안색도 안 좋으시고 기력도 회복하시지 못하셨어요. 좀 더 계시다가 기운을 차리실 때 그리셔요."

"아니다. 자고로 그림이란 마음이 날 때 그려야 하지 않더냐? 어서
준비해다오."

매창 아씨께서는 걱정스러운 눈빛으로 저를 바라보셨지요. 저는 그
저 고개만 끄덕였습니다. 이상하게 저는 가슴이 미친 듯이 두근거렸습
니다. 간밤의 꿈에 진사 나으리께서 나오셔서 계속 아씨의 안방 앞에
서 서성이고 계셨지요. 알 수 없는 불길한 예감에 떨리는 입술을 계속
대문니로 꾹꾹 눌려 댔습니다.

"어머니, 산수도를 그리십니까? 여기는 바다입니까? 이 모래밭에 서
있는 사람들은 대체 누구입니까?"

매창 아씨의 말에 저는 그림을 들여다보았답니다. 아, 저는 무엇을
그리시는지 알 것 같았습니다. 반짝거리는 물비늘이 가득한 바다, 넘
실대는 파도와 하얀 모래밭에서 거니는 사내와 여인. 사내는 멋스러운
갓도 반지르르한 비단 도포도 두르지 않은 실박한 차림새를 하고 있
었고, 여인은 댕기를 길게 늘인 채 몽당치마를 입고 사내의 손을 잡고
있었답니다.

'아씨……'

인선 아씨께서는 절 보며 희미하게 웃고 계셨답니다. 늘 다 잊은 척,
아닌 척 남들 몰래 꽁꽁 숨겨 놓으셨지만 괴걸 같은 여장부이신 아씨
께서도 한낱 사내의 연정에 마음을 기대고픈 여인이셨지요. 고릿적 사
랑옵게 서로를 바라보던 그 정인을 항상 마음에 품고 그리워하신 그

모습은 다른 여염집 아낙들과 다름이 없으셨던 겁니다.

"어머니, 바다입니까? 대체 이 사내와 여인은 누구입니까? 차림새로 보아하니 반가의 자제들 같지는 않군요. 이런, 제가 정신을 놓았네요. 약을 가져와야 하는데……."

"아씨, 제가 다녀올게요."

"아니네, 내가 다녀올 테니 자네는 좀 쉬게나."

매창 아씨께서 약을 가지러 찬간으로 가시자, 인선 아씨께서는 저 보고 곁으로 오라고 손짓을 하셨지요. 아씨 곁으로 향하는데 왜 그리 눈물이 나던지요. 아무리 손등으로 훔쳐도 둘된 매련퉁이처럼 눈물이 쏟아졌습니다.

"왜 이리 울어? 뭐가 슬프다고?"

"아씨……. 송구합니다. 정말 송구합니다……."

인선 아씨께서는 제 손을 잡고 다감하게 어루만져 주셨답니다. 그러고는 제 손바닥 위에 무언가를 얹어 주셨지요. 얼마나 고이 간직했던지 하나도 빛이 바라지 않은 칠보로 된 붉은 가락지와 파란 가락지였지요. 아씨께서는 삼십 년이 넘는 그 세월 동안 품고 계셨던 겁니다.

"아씨……."

"자네만이 내 마음을 알지 않는가? 내가 가고 나면 이걸 내 무덤 앞에 같이 묻어 주게. 저승에 가서도 내가 품고 이겨낼 수 있게 말일세."

"그런 말씀 마시어요, 아씨. 곧 일어나셔야지요?"

"아니야. 그렇지 않아."

아씨께서는 붓을 떨어뜨리셨습니다. 부축하려 하니 인선 아씨께서는 저어하셨지요.

"그냥 누우면 되네. 좀 누워야겠어……."

천천히 베개 위로 머리를 누이셨습니다. 그러고는 눈을 감고 웃으셨지요. 자꾸 저는 눈물이 흘러나왔습니다. 모든 것을 내 마음과 머릿속에 담으려고 애를 써야 하는데 자꾸만 눈물이 흘러나왔지요.

너무도 평온해 보이셨습니다. 마치 고된 몸을 누이고 모자란 잠을 청하듯 미소 지은 얼굴이 너무도 편안해 보였지요. 차마 그 모습을 계속 볼 수 없어 저는 고개를 돌리고 말았습니다. 오장육부가 수십 개로 끊어진 듯 애가 끓고 목울대가 들러붙은 듯 숨이 막혔지요. 손으로 입을 틀어막고 울었지만 자꾸 바보같이 울음소리가 새어 나왔습니다.

영창에서 등색이 섞인 하얀 햇살이 타고 들어와 아씨가 그린 산수도를 환히 비춰 주었습니다. 여전히 하늘에서는 뭉게구름이 둥실거리며 노닐고 있었구요. 그토록 아씨께서 가고 싶으셨던 경포 바다를 담은 그림 속에서 사내와 여인은 다감하게 서로만 바라보며 손을 잡고 웃고 있었답니다.

5장 죽(竹)

영원히 남겨질
그 고귀한 푸른빛이여

어느새 시전 거리에도 애저녁이 찾아왔습니다. 하루 종일 대지를 데운 뜨겁디뜨거운 해가 서쪽 하늘 너머로 사라지며 푸른 수건에 묻은 핏자국처럼 붉은 흔적을 넓디넓게 남겨 놓았습니다. 다들 집으로 돌아갈 시간인데도 여름이라 그런지 계속 밖으로 나다니는군요. 매창 아씨와 실컷 구경을 하고 나니 저도 갑갑한 마음이 후련해집니다.

"아지, 이제 기방으로 돌아가 봐야 하지 않은가?"

"그래야지요. 빨리 안 가면 패악스러운 행수가 죽일 듯이 들들 볶을 테니까요."

"조금만 기다리게. 내 곧 자네를 거기서 빼올 것이니."

"괜찮습니다, 아씨. 저야 살날이 얼마 남지 않은 걸요. 간간히 들러 주시는 아씨께서 계시니 심려치 마십시오."

피맛골로 향하는 걸음걸이가 갈수록 무거워집니다. 환장할 더위에 여기저기 쏘다녀서 힘들어 그런 것인지, 아니면 아기씨를 보내야 하는 마음이 무거워 그런 것인지 알 수는 없지만 자꾸 느적거리며 걷게 되더군요.

"사실 오늘 아침에 새어머니와 난리가 났다네. 그 누구도 손대지 않은 어머니의 유품에 새어머니께서 손을 대시려 해서 내가 막았지. 더 서운한 것은 아버님께서 내 마음을 헤아려 주시지 않고 다 태워 버리라고 하신 거라네."

"세상에, 그런 일이! 그래서 우리 불쌍한 마님의 그림들을 다 태운 겁니까?"

"아닐세. 내가 다 챙겨 놓았다네."

참말로 큰일입니다. 술주정뱅이 가납사니를 집 안에 들여놓았으니 어찌 집 안 꼴이 제대로 돌아가겠습니까? 무엇보다 글공부에 매진하셔야 할 셋째 도련님께서 시묘살이를 청산하지 않으시고 내려오시지 않으니 큰일이 아닐 수 없답니다.

"하지만 아지. 난 하나도 슬프지 않다네. 항상 어머니께서 곁에 계신 것 같아. 어머니께서 그리신 그 그림들을 보면 말이지, 슬프다가도 웃게 되고, 울다가도 미소 짓게 된다네. 어머니께서 그리 힘든 길을 가셨는데 거기에 비하면 나는 정말 복 많은 여인이지."

"그렇지요. 참으로 대단하신 분이셨지요."

아기씨와 한참을 걷다 보니 벌써 기방 앞에 다다랐습니다. 족제비 같은 행수가 장죽을 입에 물고 대문 앞에서 뻐끔거리며 절 흘겨보고 있네요. 아이고, 답답한 속 다 씻어 냈으니 이제 저 아귀지옥으로 되돌아가야 할 시간입니다.

"아지, 잘 있게. 곧 내 데리러 옴세."

"예, 아씨께서도 잘 살펴 가십시오. 곧 셋째 도련님께서 하산하실 터이니 너무 심려치 마십시오."

"고마우이, 정말 고마워."

아쉬운 듯 발걸음을 떼는 매창 아씨께서는 계속 돌아보십니다. 왜 이리 가슴이 아려 오고 눈물이 나는지 모르겠네요. 괜히 지질 궁상을 떠는 것 같아 예쁜 도홍빛으로 물든 저녁 하늘을 올려다봅니다.

서편 하늘이 강색이 되자 이내 여기저기서 누가 염색이라도 한 듯 어두운 번루빛 하늘이 새침한 야청으로 물들어 가네요. 은홍빛에 물든 서편의 구름들도 조금씩 쪽빛으로 변해 갑니다.

저 멀리 매창 아씨께서 걸어가시며 손을 흔드십니다. 이상하게도 돌아가신 인선 아씨께서 꼭 손을 흔드시는 것 같아 괜스레 기분이 좋아집니다. 이미 이 세상을 떠나셨지만 그분이 지나간 자리에는 푸르디푸른 죽향처럼 그분의 향내가 곳곳에 배여 있어 전혀 외롭지 않습니다.

아씨께서는 대나무가 꽃이 피지 않는 것은 벌과 나비를 미혹하기 위해 자신을 낮춰 쫓아가지 않기 때문이라고 말씀하셨지요. 그래서 대나무는 겸허하여 자신의 속을 온전히 비우고, 꿋꿋한 절개로 가녀린 마디를 굳게 하며, 뿌리와 줄기가 굳세 바람에 맞서도 부러지지 않지요. 그 어떤 강풍에도 부러지지 않던 대죽처럼 인선 아씨께서는 꿋꿋한 결기로 힘든 한평생을 치마폭에 고이 담아 살아가셨답니다.

해가 진 그곳에 개밥바라기가 애틋하게 반짝거리고 있네요. 아직까지도 인선 아씨를 그리워하는 제 마음처럼 말입니다. 항상 고맙고 또 고마울 뿐입니다. 다문다문 떠오르는 그 좋은 시절이 있어 이 고된 시간을 기쁘게 버틸 수 있으니까요.

황금소나무 소설 목록

도서명	자자명	도서번호
피크닉	전은황	978-89-963839-1-8
낙원을 향해서	정종균	978-89-97532-01-8
소년, 안녕	전은황	978-89-97532-03-2
퍼펙트 데이	신영재	978-89-97532-04-9
얼음과 설탕	신영재	978-89-97532-06-3
천사의노래	라의연	978-89-97508-24-2
곡마	임나경	978-89-97508-28-0
대동여지도-고산자의 꿈	임나경	978-89-97508-32-7

황금소나무 전자책 목록

도서명	저자명	도서번호
피크닉 (통합본)	전은황	978-89-963839-4-9
피크닉 (상)	전은황	978-89-963839-5-6
피크닉 (하)	전은황	978-89-963839-6-3
퍼펙트 데이	신영재	978-89-97532-07-0
소년, 안녕	전은황	978-89-97532-08-7
얼음과 설탕	신영재	978-89-97532-09-4

* '황금소나무'는 (주)마인드북스의 문학 출판 브랜드입니다.

사임당 신인선
내실(內室)이 숨긴 이야기

2017년 1월 16일 1판 1쇄 인쇄
2017년 1월 20일 1판 1쇄 발행

지은이_임나경 / 펴낸이_정영석 / 펴낸곳_황금소나무
주 소_서울시 동작구 양녕로25길 27, 403호
전 화_02-6414-5995 / 팩 스_02-6280-9390
출판등록_제25100-2016-000064호
홈페이지_http://www.mindbooks.co.kr
ⓒ 임나경, 2017

ISBN 978-89-97508-34-1   03810